R. T. Acron
Ocean City
Jede Sekunde zählt

R. T. Acron sind Christian Tielmann und Frank Maria Reifenberg, zwei renommierte Kinder- und Jugendbuchautoren.
Christian Tielmann wurde 1971 in Wuppertal geboren. Er studierte Philosophie und Deutsch in Freiburg und Hamburg. Heute lebt er als freier Autor in Köln.
Frank Maria Reifenberg, 1962 geboren, ist gelernter Buchhändler. Er ist heute freier Autor und verfasst vorwiegend Kinder- und Jugendbücher sowie Drehbücher für Film und Fernsehen.

R. T. Acron

OCEAN CITY

JEDE SEKUNDE ZÄHLT

dtv

Ausführliche Informationen über
unsere Autoren und Bücher
www.dtv.de

MIX
Papier aus verantwortungsvollen Quellen
FSC® C014496

Originalausgabe

Umschlagbild und -gestaltung: Max Meinzold
Gesetzt aus der Sorbonne BQ 11 / 15˙
Satz: Fotosatz Amann, Memmingen
Druck und Bindung: GGP Media GmbH
Gedruckt auf säurefreiem, chlorfrei gebleichtem Papier
Printed in Germany · ISBN 978-3-423-76199-4

1.

Etwas stimmte nicht. Jackson konnte nicht sagen, was in ihm dieses Unbehagen auslöste. War es die Mappe mit den Zeichnungen unter seinem Arm? Aber die Kontrolleure, die vom anderen Ende der Straße auf Crockie und ihn zukamen, würden sich nicht für die Zeichenmappe eines Jungen der Clark Kellington Highschool interessieren, das wusste Jackson.

Die Decoder an seinem und Crockies Handgelenken, darum ging es ihnen. Kontrollen waren eigentlich keine Seltenheit, schon gar nicht, wenn Jackson mit Crockie in der City unterwegs war.

Crockie schlurfte neben ihm die Maui Avenue hinunter, als wäre es ein ganz normaler Morgen, an dem sie wieder einmal zu spät zur Schule kommen würden. Ein kleiner Abzug von ihren Zeitkonten wäre die Folge, ein schiefer Blick von Heather Blue, die am Haupteingang in ihrer Uniform thronte und bei Problemen mit den Decodern am Handgelenk der Schüler ein paar Knöpfe drückte.

Ein unauffälliger Blick in das Gesicht seines Freundes verriet Jackson sofort, dass auch Crockie etwas bemerkt hatte. Da war nichts von dem sonst so entspannten Crockie-Smile in seiner Miene. Sein Freund versuchte, die Panik wegzugrinsen, die ihm offenbar in die Knochen gefahren war, als die Kontrolleure auftauchten.

Dabei wurde niemand so oft wegen seines Zeitkontos überprüft wie Crockie. Er schien es regelrecht darauf anzulegen. Crockie war in den Augen der meisten Leute ein Faulenzer, ein Freak. Für sie war allein schon die struppige Mähne, die er sich oft mit einem Gummiband zu einem kleinen Dutt hoch oben auf dem Kopf verknotete, eine Provokation. Mit seinen mandelförmigen schwarzen Augen wirkte er dann wie ein Samuraikrieger. Und wenn er seine Mähne offen auf die Schultern fallen ließ, sah er aus, als habe er sich einen alten Putzfeudel auf den Kopf gesetzt.

Beide Frisurvarianten passten zu Crockie, aber nicht zu einem Schüler der feinen Clark Kellington Highschool. Vor allem für Eltern, Lehrer und Timecontroller war Crockies ganzes Auftreten die pure Kampfansage. Dabei waren Crockie seit seinem Unfall einfach nur andere Dinge wichtiger als ein stromlinienförmiger Haarschnitt.

Crockie hatte meistens die Körperspannung eines Schnürsenkels und trug ein lässiges Lächeln zur Schau, als habe er die Ruhe weg. Crockie ging nicht, er schlurfte. Er sprach nicht, er nuschelte. Und seine Kleidung war auch immer zu irgendwas: zu groß, zu schlabberig, zu verwaschen.

Wenn Jackson und Henk mit Crockie einkaufen gingen, konnten sie sicher sein, dass sie hinter einem der Trafficpoints am Ausgang, die den Wert der Waren direkt von ihren Zeitkonten abzogen, angehalten wurden. »Die Decoder bitte«, hieß es dann und sie lasen die Zeitkonten aus.

Logisch, keiner traute Crockie zu, dass er über genug Zeit auf seinem Konto verfügte, um so faul und entspannt durch die Gegend zu eiern. Das war nicht verboten, aber es fiel unangenehm auf. Man eckte an, wenn man trödelte, in einem der sauberen Parks herumhing oder Leute in zeitraubende Plaudereien verwickelte. Solche Zeitverschwendungen konnten sich die meisten Bewohner der City nicht leisten. Und Crockie sah nicht so aus, als wäre er reich. Daher war es kein Wunder, dass er häufig kontrolliert wurde.

Aber das hier schien mehr als eine normale Kontrolle zu sein.

Jackson strich sich eine seiner braunen Haarsträhnen aus der Stirn und sah sich unauffällig um. Die Maui Avenue war komplett gesperrt. Die Subway mit Gittern verrammelt. Sogar der Timeline-Park vor dem Hauptgebäude des Headquarters der Zeitagentur wurde gerade abgeriegelt. Die Sicherheitsleute postierten sich an allen Zugängen.

Jackson ging schneller. Wenn diese Kontrolle so scharf wurde, wie die Typen aussahen, kamen sie ganz sicher zu spät zur Schule. Die Uniformen der Kontrolleure saßen knapp, weil sich Muskelberge darin auftürmten. Mit kalten, ausdruckslosen Mienen folgten sie einem genauen Plan, den nur sie zu kennen schienen.

»Lass uns abhauen«, murmelte Jackson.

»Ausnahmsweise mal eine gute Idee.« Crockie schubste Jackson in die schmale Straße, die runter zum Kanal führte.

Den Weg hatten die Sicherheitsleute noch nicht verstellt. Sie rannten die menschenleere Gasse hinab. Das war eigentlich peinlich, denn in der City rannte man nicht. Wer durch die Straßen sprintete, zeigte aller Welt, dass er knapp bei Kasse war. Hektik und Rennerei war nur etwas für Leute, die es bitter nötig hatten.

Aber Jackson war das in diesem Augenblick völlig egal. Er warf einen Blick zurück, lief dabei weiter und krachte mit einem Mann zusammen, der aus einem der Hinterhöfe gekommen sein musste.

»Hoppla!«

Der Alte hielt einen Pott Kaffee in der Hand. Die heiße Brühe spritzte ihm auf den Bauch und die Brust.

»Sorry!« Jackson schnappte nach Luft und wollte schon weiterrennen. Doch als er dem Straßenkehrer ins Gesicht blickte, war er für einen Augenblick völlig verdutzt. Der Mann hatte zwei verschiedenfarbige Augen. Das linke war himmelblau, das rechte braun, fast golden. Der Alte, der eine ziemlich auffällige Narbe auf der linken Wange hatte, sah Jackson an, dann knurrte er etwas und drehte sich um.

»Komm schon!«, rief Crockie.

Jackson rannte die Gasse runter, hinter Crockie her. Vier breite Stufen führten zum Kanal.

Direkt unter der Wasseroberfläche lagen ein paar dicke Blöcke, die eigentlich dazu dienten, bei schlechtem Wetter die Strömung zu brechen. Über die konnten sie hinüber zur Clark Kellington Street und von dort direkt auf den Schulhof gelangen. Das war eine prima Abkürzung, allerdings würden die anderen Schülerinnen und Schüler an den nassen Füßen erkennen, wer mal wieder spät dran gewesen war.

»Moment mal, Jungs!«

Die Kontrolleure.

Jackson blieb wie angewurzelt stehen. Er nahm Crockies unauffällige Bewegung aus dem Augenwinkel wahr.

Bitte nicht, dachte Jackson, aber es war schon geschehen. Crockie löste mit einem schnellen Griff den Decoder von seinem Handgelenk und schob ihn vorne tief in die Hose. Er musste aufpassen, dass da nicht ein paar ziemlich wichtige Dinge verstrahlt und seine Kinder später mit einem Timecode auf der Stirn geboren wurden.

»Was zum Henker machst du da?«, flüsterte Jackson.

»Vertraue mir!« Crockie lächelte nun doch wieder lässig. So richtig überzeugend sah das für Jackson allerdings nicht aus.

Jackson hätte ihn erwürgen können. Crockie, der Freak. Musste der mal wieder einen Super-Gag reißen, die Sicherheitsleute verarschen, ausgerechnet jetzt, wo die Zeit kaum reichte, um den Trafficpoint am Schultor pünktlich zu passieren?

»Was soll der Mist?« Jackson sah die Timecontroller die Gasse herunterkommen. Es waren viel zu viele. Sechs Mann für zwei Jungs? Jetzt wurde Jackson klar, warum er von Anfang an ein ungutes Gefühl gehabt hatte: Diese Sicherheitsleute trugen Waffen. Jeder der sechs hatte eine am Gürtel hängen. Das waren nicht die normalen Timecontroller, die Crockie gerne veralberte und auflaufen ließ. Das hier waren andere Kerle. Schwereres Kaliber.

Crockie nuschelte nur: »Mach dir nicht ins Hemd, Jackson. Dir passiert schon nichts. Schließlich knetet deine Mum Lydia Tremont den Nacken!«

Jackson schwieg. Crockie tat oft so, als wären Jacksons Eltern die völligen Arschkriecher. Das waren sie nicht. Okay, sie waren angepasst, und es gefiel Jacksons Vater überhaupt nicht, wenn Jackson und Henk mit Crockie durch die Stadt spazierten.

»Wertvolle Stunden, Jackson Crowler! Wertvolle Minuten! Entwickle ein vernünftiges Zeitgefühl!«, predigte Herb Crowler gerne.

Vielleicht war es ein Fehler gewesen, Crockie und Henk zu erzählen, dass seine Mutter Mrs Tremont, die mächtigste Frau von Ocean City, massierte. Crockie schoss deswegen immer wieder mal einen giftigen Pfeil ab. So, als hätten Jacksons Eltern damals die zwei Wochen Urlaub auf Cheruba Island von ihr geschenkt bekommen. Hatten sie nicht. Sie hatten die Reise in der großen Tombola zum Jahresende gewonnen und Crockie wusste das.

Auch der Umzug der Crowlers in die viel komfortablere Parkfield-Siedlung hatte nichts mit Mrs Tremont und ihren Verspannungen zu tun. Jacksons Vater hatte sich den Umzug durch jahrelanges Durchhalten zuerst in den Betrieben der Abfallwirtschaft und später dann in der Süßwasserversorgung erarbeitet.

»Wir arbeiten hart, für jede freie Sekunde. Und das ist auch gut so«, pflegte Herb Crowler zu sagen.

Es war doch nicht Jacksons Schuld, dass nicht alle Arbeit gleich viel wert war im System der City. Wer mehr wichtige Aufgaben schneller erledigen konnte, konnte auch mit mehr Freiminuten auf dem Konto rechnen. Das war logisch. Und gerecht.

Dass es jetzt Ärger geben würde, war klar. Jackson brauchte nur in das Gesicht von Crockie und in die sechs grimmigen Visagen der Kontrolleure zu gucken. Der erste von ihnen schien so eine Art Anführer zu sein. Er stellte sich breitbeinig vor Jackson und Crockie auf. Hinter ihm versperrten zwei seiner Kollegen die Gasse.

»Decoder!«, sagte der Anführer knapp.

Jackson klemmte sich die Mappe mit den Zeichnungen zwischen die Beine. Er war ein begabter Zeichner, aber er zeichnete nicht nur gerne, was Mr Gobbins im Unterricht vorgab. Ebenso gern kritzelte er seine, Henks und Crockies wildesten Spinnereien aufs Papier. Unter den Selbstporträt-Versuchen für den Kunstunterricht lag daher ein Blatt in der Mappe, das ihnen wirklich gewaltigen Ärger einbringen würde. Nichts aus dem Unterricht, keine hingeschmierten Karikaturen der Lehrer, sondern sehr gerade, saubere und auf den Millimeter ausgemessene Linien, Winkel und Kreise.

Jackson schob den Ärmel seines Shirts hoch und zeigte seinen Decoder, der das Handgelenk fest umschloss, so wie es Vorschrift war. Der Decoder musste genau über dem kleinen Chip sitzen, der jedem Bewohner am Tag seiner großen Zeremonie dort unter die

Haut gesetzt wurde. Die Kontrolleure interessierten sich aber kaum für ihn. Ihre Blicke klebten an Crockie. Der trippelte von einem Bein aufs andere, wie ein Erstklässler, der mal muss.

»Tut mir echt leid, hab voll vergessen, ihn nach der Dusche wieder anzulegen, und wir sind tierisch spät dran«, nuschelte er. Er zeigte seinen nackten Unterarm. Kein Decoder. Natürlich nicht. Der steckte schließlich in seiner Unterhose.

Der Anführer holte sein Lesegerät raus. »Name?«

Dabei rutschte sein Jackett zur Seite und Jackson sah die schwarze kugelsichere Weste darunter, auf der ein kleines, dunkelrotes Z prangte. Das Zeichen der Abteilung Z.

Jackson wurde flau im Magen. Über diese Abteilung wurde in der City einiges gemunkelt. Wenn sie ausrückte, musste man angeblich mit allem rechnen. Entwischt war der Abteilung Z noch nie jemand, hieß es.

Warum holte Crockie nicht den Decoder raus? Er würde eine Ermahnung kassieren, vielleicht ein paar Minuten Abbuchung, weil die Decoder entweder an den Arm oder nachts zu Hause in die Docking-Station gehörten, aber garantiert nicht dahin, wo er gerade bei Crockie steckte!

Sein Freund dachte jedoch nicht dran, das Gerät hervorzuholen. Und das war vielleicht auch besser so, dämmerte es Jackson. Die Typen durften auf keinen Fall den Decoder auslesen – wenn Crockie auf eigene Faust und ohne Jackson und Henk etwas davon zu sagen, ihre Idee umgesetzt hatte.

»Verdammt, Crockie!«, entfuhr es Jackson leise.

»Da wird dir fett was vom Konto abgezogen, Junge, das ist dir wohl klar!«, sagte der Kontrolleur. »Name?«

»Los!« Crockie packte Jackson und riss ihn mit sich. Jacksons Zeichenmappe flog auf den Boden.

»Die Pläne!«, hechelte Jackson, aber Crockie rannte weiter und zog ihn in blanker Panik mit. Die Gasse runter, auf den Kanal zu.

»Schneller! Schneller!«, rief Crockie.

Dann knallte etwas. Steinchen spritzten neben Jackson auseinander. Wieder knallte es.

»Verdammt, die schießen!«, keuchte Jackson.

Einen Decoder nicht vorzeigen zu können, wurde mit einer Strafe belegt, logisch. Aber schießen? Wer schoss auf zwei harmlose Schüler?

Eines war Jackson klar: Die Abteilung Z verstand wirklich keinen Spaß.

Jackson rutschte das Herz in die Hose. Er hätte sich am liebsten ergeben. Hände hoch und fertig. Aber Crockie dachte gar nicht daran. Er rannte auf die Blöcke im Kanal zu.

»Jackie, die meinen es ernst ...«

Jackson starrte ihn fassungslos an. Nur Crockie brauchte herumballernde Sicherheitsleute, um das zu verstehen. Es konnte nur einen Grund geben, warum sie es *so* ernst meinten. »Du hast das verdammte Ding doch nicht etwa aufgeschaltet, oder?«, stöhnte Jackson, als sie den Kanal erreichten.

»Tut mir leid, Jackson. Es ist so genial. Sie können uns nicht erwischen.«

»Sie *haben* uns gerade erwischt!«

Aber Crockie redete einfach weiter: »Ich muss nur noch einmal an die Kiste, wegen Henk. Ich hab vergessen, den ...«

Weiter kam Crockie nicht. Wieder knallte ein Schuss. Jackson zuckte zusammen. Crockie riss es ein Stück seiner Hose weg. Darunter klaffte eine heftig blutende Wunde. Jackson glaubte, den blanken Knochen sehen zu können.

Crockie schnappte nach Luft. »Jack...«

Mehr hörte Jackson nicht mehr von seinem besten Freund. Crockie stolperte und stürzte in den Kanal. Er ging vor Jacksons Augen unter wie ein Stein.

»Crockie!« Jackson versuchte, Crockies Mähne zu packen. Er erwischte sie nicht.

Das Wasser färbte sich rot.

Crockie war sportlich. Er war ein Freak und er konnte die besten Ideen der Welt entwickeln. Nur eins konnte Crockie nicht: schwimmen.

Der alte Mann im grünen Overall bückte sich, um die Zeichenmappe aufzuheben. Er lächelte. Diese grauen großen Pappdinger nutzten sie immer noch in der Schule. Mit einer Schlaufe aus schwarzem oder dunkelrotem oder blauem Stoff wurden sie verschnürt.

Er nahm die Kappe vom Kopf und wischte sich damit über die Stirn, strich mit der linken Hand die für sein Alter noch sehr dichten Haare zurück und setzte sie wieder auf. Er klemmte die Mappe hinter dem Müllsack an seinem mobilen Müll-Trolley ein. Dann kehrte er noch einige Ladungen Dreck zusammen und ging weiter.

Als die Schüsse fielen, war er bereits hinter der nächsten Ecke verschwunden. Im Schatten des Oneworld-Buildings setzte er sich auf eine Mauer, zückte ein Taschentuch und wischte sich die Reste des verschütteten Kaffees vom Overall. Dann schnürte er die Mappe auf. Was er fand, gefiel ihm.

Der Eigentümer der Mappe war ein talentierter Zeichner und Maler. Kohlezeichnungen, ohne Zweifel Karikaturen von Personen, die er nicht besonders mochte, allerlei Entwürfe und Studien von einzelnen Körperteilen, ein sehr gelungenes Selbstporträt in Acrylfarbe. Die braunen Haare, der glasklare Blick aus den meerblauen Augen, zweifelnd, aber freundlich. Sogar bei dem Zusammenstoß hatte er etwas von dieser freundlichen Haltung, mit der der Junge durch die Welt lief, gesehen.

Ganz zuunterst lag eine technische Zeichnung.

Die Blätter würde er behalten. Mit einem leisen Lächeln auf den Lippen verstaute er die Mappe wieder am Trolley. »Schlaue Köpfchen«, murmelte er. »Schlaue Köpfchen, diese Jungs.«

Niemand beachtete den alten Mann, der sich noch einmal die Kappe zurechtrückte. Niemand bemerkte sein plötzliches Verschwinden. Die Leute von der Straßenreinigung kommen und gehen eben. Niemand fragt, woher und wohin. Das hat seine Vorteile, dachte der Alte leise lächelnd.

2.

Crockie ist tot. In Jacksons Kopf gab es nur noch diesen Gedanken. Crockie.

Tot.

Jackson hatte alles gesehen. Versteckt im Ginsterbusch auf dem Dach der Schule, das wie viele Dächer der City begrünt war. Er war einfach gerannt, über die Blöcke im Kanal, hinauf zur Schule. Aber statt durch den Check-in, vorbei an Heather Blues gläserner Kanzel zu sprinten, hatte er eine der Feuerleitern angesteuert, die aufs Dach des Schulgebäudes führten.

Jackson hatte unten am Kanal schon zum Sprung angesetzt, um hinter Crockie herzuhechten. Die Wunde am Bein würde er überleben, wenn die Kugel nicht gerade eine Schlagader zerfetzt hatte. Jackson hatte von Crockie aber nichts mehr gesehen. Das Wasser im Kanal war zu trüb.

Außerdem waren da die Typen von der Abteilung Z gekommen. Einer war sofort in den Kanal gesprungen. Wenig später ein zweiter hinterher. Selbst diese sportlichen Kraftprotze waren zu spät gekommen. Die Strömung hatte Crockie schon zu weit abgetrieben.

Jackson sah nun, wie die Sicherheitsleute Crockies Körper aus dem Wasser fischten. Sanitäter waren da. Sie packten den schlaffen Crockie auf eine Trage, schoben ihn in einen Krankenwagen. Eine Ärztin sprach mit dem Anführer der Abteilung Z. Sie schüttelte den Kopf und stieg vorne in die Ambulanz ein. Der Anführer schickte einen seiner Kontrolleure in den hinteren Teil des Krankenwagens. Selbst den leblosen Crockie-Körper wollte der Typ noch bewachen? Was für ein Wahnsinn!

Jackson hörte seinen eigenen Atem. Er keuchte. Er war kein guter Sprinter. Ausdauer, die hatte er, aber der schnelle Antritt fehlte ihm.

Die Sicherheitsleute hörte er nicht, dafür war die Entfernung zu groß. Sie diskutierten etwas. Vermutlich überlegten sie, ob sie Jackson suchen sollten. Seinen Decoder hatten sie ja kontrolliert. Mit ihm war alles in Ordnung gewesen. Dass ich etwas mit der Sache zu tun habe, kann keiner wissen, versuchte sich Jackson zu beruhigen.

Solange niemand die Mappe mit den Zeichnungen fand.

Da waren die Pläne drin. Seine Pläne für einen Transponder, ein Gerät, für das andere töten würden. Jackson hatte das Wort noch nicht zu Ende gedacht, da legte sich schon die nächste Erkenntnis darüber.

Nicht *würden*.

Gerade eben *hatten* ein paar Typen dafür getötet. Sie hatten seinen Freund Crockie getötet.

Und auf der Mappe stand Jacksons Name. Jackson musste sie holen, bevor sie den Sicherheitsleuten in die Hände fiel.

Er wartete in seinem Versteck, bis alle abgezogen waren. Dann kletterte er die Feuerleiter runter und rannte zurück zum Kanal. Als er zu der Stelle kam, an der sie auf Crockie geschossen hatten, wurden seine Knie weich. Wie in Zeitlupe liefen die Bilder noch einmal vor ihm ab: Crockie, wie er Jackson mit sich zog, der Knall, die zerrissene Hose, das Blut und dann Crockies Sturz in den Kanal.

Jackson presste die geballten Fäuste auf die Augen, er drückte, bis er helle Punkte sah und seine Augäpfel so schmerzten, dass er loslassen musste. Keine Tränen, er wollte jetzt nicht weinen. Benommen stolperte er weiter. Er versuchte, sich zu erinnern, die letzten Minuten, bevor Crockie … bevor es passiert war. Der alte Mann mit den verschiedenfarbigen Augen, der Kaffee, der grüne Overall der Straßenkehrer. Dann die Kontrolleure, Abteilung Z. Die Flucht, auf der er die Mappe verloren hatte.

Jackson sah unter einer Bank nach, durchwühlte den Mülleimer neben der Bank. Nichts. Keine Mappe.

Er lief weiter, spähte in Hauseingänge, Nebenstraßen, den Blick immer auf den Boden gerichtet. Die vorbeieilenden Passanten mussten ihn für völlig durchgeknallt halten. Wer konnte es sich schon leisten, vormittags durch die City zu streifen, wenn er keine Zeit dafür geschenkt bekam? Jackson war egal, was die Leute über ihn dachten. Er hatte nur Augen für die Zeichenmappe, die nicht in die falschen Hände geraten durfte.

Die Luft im Einsatzwagen des Sonderkommandos wurde von Augenblick zu Augenblick stickiger. Ambrose di Gallo saß seit 14 Minuten und 33 Sekunden in diesem Kasten, wischte sich immer wieder den Schweiß vom kahl rasierten Schädel und hörte sich die Vorwürfe an. Lydia Tremonts Gesicht auf dem Display des Teleports verzerrte sich, teilweise weil sie gerade dabei war, die Kontrolle über sich zu verlieren, teilweise weil seit einiger Zeit ausgerechnet die geschützten Frequenzen der Polizei instabil waren.

Wusste diese Frau eigentlich, was bei einer solchen Ermittlung jede einzelne Minute wert war? Schnell sein, nicht weil die Zeit an sich wertvoll war, sondern weil man Tätern keinen Vorsprung lassen durfte.

Ambrose di Gallo konnte Menschen nie richtig ernst nehmen, wenn sie Wutanfälle bekamen. Es war angeblich eine seiner Stärken, dass er immer ruhiger wurde, je wilder der Sturm um ihn herum tobte. Die Wahrheit war eine andere: Der erfolgreichste Ermittler der City fand Schreihälse schlicht lächerlich.

»Sie sind der beste Mann, den wir für diese Art Job haben!«, schimpfte die Generalsekretärin der Zentralbank, Herrin über alle Zeitkonten von Ocean City Inc.

Gut, dass Sie es sagen, dachte di Gallo. Laut sagte er: »Es ist doch nur ein Schuljunge, der irgendwie ein bisschen Zeit gemopst hat. Wahrscheinlich hatte der keine Lust auf seine Hausaufgaben.«

Ambrose di Gallo wunderte sich. Eigentlich war Tremont nicht seine direkte Vorgesetzte, auch wenn sie letztendlich in ihrer Position für alles und jeden zuständig war. Ihr Einfluss reichte angeblich rauf bis zum legendären, ziemlich menschenscheuen Vorstandsvorsitzenden der City, Clark Kellington. Kellington verfügte über die meisten Anteile an der Ocean City Inc.

Warum schickte diese Frau zuerst die Abteilung Z los und beauftragte anschließend di Gallo und sein Team mit den Ermittlungen? Di Gallo war kein Freund der Abteilung Z. Diese Typen nahmen sich, was sie brauchten. Sie bedienten sich in jeder anderen Polizeieinheit, rückten selbst aber nicht die geringste Information heraus. Ihr Vorgehen bei Verhören war auch nicht gerade das, was di Gallo unter redlicher Ermittlungsarbeit verstand.

Die Stimme von Lydia Tremont überschlug sich. »Es ist mir egal, ob er ein Schuljunge ist oder der Kaiser von China. Ich muss Ihnen doch nicht erklären, dass die Zeitkonten die Basis unseres friedlichen und erfolgreichen Zusammenlebens sind? Alles, unser gesamtes Wirtschaftssystem basiert auf Zeit! Unsere Bürger arbeiten für ihre freie Zeit! Wir bezahlen in Sekunden und Minuten. Ich werde es nicht zulassen, dass Zeit aus dem System gestohlen wird! Wenn dieser Diebstahl bekannt wird, könnte eine Panik um sich greifen. Können Sie auch nur ansatzweise verstehen, was das heißt, di Gallo? Finden Sie die Lücke! Das ist Ihr Auftrag. Finden Sie die Lücke! Und dann stopfen Sie sie! Machen Sie die Täter dingfest. Merzen Sie diese Bande aus. Restlos! Mit allen Hintermännern.«

Die Verbindung riss ab. Manchmal musste man den instabilen Frequenzen dankbar sein. Di Gallo wuchtete seinen massigen Körper aus dem Einsatzwagen. Er musste mehr Sport machen. Dringend.

Die uniformierten Kollegen, die draußen gewartet hatten, standen stramm.

»War das gerade wirklich Lydia Tremont?«, fragte der kleine Rothaarige, der neu in seinem Team war.

Ambrose nickte. »Wie sie leibt und lebt.«

»Und da lachen Sie?«, fragte der Rothaarige.

Ambrose di Gallo winkte ab. Er würde tun, was Lydia Tremont wollte, und er würde erfolgreich sein. Schließlich fand er immer etwas. Wenn nicht in den Daten der Decoder und den Konten der Verdächtigen, dann bei ihren Nachbarn, Freunden und Verwandten oder auf dem Klo. Dort hatte er seinen letzen Fall gelöst. Auf dem Klo.

»Das ist die Adresse«, sagte di Gallo. Er drückte dem Rothaarigen einen Zettel in die Hand. »Bringen Sie mich zur Wohnung der Flemings. Die Herrschaften von der Abteilung Z sind schon unterwegs, wir können mit Sicherheit gleich aufräumen.«

Die Mappe war weg. Entweder der Wind hatte sie in den Kanal getrieben, jemand hatte sie an sich genommen oder weggeschmissen oder …

Jackson wagte es nicht, diesen Gedanken zu Ende zu denken.

Er sah auf seine Uhr. Seit drei Stunden lief der Unterricht. Das würde teuer werden. Aber für Crockie hätte er alle Zeit der Welt ausgegeben. Bei der Vorstellung, dass er es sein würde, der in der Schule die Nachricht von Crockies Tod verkünden musste, wurde ihm übel.

Jackson beugte sich über den Mülleimer, den vorhin der alte Typ vom Reinigungsdienst geleert hatte. Das Frühstück kam ihm hoch.

»Brauchst du Hilfe?«, fragte eine Frau mit raspelkurzen Haaren. »Soll ich einen Notruf absetzen?«

»Nein …«, flüsterte Jackson, »… ein Sandwich … Thunfisch … schlecht … alles gut …«

Die Frau verplemperte keine Sekunde und klackerte auf ihren hohen Absätzen weiter. Nach einigen Minuten wagte Jackson ein paar Schritte. Immerhin, die Beine funktionierten wieder.

Jackson lief los.

Crockie war tot. Und er hatte den Tansponder aufgeschaltet.

Jackson musste nachdenken. Gab es außer den Plänen in seiner Kunstmappe noch Spuren? Irgendwas hatte Crockie von Henk geredet, aber Henk saß in der Schule fest und wunderte sich höchstens, dass Crockie und Jackson gleichzeitig krank waren. Ob Crockie bei sich zu Hause noch was rumfliegen hatte?

Jackson ging mit gemessenen Schritten. Zügig, aber nicht gehetzt. Sonst fiel er nur auf. Jackson kannte die möglichen Wege zu Crockies Wohnung in- und auswendig. Crockie, Henk und er hatten oft Spaziergänge in der Gegend zwischen der Schule und Crockies Wohnung gemacht. Crockie hatte Spaziergänge geliebt.

Zeit zum Fenster rausschmeißen. Das war das Größte für ihn gewesen. Der pure, der reine, der echte Luxus.

Jackson blieb beim unauffälligen, aber zügigen Gehtempo, bis er endlich vor Crockies Haus stand. Er drückte die Klingel der Flemings, eher um sicherzugehen, dass niemand in der Wohnung war, da stieg es in ihm hoch: das Gefühl von Schuld.

Wer hatte denn die Idee gehabt? Wer hatte sich ausgedacht, wie sie die Zeitkonten manipulieren konnten? Und wer hatte die technische Zeichnung entworfen?

Ich, ich und noch mal ich!, schrie es in Jackson. Er selbst hatte Crockie auf die Idee gebracht, die Konten von Crockies Eltern ein bisschen positiver zu gestalten. »Das muss doch möglich sein«, hatte Jackson vor ein paar Monaten behauptet. »Jedes System hat einen schwachen Punkt, den muss man finden und nutzen.«

Das waren seine eigenen Worte gewesen, sie klangen immer und immer wieder in seinem Kopf nach. Es war doch völlig klar, dass man Crockie mit solchen Sätzen herausforderte.

Crockie hatte den Schwachpunkt gefunden, und es war unverschämt simpel gewesen, jedenfalls wenn man über ein schlaues Köpfchen verfügte, ein Köpfchen mit ein paar Ideen.

Irgendwer hatte das einmal über Crockie, Henk und Jackson gesagt, schlaue Köpfchen seien sie, schlaue Köpfchen. Jackson erinnerte sich nicht, wer es gewesen war. Es war auch egal. Der Ton, in dem derjenige es gesagt hatte, der war nicht egal. Er war wie eine Vorhersage gewesen. Das wusste Jackson jetzt, wo es zu spät war.

Ideen hatten sie beide, eine Menge Ideen.

Und es war schon immer seine Aufgabe gewesen, Crockie vor dem Schlimmsten zu bewahren. Sie waren noch achtjährige Rotzlöffel gewesen, als sie sich bei einem der vielen Besuche von Crockie in der physiotherapeutischen Praxis von Jacksons Mutter kennengelernt hatten.

Ein Jahr lang hatte Crockie gebraucht, bis er nach seinem Unfall damals wieder fünf kleine Schritte machen konnte, ohne umzukippen, und das war Amelia Crowler zu verdanken gewesen. Und ein bisschen Jackson, der sich jeden Tag mit Crockie getroffen und ihm die Zeit vertrieben hatte. Die Zeit und die düsteren Gedanken, denn alle hatten Crockie vorhergesagt, dass er nie mehr auf seinen Beinen stehen würde.

Crockie wirkte nicht so, aber er brachte Tempo in die Dinge. Tempo und Kraft, explosive Kraft. Dieses gewisse Etwas, das einen im entscheidenden Moment einen Vorsprung verschaffte, einen Kickstart ermöglichte, den andere auf keinen Fall mehr wettmachen konnten. Das war Crockie.

»Pass ein bisschen auf deinen Freund auf«, hatte Jacksons Mutter damals gesagt. »Er sollte sich diese Knochen nicht noch einmal brechen.«

Jackson hatte aufgepasst. Auf Crockie, auf Henk und auch auf sich selbst. Nur dieses eine Mal eben nicht. Ein einziges Mal, das entscheidende Mal, in dem es um alles ging. Wo warst du, Jackson Crowler, wo verdammt noch mal warst du?, fragte er sich immer und immer wieder. Bei den Zeitkonten verstand die City keinen Spaß. Du wusstest das, Jackson Crowler, du wusstest das.

Crockie wollte seinen Eltern ein paar Stunden schenken. Ein paar freie Tage, um ihren Hochzeitstag zu feiern. Das war nicht mehr drin gewesen für die Flemings seit Crockies Unfall.

Jackson, Henk und Crockie hatten alle Möglichkeiten durchdacht: Sie wollten sich in die Zentrale der Zeitverwaltungsagenturen einhacken. Aber das war unmöglich, ohne innerhalb von Millisekunden aufzufliegen. Crockie wollte sich als Zeitagenturmitarbeiter verkleiden und Henk überlegte allen Ernstes, ein Praktikum in einer der lokalen Zeitagenturen anzufangen. Das war alles Unsinn gewesen.

Aber dann kam ihnen die Idee mit dem Transponder. Ein kleines Gerät, das vortäuschte, die Filiale einer Zeitagentur zu sein. Natürlich keine wirkliche, keine, in die die Bewohner der City marschieren und sich beraten lassen oder Zeitkredite nehmen konnten. Die Idee war so simpel.

Den Transponder zu bauen hatte den größten Spaß gemacht.

Tagelang hatten die drei Jungs im Hinterstübchen von Rufus Gainsbourghs Kiosk rumgehangen und sich aus uralten Computern und Spielkonsolen das zusammengesucht, was sie brauchten. Jackson liebte diesen verstaubten Laden, der immer in so ein warmes, gelbliches Licht getaucht war.

Ein Wahnsinn war das ganze Zeug, das Rufus Gainsbourgh hortete: Geräte aller Baureihen und -arten, uralte Speichermedien, Einzelteile aus den letzten zweihundert Jahren der Elektronikgeschichte lagerten in den Regalen. Dieser kleine Raum, in den man durch einen kurzen Flur gelangte, war für Jackson der beste, der friedlichste, der heiligste Ort der City.

Die Regale reichten bis unter die Decke. An der linken Wand stand eine kleine Werkbank mit allem, was dazugehörte. Rechts luden ein uraltes Sofa und ein leicht müffelnder Sessel zum Rumhängen und Nachdenken ein. Auf der Werkbank musste sich Jackson regelmäßig einen Platz frei schaufeln, an dem er und Henk die Bauteile des Transponders löten konnten, während Crockie sich mit irgendwelchem Schrott als Roboter verkleidete und sinnlos rumblödelte, bis der alte Gainsbourgh kam, weil er den Laden abschließen wollte. In dieser Werkstatt hatten sie den Transponder in groben Zügen entworfen und die Grundbausteine konstruiert.

Konnte Jackson ahnen, dass Crockie das allein durchziehen und das Teil ans Netz anschließen würde? Diese Frage pochte nun schon die ganze Zeit in Jacksons Kopf.

Ja, das konnte ich ahnen!, war die Antwort.

Crockie war Crockie. Er war Jacksons Freund wie Henk, aber er war nicht so brav und zuverlässig wie dieser. Crockie war verrückt, waghalsig und durchgeknallt. Schon immer gewesen.

Nun war er tot.

Und Jackson stand vor seinem Haus und hoffte, dass seine Eltern nicht zu Hause sein würden, als er klingelte.

Die Haustür schwang auf. Jacksons Finger drückten im Aufzug die Taste mit der Sieben. Sein Wunsch, dass niemand zu Hause war, ging nicht in Erfüllung.

Mrs Fleming stand in der Wohnungstür. Auch ihr Mann war da und das war außergewöhnlich. Beide guckten nervös, so, als wüssten sie, dass etwas nicht in Ordnung war, als Jackson aus dem Fahrstuhl auf sie zukam.

»Jackson! Was ist los? Wo ist Crockie? Was ist passiert?« Die Stimme von Mrs Fleming piepste viel höher als sonst.

Mr Fleming winkte Jackson in die Wohnung.

»Warum sind Sie zu Hause?«, hörte Jackson sich selbst fragen.

»Wir sind benachrichtigt worden«, sagte Mr Fleming. »Wir sollten sofort nach Hause gehen und würden erwartet.«

Jackson schluckte. »Tot.« Mehr brachte er nicht hervor. Er spürte diesen dicken Kloß im Hals.

»Was soll das? Wer ist tot?«, fragte Mrs Fleming.

»Crockie ist tot.«

Crockies Mutter begann zu zittern. Ihr Mann schüttelte den Kopf. »Was ist passiert?«, fragte er.

»Jemand hat auf ihn geschossen.«

»Jemand hat auf ihn geschossen?«, kam es wie ein Echo aus Mr Flemings Kehle. »Auf Crockie? Auf unseren Crockie?«

»Und dann ist er in den Kanal gestürzt.« Jackson hörte sich das sagen und konnte es selbst kaum glauben. Es klang so absurd. Es klang so unwirklich. Es klang wie aus einer anderen Welt. Aber es gab nur diese eine Welt. Und es war vor seinen Augen passiert. Jackson stand da und konnte nichts mehr tun. Er stand einfach nur da und spürte die Zeit.

Alle in der City hatten ein perfektes Gefühl für die Zeit. Man täuschte sich selten in der Zeit, sie dehnte sich nicht und sie schrumpfte nicht. Jede Minute hatte ihre sechzig Sekunden, genau die, und alle sechzig fühlten sich immer gleich an. Nur nicht in diesem Moment. Jackson verstand zum ersten Mal, was eine gefühlte Ewigkeit war. Sie wurde zerrissen vom Schrillen der Türklingel, gefolgt von heftigem Pochen einer Faust.

»Sicherheitsdienst, öffnen!«

»Ich weiß nicht, was die wollen, aber bitte, Sie dürfen mich nicht verraten«, flüsterte Jackson und hechtete zum Balkon. Er kauerte sich hinter die Kamelien. Die Blumen waren Mrs Flemings Ein und Alles. Dort versteckt hörte Jackson jedes Wort: Eine Frau, die sich als Mechthild Schmidt vorstellte, erzählte was von einem tragischen Unfall. Dann wurden die Decoder der Flemings ausgelesen. »Reine Routine, für das Protokoll«, sagte ein Mann. »Sechs Wochen«, stellte er kurz darauf fest.

Jackson kapierte es sofort. Es gab in dieser Situation keinen Grund, die Decoder auszulesen – außer die Besucher wussten, was passiert war.

Wussten sie auch, wie es zustande gekommen war?

Sechs Wochen freies Guthaben, bei jedem der beiden Flemings. 42 Tage, 1008 Stunden, über 60 000 Minuten. Das war für jeden

Normalbürger von Ocean City ein Batzen. Für nette, ordentliche Leute wie die Flemings, die dermaßen in den roten Zahlen lagen, dass auch ihre Enkel keinen Urlaub mehr machen würden, war es ein Vermögen.

»Bitte begleiten Sie uns ins Büro«, sagte der Mann, aber es war keine Bitte.

Mrs Fleming schluchzte laut auf. »Was ist mit unserem Sohn passiert?«

Mr Fleming versuchte seine Frau zu beruhigen. »Es ist alles ein Missverständnis, Melissa. Das wird sich aufklären.«

Mrs Fleming sprach aufgeregt weiter: »Wir waren selbst überrascht, wir wollten bei der nächsten Gelegenheit mit Mr Omar, unserem zuständigen Sachbearbeiter in der Zeitagentur, darüber sprechen. Wir haben eine Spende von *Care & Share* erhalten, ich meine, das kommt doch vor, aber wir hätten es natürlich nicht ausgegeben, bevor alles geklärt ist. Das können Sie gerne überprüfen.«

»Das werden wir, Mrs Fleming. Kommen Sie!«

Jackson hörte Schritte, die Haustür schlug zu, er wartete. Vorsichtig lugte er über die Brüstung des Balkons in die Tiefe.

Die Flemings kamen aus dem Haus. Zwei Sicherheitsbeamte hielten sie an den Armen. Der Mann öffnete die Tür des Lieferwagens. Die Frau schwang sich auf den Fahrersitz. Dann fuhren sie davon.

Auf der Stelle rauschten drei andere Wagen heran und spuckten ein ganzes Rudel von Uniformierten mit Koffern aus.

Ein rothaariger, junger Polizist sprang aus einem Zivilfahrzeug und rannte zur Beifahrertür, die er mit Schwung aufriss. Ein übergewichtiger Mann mit glatt rasiertem Schädel wuchtete sich aus dem Auto. Seine tiefschwarze schweißüberströmte Haut glänzte in der Sonne. Er warf einen Blick nach oben.

Jackson zuckte zurück.

Augenblicklich wusste er, dass ihm die paar Kamelien, hinter denen er sich versteckte, keinen Schutz mehr boten. Das Einsatzteam würde jeden Millimeter der Wohnung auf links drehen. Auch den Balkon. Auch Crockies Zimmer. Und es war vollkommen klar, was sie suchten: Spuren, die zum Transponder führten! Diese Spuren, wenn es sie denn gab, würden sie früher oder später auch zu Jackson bringen.

Noch ein paar Minuten blieben Jackson, um ihnen zuvorzukommen. Minuten, die er eigentlich brauchte, um schleunigst aus der Wohnung zu verschwinden. Er rannte hinüber in Crockies Zimmer. Er stellte sich mitten in das Chaos, das sein Freund um sich herum ausgebreitet hatte, als wäre es sein persönliches Wurzelwerk.

Jackson konzentrierte sich. Er wusste genau, dass er jetzt nichts, nicht das kleinste Stückchen eines alten Kupferkabels, keinen Widerstand, nicht mal einen Spritzer vom Lötzinn oder einen Hauch vom Schraubenabrieb übersehen durfte. Und er wusste, dass er keine Zeit hatte. Er hatte nur eine winzige Chance.

3.

Noch nie hatte Jackson das Wort »Zeit« so sehr gehasst wie in diesem Augenblick in Crockies Zimmer. Alles wurde in der City in Zeit aufgewogen. Alles wurde in Zeit bezahlt.

Damals, in den ersten Tagen mit einem eigenen Decoder, war er noch voller Stolz in den Supermarkt spaziert und hatte Kaugummi gekauft. Das war seine erste Kontobewegung. Ein Päckchen Kaugummi für 15 Sekunden.

Er hatte sich so groß und erwachsen gefühlt, als er seine Kinderhand mit dem Armband das erste Mal auf den Scanner gelegt hatte. Wie ein Großer war er sich vorgekommen, wie ein vollwertiger Teilhaber der City. Er hatte es geliebt: die eigene Zeit. Auf seinem eigenen Konto. Angezeigt auf seinem eigenen Decoder.

Aber neben der Zeit, die auf den Zeitkonten für geleistete Arbeit gutgeschrieben und für verbrauchte Waren abgezogen wurde, existierte noch eine zweite Art von Zeit.

Die Lebenszeit.

Die konnte niemand auf einem Konto verlängern oder verkürzen.

Crockies echte Zeit, seine Lebenszeit, war vorbei.

Was von Crockie blieb, waren die ein oder zwei geklauten Wochen freier Zeit, die noch auf seinem Decoder standen, als er in den

Kanal gestürzt war. Wie viele Minuten hatte er seinem Konto gutgeschrieben? Für eine Woche brauchte er 10 080! Wie alle Bewohner der City musste Jackson so etwas nicht lange ausrechnen. Diese Zahlenreihen standen jedem direkt vor Augen: 7 Tage, 168 Stunden, 10 080 Minuten.

Konzentriere dich, dachte Jackson, verdammt, konzentriere dich. Jammern half jetzt keinem, ihm nicht, Henk nicht und Crockie sowieso nicht.

Jackson drehte sich um die eigene Achse. Sein Zimmer sorgte zu Hause schon für die üblichen Diskussionen mit Mum und Dad. Crockies Zimmer aber war sogar für Jackson eher ein Kriegsgebiet als eine Behausung. Dass Crockie hier selbst überhaupt noch irgendetwas gefunden hatte, grenzte an ein Wunder. Wie sollte er sich in diesem Chaos zurechtfinden?

Auf dem Schreibtisch türmte sich das übliche Crockie-Zeug: einzelne Socken, Reste einer Lampe, ein Turnschuh, Papierkram, Comics, Unmengen unsortierter Artikel über Plastikfischerei, ein Buch über die Geschichte der Subway und verschiedene Zeitschriften zu hundertzwanzig anderen Themen, für die Crockie sich im schnellen Wechsel interessiert hatte. Hier und da tauchte ein Schulbuch auf, meistens verstaubt.

Dazwischen all der Kram, den Crockie unterwegs aufsammelte, lauter wertloses Zeug. Über allem thronte die Steinfigur eines fetten, sitzenden Glatzkopfs. Jackson hatte vergessen, was für eine Bedeutung der grinsende Kerl hatte. Auf seinen übereinandergelegten Händen lag etwas, das Crockie wirklich viel bedeutete: eine uralte Taschenuhr. Sie stammte noch aus der Zeit vor dem ersten großen Weltkrieg, der das ganze damalige Europa verwüstet hatte. Crockie behauptete, dass sie einem seiner Vorfahren gehört hatte. Sie funktionierte nicht mehr, weil das Gehäuse einen Granatsplitter abgefangen und seinem Besitzer das Leben gerettet hatte. Jackson überlegte nicht lang und steckte die Uhr in seinen Rucksack. Crockie würde nichts mehr mit ihr anfangen können, und Jackson wollte eine Erinnerung an seinen Freund haben, etwas, das diesem wichtig gewesen war.

Sie hatten eine strikte Vereinbarung gehabt: Es wurde niemals in den eigenen Zimmern geschraubt und gebastelt, nicht auf den eigenen Computern nach verdächtigen Informationen gesucht. Es durfte nichts herumliegen, das sie mit dem Transponder in Verbindung bringen konnte. Aber irgendwo musste Crockie das zu Ende gebracht haben, was sie angefangen hatten.

Auf dem kleinen Tisch neben Crockies Bett herrschte das gleiche Durcheinander. Crockies Notizbuch lag dort, immerhin.

Jackson blätterte es schnell durch. Er kam sich beschissen dabei vor. Sein Freund hatte diese Kladde gehütet, sie nie aus der Hand gegeben, nie jemand hineinschauen lassen. Das Buch war komplett vollgetextet, Gedichte, kleine Geschichten. Unglaublich. Jackson hätte nie gedacht, dass Crockie Gedichte schrieb. Sie waren so gute Freunde gewesen, beste Freunde, aber jeder Mensch hat Überraschungen parat, Geheimnisse. Und seien es Gedichte. Jackson fehlte die Zeit, das Büchlein auf Hinweise auf den Transponder zu durchforsten. Er steckte das Notizbuch trotzdem in den Hosenbund.

Er öffnete Crockies Kleiderschrank. Die Klamotten waren erstaunlich ordentlich eingeräumt.

Jackson hörte das Einsatzkommando am Aufzug.

Er hob den Stapel Unterhosen hoch. Da war nichts.

Er tastete die Fächer des Schranks ab, vorsichtig, versuchte nichts durcheinanderzubringen, bis ihm bewusst wurde, dass es niemand mehr interessierte, ob Crockie Fleming Ordnung in seinem Unterhosenfach hielt oder nicht. Jackson riss eine Boxershorts nach der anderen aus dem Schrank, verdammt, wie viele von diesen Dingern konnte jemand besitzen? Rot kariert, grün kariert, blau, alle Farbmischungen, aber immer kariert. Alles lag nun mitten im Zimmer. T-Shirts, Schuluniformen, Sportklamotten folgten.

Durch den Hausflur polterten Schritte, jemand rüttelte an der Wohnungstür.

»Das ist doch nicht wahr!« Jackson hörte eine maulende Männerstimme. »Die holen die Familie hier ab und kodieren die Tür, als ob diese Flemings jemals zurückkämen.«

»Das ist Vorschrift, du Idiot«, antwortete jemand. »Es muss alles nach einem ordnungsgemäßen Verfahren aussehen. Also mach diese beschissene Tür so auf, dass es keiner merkt. Ich will keinen Ärger.«

»Fragt doch mich«, flüsterte Jackson, dem Crockie die Wohnungs-PIN schon vor Ewigkeiten gegeben hatte, damals, als er noch im Rollstuhl gesessen und Jackson ihn jeden Tag besucht hatte. Wie lange würden sie brauchen, um den Türcode zu knacken?

Das unterste Schrankfach war merkwürdig. Etwas stimmte nicht. Der Sockel war zu hoch.

»Erwischt!«, murmelte Jackson. Crockie, der alte Fuchs, hatte hier ein Geheimfach eingebaut. Mit doppeltem Boden, wie bei einem der uralten Zaubertricks.

Jackson riss das ganze Brett mit einem Ruck aus dem Schrank. Es splitterte und krachte, aber das Fach war offen. Eine Kiste. Die kannte Jackson nur zu gut: Das war die Kiste, in die sie die ausgediente Spielkonsole von Henk gepackt hatten. Sie hatten sich alle drei gefreut, wie genial die Teile des Transponders in das alte Gehäuse und auf den verstaubten Mother-Block im Innern passten. »Einfach perfekt«, hatten sie gesagt. Es schepperte ein bisschen, als Jackson die Kupferkabel aus vergangenen Zeiten, die Microcontrollerreste und Schräubchen mitsamt der Kiste in seinen Schulrucksack stopfte.

»Da ist jemand drin«, hörte er einen der Polizisten.

Jackson huschte in den Flur. Zu spät. Sie öffneten gerade die Wohnungstür der Flemings.

Jackson wich zurück. Er nahm die schmale Tür, die ins Badezimmer führte. Dort öffnete er das Fenster hinter dem Klo, kletterte über die Schüssel raus auf einen kleinen Vorsprung und blieb dicht an der Hauswand stehen.

»Erst das Zimmer des Jungen!«, hörte er einen Mann sagen. »Nehmt nichts auseinander! Ich muss mir ein Bild der Lage verschaffen.«

»Das hat schon jemand für uns erledigt, Boss«, kam als Antwort. »Ziemliches Chaos hier.«

Jacksons Herz raste. Er saß in der Falle. Von dem Vorsprung ging es sieben Stockwerke abwärts, links konnte er einigermaßen sicher auf den Balkon gelangen. Feuerleitern gab es keine. Das Haus war eines der älteren.

Es war aus den Thermoblöcken der zweiten Generation gebaut. Schön sahen die nicht aus, aber sie hatten einen Vorteil: Zwischen ihnen waren die Dehnungsfugen für den Temperaturausgleich noch sehr groß. So groß, dass diese Häuser nicht gerade als einbruchsicher galten. Ein einigermaßen geschickter Kletterer konnte an einer solchen Fassade der zweiten Generation raufklettern. Oder runter. Beide Richtungen standen Jackson offen. Denn klettern konnte er, seit er das intensive Training für den Parkour-Wettbewerb begonnen hatte.

Unten warteten die Einsatzfahrzeuge und Jackson malte sich lieber nicht aus, was die Typen mit ihm machen würden, wenn er da an der Hauswand klebte, während sie das Zimmer seines toten Freundes durchsuchten.

»Die Wohnung ist leer!«, hörte er einen der Polizisten sagen.

Jetzt oder nie!, dachte Jackson. Er kletterte auf das Geländer des Balkons, steckte seine Fußspitze in den Raum zwischen den Blöcken. Es hielt.

Nur nicht runtergucken, befahl sich Jackson selbst.

Er krallte sich mit den Händen in den Fugen der Hauswand fest.

Dann setzte er den nächsten Fuß in eine Ritze und kletterte nach oben. Tritt für Tritt. Griff für Griff. Immer weiter arbeitete sich Jackson auf die Dachkante des Hauses zu.

»Check den Balkon!«, hörte er einen Mann rufen.

Jackson legte einen Zahn zu. Er klammerte sich an der Fassade fest und zog sich immer höher, bis er schließlich die Dachkante erreichte.

Er warf einen Blick zurück auf den Balkon. Für einen Augenblick spürte er einen leichten Schwindel, als er in die Tiefe sah.

Unter seinen Füßen untersuchten zwei Polizisten die Blumentöpfe und Balkonmöbel der Flemings. Jackson wälzte sich über die Dachkante.

Sein Atem ging schwer und schnell.

Langsam durch die Nase ein- und durch den Mund ausatmen, so hatte er es bei Meister Chang im Sport gelernt. Doch nicht so übel, diese Lehrer, dachte Jackson.

Dann robbte er noch etwas weiter Richtung Mitte des Flachdachs, damit ihn von unten niemand sehen oder hören konnte. Er zog das Notizbuch hervor und blätterte bis zum letzten Eintrag. Was immer Crockie dort festhalten wollte, er hatte es nicht beendet. Wie eine Überschrift, vielleicht der Titel eines Gedichts, das noch folgen sollte, stand da diese letzte Zeile.

Ihr habt die Uhren, wir haben die Zeit, lauteten diese letzten Worte. Das war nicht von Crockie. Das war ein Zitat. Jackson kannte es nur zu gut.

Als er sich vorstellte, wie Crockie diese Zeilen sagen würde, schossen Jackson doch die Tränen in die Augen. Dies waren Crockies letzte Worte, sozusagen sein Vermächtnis. Es war, als würde er Crockie neben sich spüren.

Es war eine Zeile aus der Rede zu ihrer großen Zeremonie, damals, als sie mit neun Jahren in die Gemeinschaft der Teilhaber von Ocean City aufgenommen worden waren. Jackson erinnerte sich gut daran. Der Satz stammte aus einem vergangenen Jahrhundert, ein Mann in Afrika hatte ihn gesagt und damit ausgedrückt, dass nur die unbemessene Zeit einen wirklichen Wert hat. Unendlichkeit, die in jeder Minute lag.

In der Rede wurde ihnen sofort klargemacht, dass das Unsinn war. Erst mit der Uhr, erst mit ihrem Decoder wurde aus Zeit etwas Wertvolles. Alles andere sei Faulheit, schmarotzen, andere für sich schuften lassen. Solche Ungerechtigkeiten seien der Grund für jeden Streit, Konflikt, Krieg und letztlich den Untergang der Staaten der Welt gewesen.

Crockie war nie ein Freund solcher Vorträge gewesen. Rumhängen, nichts tun, Zeit verplempern – das war für ihn das Größte gewesen.

Jackson verstaute das Notizbuch im Rucksack.

Durch den Tränenschleier sah er auf die City. Von hier oben hatte man einen wunderschönen Blick auf dieses schwimmende Riesengebilde, auf dem er sein ganzes bisheriges Leben verbracht hatte. Die Stadt trieb frei auf dem unendlich großen Ozean. Die Motoren unter den mächtigen Schwimmblocks, die Ocean City über Wasser hielten, stabilisierten diese schwimmende Rieseninsel so perfekt, dass nur bei extremen Stürmen ein leises Schwanken wahrgenommen werden konnte.

Modul für Modul, Bezirk für Bezirk hatten die Menschen die City ausgebaut. Erst nach den Plänen von Clark Kellington I., dann nach Ideen seines Sohns und Erben Clark Kellington II., unter dem sich die Fläche der City vervierfacht hatte. Dessen Sohn wiederum, der dritte Clark in der Reihe, war zum großen, alten Weisen, dem genialen Kopf der City geworden. Ihm hatte nicht die Vergrößerung, sondern die Verbesserung der City am Herzen gelegen. Eine gute kostenlose Grundversorgung und Bildung für alle, Umweltschutz und Wiederverwertung der Rohstoffe – dafür setzte er sich ein.

Zugleich lebte Clark Kellington III. sehr zurückgezogen. Er war der Mann, den man nie zu Gesicht bekam. Crockie hatte sogar bezweifelt, dass es diesen dritten Clark Kellington jemals gegeben hatte. Vor allem bezweifelte er, dass jemand wie Lydia Tremont sich von einem alten, weisen Zausel Anweisungen geben ließ.

Hier oben in der Mittagssonne zwischen den Häuserschluchten verstand Jackson, warum Crockie so verrückt darauf gewesen war, eines Tages auf einer Slackline von einem Haus zum anderen zu spazieren, am liebsten vom Millenium-Hochhaus rüber zum roten Geburtskrankenhaus und von dort weiter zum Tower, der Zentrale der Zeitagentur. Man musste das Gefühl haben, geradewegs auf das Meer zuzuschweben. Frei wie eine der Möwen, die die City ständig begleiteten.

Crockie war acht Jahre gewesen, als er über das Geländer auf dem Dach der Primary School balanciert und knapp sieben Meter in die Tiefe gestürzt war. Es war ein Wunder, dass er überlebt hatte. Vom Balancieren in möglichst großer Höhe hatte ihn das aber bis heute nicht abgehalten.

Jackson wischte sich die Tränen von den Wangen. Er musste unerkannt von diesem Dach runter, um die Reste vom Transponderbau verschwinden zu lassen. Und er musste Henk warnen.

Jackson sah sich nach einer Feuerleiter um, aber da war nichts. Hier oben gab es nur eine Haube, unter der der Aufzug schnurrte. Den wollte Jackson lieber nicht benutzen. Das Nachbarhaus war einen halben Meter höher und direkt an Crockies Haus gebaut. Jackson kletterte hinüber und erblickte sofort die beiden Bügel der Feuerleiter auf der anderen Seite des Flachdachs.

Na also, dachte Jackson und lief auf die Leiter zu.

Jackson kannte niemanden in der City, der ein so ruhiges Leben führte wie Rufus Gainsbourgh. Der ältere Herr mit den glatten schwarzen Haaren, den buschigen Augenbrauen und diesem unglaublichen Schnauzbart hatte einen kleinen Kiosk, in dem er mit Computerspielen und all dem Kleinkram handelte, der das Leben nicht leichter, aber etwas süßer machte. Rufus nahm es nicht so genau mit den Regeln und irgendwie schien ihm das keiner krummzunehmen. Der alte Kauz schaffte es, seine Tarnung genau dann perfekt erscheinen zu lassen, wenn die Kontrolleure in der Nähe waren. Denn Rufus handelte nicht nur mit Nachrichten, Spielen und Süßkram.

Seine große Leidenschaft waren die Geschäfte, die er gar nicht tätigen durfte. Nach Einbruch der Dunkelheit kamen sie angeblich jeden Abend: die Spielsüchtigen. Die, die von einem alten Computerspiel nicht mehr loskamen. Rufus versorgte sie unter dem Ladentisch mit allen Ersatzteilen, die sie für ihre veralteten, verbotenen, zeitraubenden Computer brauchten.

Rufus hielt sich die Leute normalerweise vom Leib, aber bei Jackson, Crockie und Henk hatte er eine Ausnahme gemacht. Vor ein paar Jahren, als sie gerade an der Kellington High angefangen hatten, war Rufus auf sie aufmerksam geworden.

»Ihr erinnert mich an einen Jungen, den ich früher mal kannte«, sagte er. »Der machte auch lieber das, was er wollte, als das, was er sollte.« Dann zwinkerte er ihnen zu. Unter diesen unfassbar buschigen Brauen waren seine Augen fast nicht zu erkennen. Aber ein Zwinkern kam trotzdem an.

Der Junge, von dem er da erzählte, das war natürlich er selbst. Wenig später ließ er sie sogar in den schönsten, gemütlichsten, besten Ort der City: seine zugemüllte Werkstatt im Hinterstübchen des Kiosks.

In Rufus' Regalen hatten Jackson, Henk und Crockie auch die wichtigsten Teile für den Transponder gefunden. Sie hatten Rufus nicht eingeweiht, aber in Detailfragen hatte er ihnen doch den einen oder anderen Tipp geben können, ohne je zu fragen, was für eine Spielkonsole sie da zusammenschraubten.

Die Werkstatt, der nach Keller müffelnde Sessel, das Sofa und der ganze Kram in den Regalen, das alles war so vermüllt und verstaubt, dass Rufus selbst wohl nicht mehr ganz durchblickte, was er wo verstaut hatte.

Der Alte wirkte nicht überrascht, als Jackson bei ihm auftauchte. Er stand wie immer vorne am Tresen.

»Hi, Mr Gainsbourgh, ich muss nur kurz was holen, okay?«, keuchte Jackson.

»Solltest du nicht in der Schule sein?«, nuschelte Rufus Gainsbourgh unter seinem Schnauzer hervor.

»Da ist was ausgefallen«, behauptete Jackson. »Bin gleich wieder weg. Kann ich kurz nach hinten?«

Gainsbourgh nickte nur. Jackson hörte ihn noch grummeln: »Bring mir nur keinen Ärger ins Haus, Junge!«

Jackson brauchte nicht lang zu überlegen. Er hob das linke Sitzpolster des Sofas an. Darunter lagen Staubflocken von beruhigender Größe. Perfekt, dachte Jackson. Er nahm die verräterischen Restteile des Transponders aus dem Rucksack, verstaute sie unter dem Polster. Er drückte das Polster wieder auf das Sofa, setzte sich einmal drauf, sodass es wieder tief einsank. Dann griff er sich ein paar alte Kabel aus dem Regal und lief zurück in den Laden.

»Hast du gefunden, was du brauchst?« Rufus sah ihn an.

»Ja, kann ich die hier haben? Ist für so'n Versuch.«

»So'n Versuch, ja? Hoffentlich ist das nicht so'n Versuch, der Haifischfutter aus uns macht ... ja, nimm nur mit. Aber pass auf dich auf!«

»Danke, bis später!«

»Halt die Ohren steif, Jackson Crowler«, hörte Jackson den alten Mann noch sagen, als er schon wieder lostrabte.

4.

Der schnellste und billigste Weg zur Schule war die Subway. Zwei Stationen in Höchstgeschwindigkeit zum Preis von lächerlichen 30 Sekunden pro Haltestelle. Zu Fuß brauchte man viel länger, aber Jackson zögerte.

Wenn diese Sicherheitsleute auch hinter ihm her waren, dann würde er mit der Abbuchung der Zeit eine deutliche Spur am Trafficpoint hinterlassen. Es war sicherer zu joggen.

Jackson hätte nicht gedacht, dass er Meister Chang, dem Sportlehrer der Kellington High, eines Tages dafür dankbar sein würde, dass er seine Schüler so hart rannahm.

»Wir leben in einer perfekten Gesellschaft inmitten einer aus den Fugen geratenen Welt, liebe Freunde der Ertüchtigung«, pflegte Chang zu sagen. Der Sportlehrer der Kellington High war berühmt für seine Moralpredigten, wenn jemand die Fitness nicht ernst genug nahm. »Die Schule, Ihre Eltern und die City kümmern sich um alles. Nur um eins müssen Sie sich selbst kümmern: den Erhalt Ihres wachen Geistes und Ihres trainierten Körpers.«

Wer dann noch nicht bereit war, seine Runden im Kreis zu rennen, der bekam noch einen Vortrag über den Zusammenhang von Blutkreislauf und Hirnfunktionen mit allen erforschten Arealen dieses wichtigsten aller Organe zu hören.

Jackson trabte durch die Straßen. Natürlich zog er die empörten Blicke älterer Bürger auf sich.

»Nein, diese Jugend, sie weiß sich nicht zu benehmen!«

»Kann der denn nicht zivilisiert gehen?«

»Wieder alle Zeit zum Fenster rausgeschmissen, wie?«

Jackson achtete nicht weiter auf die Kommentare. Er mied die Maui Avenue mitsamt Timeline-Park und lief im Bogen von hinten an die Schule. Er wusste, wie er in die Schule kommen konnte, ohne dass Heather Blue sein Armband scannen und ihm die unentschuldigten Fehlzeiten als doppelte Minusstunden vom Konto abbuchen würde. Er kletterte am Rankgitter, unter dem eine Handvoll Pflanzen vor sich hin starb, rauf aufs Dach der Turnhalle und hangelte sich auf der anderen Seite am Regenfallrohr wieder runter. So gelangte er auf die kleinere Sportfreifläche vor der Halle. Die Türen standen dort immer offen. Jackson konnte direkt in den Umkleidetrakt spazieren und von dort aus ins Schulgebäude.

Eine Schar kichernder Unterstufen-Mädchen kam gerade aus der Mensa. Jackson wich in den Flur zurück, als er den leicht schlurfenden O-Bein-Gang von Mr Gobbins hörte. Von seinem Kunstlehrer wollte er sich hier nicht erwischen lassen. Er schlich sich zum Fahrstuhl in den Tiefkeller. Henk saß dort um diese Zeit in seinem Lieblingskurs: Ozeanografie.

Das war kein Wunder, behauptete Henk immer, weil die Vermeulens schon im 17. Jahrhundert ihr Geld in der Ostindischen Kompanie als Reeder und Handelsleute verdient hatten. »Wir gehören aufs Wasser«, hatte Henk einmal gesagt. Als die Niederlande nach der dritten, verheerenden Sturmflut aufgegeben und endgültig zum Opfer des steigenden Meeresspiegels erklärt worden waren, hatten sich seine Vorfahren als eine der ersten Teilhaber am Aufbau von Ocean City beteiligt.

Henk konnte sich jetzt schon ausrechnen, dass er für die Zukunft der City eine besondere Rolle spielen würde. Alle, die schon während der Highschool auf eines der Wissensgebiete der *Sechs Grundsteine* vorbereitet wurden, konnten sicher sein, dass sie irgendwann einen sehr wichtigen Job übernehmen würden. Die Meereskunde gehörte neben den Ingenieurswissenschaften, der Süßwassergewinnung, der Klimaforschung, der Energietechnik sowie der Rohstoff- und Abfallkunde zu diesen Grundsteinen der City.

Jackson hatte in den jährlichen Tests bisher in keinem der Bereiche besonders gut abgeschnitten. Er wusste nicht, wie schlimm er das finden sollte. Schließlich war ihm selbst noch nicht klar, was er später mal machen wollte. Die besten Noten hatte er in Kunst, Sport und einem Fach, über das alle nur lächelten: SEMSM. Hinter der Abkürzung versteckte sich ein Wortungetüm: Social-Emotional-Mental-Skills-Management.

»Du landest bestimmt im Psychobunker und hörst dir den Seelenkram von den Faulenzern an«, witzelte Henk immer.

Psychotherapeut war wirklich kein Beruf, den Jackson ergreifen wollte, so viel stand fest. Wer in der City seelische Probleme hatte und deshalb nicht arbeiten konnte, wurde oft verdächtigt, sich auf diesem Weg nur ein paar Freistunden ergattern zu wollen. Die Betreuer für diese Leute hatten nicht gerade einen guten Ruf.

Crockie sah das von der praktischen Seite: »Als Psycho-Heini kriegst du die tollsten Frauen. Du bist der Typ fürs gute Feeling. Kapierst die Leute, ohne dass sie viel labern müssen. Frauen stehen da drauf.«

Das Einzige, was Jackson wirklich machen wollte, war eine Expedition hinaus aufs Wasser. Von ihm aus auch auf einem der Boote der Plastikfischereiflotte, obwohl er sich bisher in Rohstoffkunde nicht besonders hervorgetan hatte. Und auf hohe See nahmen die harten Kerle der Plastikfischerei garantiert keinen Psycho-Heini mit.

Außerdem wäre es ein weiter und steiniger Weg, bis er endlich da landen würde. Die Ausbildung in Rohstoffkunde war haarig. Da musste man aus den hart gepressten Resten, die die Kläranlagen ausspuckten, neue Dachschindeln für Häuser backen. Ein Rohstoffkundler musste eben das Zeug nutzen, das er fand. Egal, wie ekelhaft es war.

Der Ozeanografie-Fachraum der Kellington High war legendär. Er lag nicht nur einfach im Keller des Gebäudes, sondern war durch einen Sonderfahrstuhl in einem Tiefkeller zu erreichen. Der Boden und die Wände dort bestanden aus Glaselementen, sodass man direkt in den endlosen Ozean blicken konnte.

Je nach Wetter und Position der City wurden Wale und Haie gesichtet. Mit einem Tiefseefernrohr hatte Swetlana Kasmarowna, die Lehrerin für Ozeanografie, schon an die fünfzig neue Fischarten ausgemacht, sie bestimmt und mit Namen versehen.

Manchmal sah man auch nur alte, überflüssig gewordene Kabelenden oder Strudel von den Turbinen, die die City stabilisierten, vorüberziehen.

Jackson sah durch das kleine Türfenster in den Raum. Er hatte Glück: Die Gruppe stand gerade um das Fenster im Boden herum und ließ sich irgendetwas erklären. Henk sah zu ihm auf und Jackson winkte ihn zu sich.

Henk schüttelte nur kurz den Kopf.

Jackson verdrehte die Augen. Henk und seine Gründlichkeit. Es gab einfach Wichtigeres als diese dämlichen Algen- und Quallenwälder unter ihnen.

Jackson kramte einen Zettel aus seinem Rucksack. Er malte ein großes C darauf. Als Henk wieder zu ihm sah, zog Jackson seine Handkante quer über den Kehlkopf. »Crockie ist tot«, formten seine Lippen lautlos.

Henk runzelte die Stirn, bewegte sich jedoch keinen Schritt von dem Fenster weg.

Erst als Jackson auf sein Armband zeigte, dämmerte Henk offenbar, dass es um den Transponder ging. Henk meldete sich. Jackson duckte sich schnell zur Seite. So sanft und freundlich Mrs Kasmarowna auch war, einen Schüler, der sich unbefugt im Flur der Ozeanografie herumtrieb, würde selbst sie bei Heather Blue oder gar bei der Schulleitung melden müssen. Und auf einen Kontakt mit der Schulleiterin konnte Jackson im Augenblick verzichten.

Henk setzte seine Unschuldsmiene auf, strich seinen blonden Scheitel zur Seite und hastete aus dem Raum.

»Ich muss mal«, raunte er Jackson zu, als er aus dem Klassenzimmer kam.

Sie liefen den Flur entlang zum Jungsklo.

Hellblaue Türen, braune Wände, grüner Boden und grüne Schüsseln. Im Baujahr des Trakts musste das modern gewesen sein. Schön war es vermutlich schon damals nicht gewesen.

»Was ist los?«, fragte Henk. »Was ist mit Crockie? Warum wart ihr nicht im Unterricht?«

Jackson schluckte. Nun musste er wieder raus, dieser Satz.

»Crockie ist tot.«

Henk stand da. Lehnte sich mit dem Rücken an die braune Wand, pustete die Haare aus den Augen. Seine helle, von Millionen Sommersprossen übersäte Gesichtshaut überzog sich mit diesem roten Schein, der ihn sonst quälte, wenn er zu viel Zeit in der Sonne verbracht hatte oder ihm Esther, ein Mädchen aus der Klasse, über den Weg lief.

Er schien trotzdem nicht zu glauben, was Jackson ihm berichtete. Die Schüsse, der Sturz, Crockies Tod. Henks Blick schweifte ins Leere.

Erst als Jackson vom Transponder anfing, war Henk plötzlich wieder bei ihm und hörte zu. Jackson erzählte von der Verhaftung der Flemings, Henks Kiste, die er in Crockies Geheimfach gefunden und mitgenommen hatte.

»Du hast den Kram doch nicht etwa bei dir?«, zischte Henk. »Du hast den verdammten Mist nicht hier in die Schule gebracht?«

Jackson schüttelte den Kopf. »Natürlich nicht. Hab ich alles bei Gainsbourgh versteckt. Das Zeug ist da sicher. Findet nicht mal der Alte. Garantiert.«

Henk ballte die Faust.

Jackson glaubte zu wissen, wie sich sein Freund fühlte. »Ich bin auch sauer auf diese Scheißkontrolleure, Henk. Aber wir müssen …«

»Die Kontrolleure haben gemacht, was ihr Job ist!«, herrschte Henk ihn an. »Crockie, dieser Vollidiot! Wieso schaltet der unser Baby plötzlich allein auf? Und dann bedient sich der Esel auch noch so, dass er sofort auffliegt. Mit *meinem* Gehäuse.«

Plötzlich stockte Henk.

Er wurde noch wütender, als er den Gedanken aussprach: »War in Crockies Kiste das Siegel mit der Kennung? Du weißt schon, die Konsolenkennung!«

Jackson atmete tief durch. Er wusste genau, wonach Henk fragte. Er selbst hatte den Gedanken auch schon gehabt, aber ihn bisher erfolgreich weggeschoben. So verrückt konnte nicht mal Crockie sein. Das Siegel, das auf jedem Hardwareprodukt der City klebte und eindeutig zuzuordnen war, das hatten sie bei Henks alter Spielkonsole nicht entfernt. Mit dieser Kennung wurde verhindert, dass irgendwer seinen Schrott irgendwo illegal entsorgte, statt ihn dem Rohstoffkreislauf zuzuführen.

Solange sie am Transponder herumschraubten, sollte das Gerät als Tarnung dienen, falls ihre Eltern oder Rufus Gainsbourgh doch mal fragen würden, was sie da eigentlich trieben. Der Versuch von ein paar Jugendlichen, eine alte Spielkonsole wieder zum Laufen zu kriegen, wäre eine gute und plausible Erklärung für ihre Bastelwut gewesen.

Irgendwo eingebaut, öffentlich auffindbar war das natürlich fatal. Jeder Techniker der City wäre in der Lage, die Spur vom Konsolensiegel zu Henk zurückzuverfolgen.

Henk war einen halben Kopf größer als Jackson. Jetzt kam der schlaksige Junge auf ihn zugesprungen und packte ihn an den Schultern. »Nun sag schon, Jackson! Hast du das Siegel? Hat Crockie was gesagt?«

Jackson schüttelte den Kopf. »Nein, ich hab's nicht gesehen und er hat auch nichts davon gesagt. Es ging alles rasend schnell. Ich weiß nicht. Vielleicht hat er was von dir gesagt. Aber nichts vom Siegel.«

Henk ließ Jackson los.

»Verdammt.« Er trat mit dem Fuß nach hinten aus wie ein Pferd und stieß die Tür zu einer Klokabine dabei so heftig auf, dass sie an die Wand donnerte.

»Dieser Idiot! Dieser blöde Idiot!«

»Er ist tot, Henk. Crockie ist tot!«, flüsterte Jackson. Er starrte Henk an, dessen Reaktion ihm fast den Atem nahm. »Er war unser Freund. Und kein Idiot.«

Henk beruhigte sich nicht. »Weißt du, in welche Situation der uns gebracht hat? Wenn das Siegel noch auf dem Gehäuse pappt, bin ich dran, dann muss ich die Sache ausbaden!«

Jackson schwieg. Was sollte er dazu sagen? Natürlich hatte Henk recht, aber war das das Erste, was ihm bei dieser Nachricht einfiel?

»Wo hat er es gemacht? Wo hängt der Transponder?«, fragte Henk. »Wir haben bisher keinen Zugang zum Netz gefunden! Wie und wo hat er das hingekriegt?«

Jackson seufzte. »Wenn ich das wüsste, hätte ich das Ding längst geholt und im Meer versenkt.«

Henk nickte und starrte vor sich auf den Boden. Plötzlich sah er Jackson in die Augen. »Und du bist sicher, dass der Transponder funktioniert hat? Ich meine: Hast du sein Konto gesehen? Oder das der Flemings? Vielleicht war es ja alles ganz anders?«

»Henk, was soll es sonst gewesen sein? Warum versteckt Crockie sein Armband und haut ab?«

»Sind sie auch hinter dir her?«, fragte Henk, ohne auf das einzugehen, was Jackson gesagt hatte.

Jackson zuckte mit den Schultern. »Wenn ich das wüsste.«

Henk warf einen Blick auf seine Uhr. »Mist, ich muss zurück. Sonst schickt die Kasmarowna gleich einen Suchtrupp los.« Er ging zur Tür, öffnete sie aber nicht. »Warte hier auf mich. Ich muss nachdenken. Wir müssen rauskriegen, ob sie dich überhaupt schon suchen.«

Jackson nickte. Er hätte sich zwar ein schöneres Versteck als das Jungsklo im Tiefkeller der Schule vorstellen können, aber im Augenblick fiel ihm keins ein.

Als Henk eine halbe Stunde später aus seinem Kurs kam, hatte er eine wahnwitzige Idee: »Du musst dich einfach einchecken. Riskierst vielleicht eine halbe Stunde Strafe. Aber dafür wissen wir wenigstens, woran wir sind.«

Jackson war nicht begeistert. Andererseits hatte Henk recht. Er konnte sich nicht endlos vor Heather Blues Scanner und ihrem strengen Blick verbergen. Aber was sollte er ihr sagen? Warum hatte er nicht früher eingecheckt? Erst kurz vor dem Schalter fiel Jackson eine tolle, eine perfekte, eine unumstößliche Ausrede ein. Eine Ausrede, die einfach für alles und jeden galt. Er war sich sicher, dass selbst die strenge Heather Blue weich werden würde – falls sie eine weiche Seite hatte. Das allerdings war nicht sicher.

Die Empfangsdame und Oberkontrolleurin der Kellington High starrte Jackson an, als er neben Henk an ihren Schalter trat.

»Was machen Sie denn hier, Crowler?« Sie sah auf ihren Bildschirm und schüttelte den Kopf. »Sie sind nicht eingecheckt und spazieren im Schulhaus rum. Wie sind Sie überhaupt reingekommen?«

Jackson versuchte, unschuldig zu gucken. »Ich hab es heute früh vergessen. Meine Schwester hat übermorgen ihre große Zeremonie. Die Familie dreht echt schon durch, Miss Blue. Meine Mum bastelt Blumensträuße für den Tisch und da musste ich die halbe Nacht mitbinden. Ich war spät dran und bin so reingerutscht. Tut mir echt leid!«

Heather Blue pumpte Luft in ihre Lungen. Jackson dachte, dass ihr gleich die Knöpfe von der prall gefüllten Bluse springen würden, und wollte schon in Deckung gehen, aber dann atmete sie doch wieder aus.

Ihr Blick verwandelte sich. Es war plötzlich etwas Warmes in ihren Augen. Jackson hätte jubeln können. Die Zeremonie wirkte. Sogar bei Heather Blue!

»Die Zeremonie, ja?« Sie lächelte sanft. »Oh ja, das weiß ich auch noch. Wie ich damals dastand. Mit meinen Zöpfen. Mein Vater so stolz.« Plötzlich zog eine Zornesfalte auf ihre Stirn. »Nur mein Bruder, der Mistkerl, der hat sich erst über mein Kleid lustig gemacht und mir dann die Geschenke geklaut.« Sie musterte Jackson und ihr Blick wurde wieder freundlicher. »Aber du bist ein Bruder, der was für seine Schwester tut. Das ist nett. Wie heißt sie denn?«

»Celine«, antwortete Jackson. »Sie ist so aufgeregt.«

»Waren wir das nicht alle?« Heather Blue wurde wieder ernst. »Her mit deinem Decoder, du Lümmel!« Sie zwinkerte Jackson zu. »Also das wären 120 Strafminuten, weil du viel zu spät eincheckst«, sagte sie leise. »Ich muss aber nicht … ich meine …« Sie sah Jackson ernst in die Augen. »Für Celine! Und kein Wort zu niemandem, ihr beiden, verstanden?«

Henk und Jackson nickten.

Heather Blue sah sich um und sagte etwas lauter. »Oh, das muss ein Fehler im System sein. Warte, ich kann das korrigieren.« Mit zwei Fingertipps, so simpel, dass Jackson fast die Augen aus dem Kopf fielen, checkte Heather Blue ihn ein, als wäre nichts gewesen.

»Danke«, sagte Jackson.

Heather Blue tat so, als hätte sie das nicht gehört. »Los, los, macht, dass ihr wegkommt, Jungs!«

5.

Jackson spürte, wie ihm der Schweiß den Rücken hinunterlief, als sie den Check-in hinter sich ließen. Heather Blue verfügte über einen sechsten Sinn, der sie wahrscheinlich auf den Posten als Pförtnerin der wichtigsten Highschool der City gebracht hatte.

Sie roch hundert Meter gegen den Wind, wenn ein Schüler sich hinter seiner Spielkonsole verschanzt hatte, statt zur Schule zu gehen. Sie konnte durch die geschlossene Abschottungstür spüren, dass eine Schülerin aus der Oberstufe sich heimlich mit einem der Auszubildenden aus den Bautrupps traf, die für die Instandhaltung der City verantwortlich waren.

Mit der Zeremonie hatte Jackson sie geknackt, ihre weiche Seite erwischt. Oder sie hatte an diesem Tag schon genug Angst und Schrecken verbreitet, und sie genoss es einfach, ihre Macht auch einmal zugunsten eines der jugendlichen Delinquenten auszuspielen.

»Verdammt, hör auf zu schwitzen«, zischte Henk Jackson zu.

Jackson lag ein genervtes »Du Arschloch!« auf den Lippen, aber er beherrschte sich. Henk konnte einem mit solchen Bemerkungen wirklich auf die Nerven gehen. Als ob ihm das Ganze gerade Spaß machte! Jackson hätte gerne gewusst, was Henk in einer Situation wie der am Morgen unten am Kanal gemacht hätte.

Henk setzte noch einen drauf: »Und geh nicht so schnell. Man muss nicht einmal Big Mama Heather sein, um deine Schuld zu riechen.«

Jackson stank tatsächlich. Er schwitzte jetzt zum dritten Mal seine Schuluniform durch. Die feuchten Ringe unter seinen Armen reichten fast bis zum Gürtel. Es war so oder so unübersehbar, dass Jackson nicht in einer Schulbank gehockt, sondern sich über Hausdächer gewälzt und schmuddelige Feuerleitern hinuntergerutscht war.

»Ich muss zu meinem Spind«, sagte Jackson und versuchte, ruhig und nicht beleidigt zu klingen. Sich unter diesen Umständen mit Henk anzulegen, brachte gar nichts. Die Streitereien zwischen Crockie und Henk hatten Jackson schon immer genervt, damit musste es nun nicht weitergehen.

Plötzlich blieb Henk stehen. »Der Spind«, rief er und schlug sich mit der flachen Hand vor den Kopf. »Das ist es.«

Jackson verstand nicht, was Henk ihm sagen wollte.

»Vielleicht liegt das Gehäuse in seinem Spind?«

Einen kleinen Augenblick glaubte auch Jackson, dass sie vielleicht Glück hatten, dann verwarf er die Idee jedoch wieder. Er schüttelte den Kopf. »Crockie kann den Transponder nicht ohne das Gehäuse angeschlossen haben. Er war ein Freak, aber kein Idiot. Wenn irgendetwas schiefläuft, suchen sie garantiert auch in der Schule. Außerdem kommen wir ohne Heather Blues Hilfe nicht an den Schrank und ich gehe da jetzt nicht noch einmal hin. Ich hole meine Sportklamotten. Die stinken nicht und sind nicht verschwitzt. Außerdem habe ich in den letzten beiden Stunden ›Leib und Seele harmonisieren‹ bei Chang und glaube mir: Das kann ich gerade gut brauchen.«

Die Erkenntnis, dass es im System noch keinen Warnhinweis

gab, beruhigte Jackson. Henk hätten sie ansonsten auch längst aus dem Unterricht geholt. Allerdings fragte sich Jackson, ob sie jemand aus der Familie Vermeulen genauso behandeln würden wie Crockie oder ihn selbst. Laut Gesellschaftsvertrag waren alle Bewohner der City gleich, klar, aber einige waren eben doch ein bisschen gleicher.

Im Treppenhaus drehte Henk nach links ab, um den Aufzug hinab in die Räume der Meereskundler zu nehmen. Er baute sich vor Jackson auf und straffte die Schultern. Obwohl Henk deutlich größer als Jackson war, reckte Henk sich immer, wenn er Eindruck machen wollte.

»Wir müssen die Nerven behalten«, sagte er.

»Das mache ich schon seit einiger Zeit«, gab Jackson zurück. »Genauer gesagt seit 7:27 Uhr heute Morgen, als mein bester Freund ... als *unser* bester Freund getötet wurde.«

»So meinte ich es nicht.« Henk entspannte sich. Er stand nun so schlaksig da, wie er war, mit baumelnden Armen, die nie so richtig wussten, was sie tun sollten. »Wir warten erst einmal ab. Übermorgen findet die große Zeremonie statt, das vermasseln sie den Bewohnern nicht, da bin ich mir sicher. Das ist der höchste Feiertag im Jahr. Da wollen sich alle freuen und stolz sein und Geschenke bekommen und feiern.«

Jackson nickte. Beide Familien, die Vermeulens und die Crowlers, waren in diesem Jahr dabei. Henks Bruder Arjen war gerade neun Jahre geworden, der neunte Geburtstag von Jacksons Schwester Celine stand zwar noch bevor, aber alle Kinder ihres Jahrgangs wurden am übernächsten Tag vom Kid zum Starter im Level 1, der ersten Stufe der eigenständigen Teilhaberschaft, befördert.

»Arjen plappert schon seit Wochen von nichts anderem als seinem eigenen Decoder, den er endlich bekommt.«

Jackson lächelte. »Seit Wochen? Celine kennt seit Monaten kein anderes Thema.«

Henk hielt Jackson die knochige Faust hin. Jackson titschte sie ab.

»No risk, no fun …«, sagte Henk, »… und am Ende?«

»Friede, Freude, Eierkuchen«, vollendete Jackson einen der Lieblingssprüche von Crockie.

Henk verschwand im Aufzug, der leise surrend in die Tiefe rauschte. Jackson nahm die Treppe hinauf in den dritten Stock, wo sich im Hauptflur die Schränke der Mittelstufe links und rechts an den Wänden aufreihten. Sie waren alle durchnummeriert, verschlossen und mit dem Decoder gesichert.

Jackson sah schon von Weitem, dass eine Tür offen stand. Auf der linken Seite, drei Nummern vor seiner eigenen. Crockies Spind.

Eines wusste er ganz genau: Crockie hatte die Tür nicht offen zurückgelassen, denn er benutzte diesen Schrank seit dem letzten Schuljahr nicht mehr. Damals hatte er im Recyclingunterricht in einem Team gearbeitet, das eine ätzende und stinkende Brühe synthetisieren sollte. Das Zeug wurde zur Gewinnung von isolierten C3-Verbindungen genutzt, mit dem Farbstoffe aus Polyester gefiltert wurden.

Crockie hat ein Fläschchen davon abgezweigt, weil ein paar Tropfen ausreichten, um den Unterrichtsbetrieb in einem Klassenzimmer für mehrere Tage zu unterbrechen: Kein Mensch hielt es in einem Raum aus, in dem auch nur ein Spritzer verschüttet worden war.

Leider war das Fläschchen in seinem Spind ausgelaufen.

Crockie hatte ihn luftdicht verschlossen und kurzerhand im Flur des letzten Jahrgangs einen der freien alten Spinde übernommen.

Wer auch immer etwas bei Crockie finden wollte, hatte im falschen Schrank gesucht. Der Spind müffelte noch immer nach C3-Verbindungen. Jackson schob die Tür wieder zu und klemmte sie mit einem kleinen Stück Pappe fest. Sonst würde bald der ganze Flur stinken.

Er schaute sich um. Der Flur war noch leer. In vier Minuten begann die Pause.

Jackson öffnete seinen eigenen Schrank, riss sich die Schuluniform vom Körper, streifte die Sportklamotten über und rannte in Mr Changs Folterstube.

Ambrose di Gallo hatte den runden Turm mit dem Sitz der Zentralbank im historischen Zentrum noch nie betreten. In dieser Gegend, die den alten Kern der City bildete, hatte er selten zu tun. Hier hatte alles begonnen, der Turm bildete den Mittelpunkt des ersten Moduls, das Clark Kellington I. gebaut hatte.

Ein junger Mann empfing den Polizisten in der Eingangshalle und stellte sich als James O'Reilly vor. »Ich bin der persönliche Assistent von Mrs Tremont.«

Maßgeschneiderter Anzug, perfekt geschnittenes Haar, ein Decoder am Handgelenk, der ebenfalls nicht aus der Massenproduktion kam. Vielleicht sollte ich Sekretär in diesem Laden werden, dachte Ambrose und konnte dabei ein verächtliches Schmunzeln nicht vermeiden.

Der junge Mann führte ihn in einen großen Konferenzsaal. »Hier tagt sonst der Rat der Ältesten«, sagte O'Reilly, was wohl Eindruck auf Ambrose machen sollte. Mit einem leisen Ploppen fiel die schwere Eichentür hinter O'Reilly ins Schloss.

Lydia Tremont ließ Ambrose warten. Er seufzte. Wenn sie ihn so weichkochen wollte, hatte sie sich getäuscht.

Ambrose schaute sich im Konferenzsaal des Instituts um, in dem alle Fäden der Zeit-Verwaltung zusammenliefen. Er musste lächeln. Wer diesen Raum betrat, sah sofort, dass hier die wahre Macht der City saß. Hier traf sich also der sogenannte Ältestenrat der Ocean City Inc., die elf Inhaber der Golden Chips. Ihnen stand unbegrenzte Zeit zur Verfügung, sie waren deshalb unbestechlich, und sie wurden auf Lebenszeit berufen, um wenigstens ein Minimum von Mitbestimmung zu gewährleisten. Wenn die Führungsetage der City überhaupt etwas zu befürchten hatte, war es dieser Ältestenrat.

»Zeit regiert die Welt«, murmelte Ambrose und das wurde in diesem Saal sehr klar demonstriert.

Die Vertäfelungen an den Wänden, der alte, riesige Besprechungstisch, die hohen Lehnstühle: Alles war aus Holz. Niemand verfügte heute mehr über diese Mengen an Holz.

Wirklich überwältigend war jedoch das gewaltige Bild an der Stirnseite, direkt hinter dem wuchtigen Sessel der Generalsekretärin der Zentralbank: ein Querschnitt durch die City in ihrer gesamten Ausdehnung, der zeigte, wie tief sie in den Ozean hinabreichte. Nur so gewann sie Stabilität und vergrößerte gleichzeitig den Raum, den man brauchte, um so viele Menschen zu versorgen.

Damals bei der Gründung hatte man noch gedacht, dass die City über Landbrücken mit dem Kontinent verbunden bliebe. Niemand hatte daran geglaubt, dass die kühnen Pläne des Gründers und Hauptaktionärs Clark Kellington I. einmal Wirklichkeit würden: Ocean City zur ersten frei auf dem Ozean schwimmenden Floating City zu machen, in der heute über 15 Millionen Menschen auf gut 6000 Quadratkilometern lebten, unabhängig von den Kontinenten, unhabhängig von der politischen Großwetterlage und den sich dort immer wieder bekriegenden Staaten, Gruppierungen und Religionen.

Dieses Wachstum, auch wenn es sich Schritt für Schritt und Modul für Modul über Jahrzehnte vollzogen hatte, stieß seit einiger Zeit an Grenzen, vor allem an technische Grenzen. Offiziell sprach niemand darüber. Ambrose wusste es nur, weil seine Dienststelle in die Planung der Sicherheitskonzepte im Katastrophenschutz einbezogen war. Sein Chef war in Sachen Geheimhaltung selbst eine schutzbedürftige Katastrophe. Die Plaudertasche liebte es, hier und da Bemerkungen fallen zu lassen.

Ein besonderes Problem waren die maroden Versorgungsleitungen. Je mehr diese sich dem historischen Zentrum näherten, desto bröckeliger wurden sie. Es war in weiten Teilen eine veraltete Technik mit mehr als hundert Jahren auf dem Buckel, dazu noch geschwächt durch den Salzgehalt der Luft und die ständigen Vibrationen der City.

Ambrose trat näher an das Bild. Erst, wenn man es so aus der Nähe betrachtete, erkannte man, dass es eine Zeichnung war, so genau und realistisch, dass man sie für eine Fotografie halten konnte.

»Eindrucksvoll, wahrhaft *ein-drucks-voll*«, durchbrach die immer etwas zu schrille Stimme von Lydia Tremont die Ruhe, mit der Ambrose in dieses Bild versunken war. Sie hatte nicht nur eine unangenehme Stimme, sondern betonte auch noch einzelne Wörter so übertrieben, dass ihre Gesprächspartner glauben mussten, sie seien Vollidioten.

Nicht mit mir, dachte Ambrose und drehte sich nicht um. Mit dem Rücken zu ihr sagte er: »Eine stramme Leistung, die unsere

Vorväter da vollbracht haben.« Am liebsten hätte er im Tremont-Stil *Vor-vä-ter* gesagt, damit sie garantiert verstand: Nicht Sie, gnädige Frau, nicht Sie können sich das auf die Fahnen schreiben!

Tremonts Absätze klackerten über den Parkettboden. »Mag sein, aber ich darf Sie daran erinnern, dass es eine Frau war, die das System zur landunabhängigen Fortbewegung und damit zur endgültigen Autonomie entwickelt hat. Also verdanken wir es auch den *Vor-müt-tern.* Aber verplempern wir keine Zeit mit rührseligen Betrachtungen der Vergangenheit. Die Gegenwart hält ausreichend spannende Vorkommnisse bereit, oder?«

Der schnippische Ton ließ keinen Zweifel an der schlechten Laune der Generalsekretärin aufkommen. Sie ließ sich in den hohen Lehnstuhl am Kopf des Besprechungstisches fallen, bot Ambrose aber keinen Platz an. Er setzte sich einfach und zog den zerfledderten Spiralblock aus der Tasche des Regenmantels, den er bei jedem Wetter trug.

Er räusperte sich und begann: »Wir haben …«

Tremont unterbrach ihn sofort und machte ihrem Ruf alle Ehre. Sie war die Generalsekretärin der Zentralbank. Mit Betonung auf General. Nicht auf Sekretärin. »Mo-ment!« Sie beugte sich zu einer Sprechanlage vor und drückte eine Taste. »O'Reilly?« Als nicht umgehend eine Antwort kam, stach ihr spitzer Finger mehrmals auf die Taste. »O-REIL-LY!?!«

Ein grünes Lämpchen leuchtete auf. »Madam?«, schnarrte es aus der Gegensprechanlage.

»Machen Sie mir einen Termin bei Amelia Crowler, noch heute. Massage, Fango, das volle Programm.«

Ambrose horchte auf.

»Crowler?«, fragte der Sekretär zurück.

»Mein Gott, ja! Crowler! Im physiotherapeutischen Zentrum …«

Unwillkürlich fuhr ihre Hand zum Nacken, den sie mit einem schmerzhaften Seufzer knetete. »Wunderhände, diese Frau, kann ich Ihnen nur empfehlen.«

Crowler?, dachte Ambrose. Er blätterte in seinen Notizen und fand den Namen. Jackson Crowler. Als er aufblickte, entging ihm nicht, dass das grüne Lämpchen neben dem Mikrofon noch leuchtete. Der junge Mann im Vorzimmer war also neugierig.

»Zunächst einmal, di Gallo: Alles, was hier besprochen wird, bleibt in diesen vier Wänden. Vier Augen. Sie. Ich. Aus. Ist das klar?« Tremont fixierte ihn.

Ambrose lächelte. »Aber natürlich, *Madam*. Es gibt aber leider noch nicht viel zu berichten.«

Lydia Tremont stöhnte.

»Die Durchsuchung der Wohnung war weitgehend ergebnislos, weil uns jemand zuvorgekommen ist. Das Zimmer dieses Crockie war nicht nur der übliche Saustall eines Jugendlichen, es wurde auch durchwühlt.«

»Na toll«, zischte Tremont. »Es gibt also Komplizen.«

»Mag sein, aber es gibt keinerlei Hinweise. Auch in seinem Schulspind sind wir nicht fündig geworden, außer dass wir nun wissen, dass der Junge eine Vorliebe für isolierte C3-Verbindungen hat. Das Ding hat ordentlich gestunken.«

»Lehrer, Freunde, Verwandte?«

»Die Eltern werden intensiv von der Abteilung Z befragt. Ich hoffe, dass ich die Ergebnisse auch bekomme. Ihr Wunsch, nach außen alles ganz harmlos aussehen zu lassen, erleichtert unsere Arbeit nicht gerade.«

»In Ihrer Arbeitsplatzbeschreibung steht nirgendwo, dass es leicht für Sie sein wird, di Gallo«, blaffte Tremont.

»Trotzdem würde es helfen, wenn ich wüsste, was dem Jungen

wirklich vorgeworfen wird.« Di Gallo zögerte einen Moment und entschied sich dann, ihr einen Schuss vor den Bug zu geben: »Bei Schusswaffengebrauch mit derartigen Folgen, zumal gegen einen Minderjährigen, müsste ich eigentlich ein eigenes Ermittlungsverfahren einleiten ...«

»Den Teufel werden Sie tun.« Wieder fuhren Tremonts Hände zu ihrem schmerzenden Nacken. Trotzdem lächelte sie kalt. »Der Todesfall wird sich morgen klären.«

»Letztendlich erhalte ich meine Weisungen nicht aus der Zentralbank«, hielt Ambrose weiter dagegen, aber Tremont sprang auf und sagte sehr leise und sehr entschieden: »Für wen halten Sie sich? Letztlich erhält jeder in dieser Stadt die Weisungen von dem, der auf diesem Stuhl hier sitzt. Sie nehmen sich die Lehrer, die Freunde, alles und jeden, mit dem dieser Crockie Kontakt hatte, vor. Einen nach dem anderen. Und zwar unauffällig. Ich erwarte eindeutige Ermittlungsergebnisse! Und Sie werden sie mir liefern.«

»Wie Sie wünschen«, antwortete Ambrose.

Tremont klackerte zu einer unscheinbaren Tür an der Seite des Raums und verschwand.

»Sie kriegen Ihre Ermittlungsergebnisse. Eindeutig«, murmelte Ambrose noch. Dann drückte er die Sprechtaste neben dem Mikrofon und sagte: »Wir sind hier fertig, Mr O'Reilly. Sie können sich wieder Ihrer Arbeit widmen.«

Das grüne Lämpchen erlosch.

Jackson hatte sich noch nie so gerne von seinem Sportlehrer durch den Hindernislauf jagen lassen wie an diesem Tag. Chang bereitete sie auf den Parkour-Wettbewerb der City vor. Sie würden gegen die anderen Schulen antreten und niemand in der Kellington High ließ auch nur den geringsten Zweifel daran aufkommen, dass sie gewinnen würden.

Zuerst hatte Jackson gedacht, diese Disziplin sei eine Eigenkreation von Chang, dem man so etwas durchaus zutrauen konnte. Chang wollte sich jedoch nicht mit fremden Lorbeeren schmücken.

»Parkour ist eine uralte sportliche Diziplin. Die Anfänge liegen wohl im Frankreich des 20. Jahrhunderts, was Ihnen nicht viel sagen wird, aber viel sagen sollte«, erklärte Chang mit seinem Lächeln auf den Lippen der Gruppe von 15 Jungen und Mädchen aus allen Jahrgängen der Mittelstufe, die in der Sporthalle um ihn herum hockten.

Esther, die aus Henks Kopf mit dem rotblonden Schopf in Sekundenschnelle eine knallrote Warnboje machen konnte, meldete sich. Alle verdrehten die Augen.

»Ich-weiß-was-Herr-Lehrer weiß wieder mal was«, flüsterte Yussuf und fing sich einen bösen Blick aus Changs schmalen Augen ein, die bei solchen Gelegenheiten zu bleistiftstrichdünnen Schlitzen wurden.

»Bitte, Esther?!« Der Sportlehrer war der Einzige an der Schule, der alle beim Vornamen nannte.

Esther war manchmal einfach unerträglich. Sie spulte ihr gesammeltes Wissen ab, nannte die Erfinder des Parkour samt dem ganzen Blabla über Stärke, Geschicklichkeit und Mut, Selbstlosigkeit und Gemeinsinn. Aus dem Augenverdrehen in der Gruppe wurde eine allgemeine Unruhe. Chang hatte das alles schon mindestens dreimal erzählt.

»Jackson«, riss Chang ihn aus seinen Gedanken.

»Äh, ja?«

»Ich habe Sie etwas gefragt.«

Hatte er das? Jackson war wohl mit seinen Gedanken doch weiter weg gewesen. Also hielt er es wie Esther und laberte locker drauflos, was sein Gehirn so hergab: »Ja, also Parkour gehört wie Golf und Streetball zu den urbanen Sportarten, die auch in einer neuen, vom Menschen geprägten Umwelt …«

»Danke, danke, das reicht«, unterbrach Chang ihn. »Ich hatte allerdings gefragt, ob Sie die Gruppe A anführen wollen.«

»Anführen … äh, ja klar.«

Jackson war etwas verblüfft. Chang hatte ihn noch nie als Leader eingesetzt. Yussuf, Magnus, manchmal auch Loraine oder auch Bibi, das waren die üblichen Kandidaten. Aber Jackson? Er freute sich, einerseits. Andererseits war er heute völlig am Ende.

»Gehen wir raus?«, fragte Jackson.

»Haben Sie die *ganze* Zeit geschlafen?«, fragte Chang zurück. »Das ist ein stolze Leistung.« Er deutete nach links, wo ein großes Schild mit dem Buchstaben A den Zugang zur Strecke auswies.

Als Jackson aufstand und an Chang vorbeiging, rümpfte der Sportlehrer die Nase und raunte ihm zu: »Übrigens, Jackson, in Ihrem Alter sollte man gelegentlich auch *vor* dem Sportunterricht duschen.«

6.

Jackson duschte auch nach dem Sport nicht. Er hatte an diesem Tag keine Lust auf die üblichen Spielchen: mit dem nassen Handtuch auf den nackten Hintern eines anderen flitschen, Hosenbeine verknoten oder gleich die ganzen Klamotten verschwinden lassen, eben alles, was Yussuf und Magnus witzig fanden.

Unterwegs zur Parkfield-Siedlung kamen die quälenden Gedanken, die er beim Parkour-Training für eine Stunde aus seinem Kopf verscheucht hatte, zurück. Die Geschehnisse des Tages purzelten nur so durch seinen Kopf. Jackson konnte kaum glauben, dass dies ein einziger Tag in seinem Leben gewesen war.

Noch am Morgen war er feixend mit Crockie am Timeline-Park zusammengetroffen, um vor der Schule noch einmal die Pläne in Jacksons Zeichenmappe durchzugehen. Sich solche Zeiten freizuschaufeln, war viel schwieriger geworden, seit Jackson und seine Familie in die Parkfield-Siedlung gezogen waren.

Nun war es früher Abend und alles war anders.

Die Mappe war weg.

Crockie war weg.

Tot, sagte sich Jackson, nicht weg, tot.

Eine Station der Flower-Line nach der anderen huschte am Fenster des Expresszugs vorbei. Er hatte die Subway genommen.

Selbst wenn nun jemand seine Bewegungen in der City verfolgte: Um diese Zeit war die Fahrt von der Schule nach Hause völlig normal.

Die Roses-, die Tulips- und die Sunflower-Station huschten an ihm vorbei. Die riesigen Blumenbilder an den Wänden der Haltestellen nahm er kaum wahr. An der Daffodil stieg er um in die Colour-Line. Seinen Ausstieg konnte er hier kaum verpassen, knallrote Kacheln schrien einen an der Red-Station an. Von dort aus ging er das letzte Stück zu Fuß.

Etwas rumorte in Jackson.

Er wusste, dass die Sache noch längst nicht ausgestanden war. Im Moment war nur eines klar: Die Behörden hatten nicht eins und eins zusammengezählt und waren nicht darauf gekommen, dass Crockies beste Freunde vielleicht auch seine Komplizen sein könnten. Noch nicht.

Am Tor zur Parkfield-Siedlung wurde Jackson von Ramil begrüßt. Der Wachmann tippte mit der Fingerspitze an seine Kappe.

Die Crowlers hatten hier vor zwei Jahren eine kleine, aber immerhin im 27. Stock liegende Wohnung zugewiesen bekommen. Ein Bonus für Herb Crowlers 25 Jahre ohne einen Krankheitstag in den Versorgungsabteilungen der City. Sonst hätten sie sich eine solche Bleibe in den besseren Gegenden der City nicht leisten können. Zu den Annehmlichkeiten gehörten der Wachmann Ramil und seine Kollegen, die jedes Kommen und Gehen freundlich registrierten.

»Hey, Ramil«, Jackson winkte ihm zu.

»Hey, Jackson«, antwortete Ramil.

Jackson war es ein Rätsel, wie Ramil sich all die Namen merken konnte. »Wie läuft's?«

»Keine Ahnung, bei mir sitzt es.« Ramil lachte. Er spielte darauf an, dass er so wirkte, als sei der Stuhl in seiner verglasten Kanzel neben der Zufahrt an seinem Hintern festgewachsen. »Deine Mutter ist auch schon zu Hause. Ich freu mich auf den Feierabend, ich hasse diese Schicht.«

Jackson zögerte noch einen Moment, aber Ramil widmete sich schon wieder seinem Zahlenrätsel auf der letzten Seite der *Ocean City Evening Post.* Er wirkte nicht so, als sei während seiner Dienstzeit ein Rollkommando in den 27. Stock des Parkfield-Towers gestürmt.

»Gibt's Neuigkeiten?«, fragte Jackson und zeigte auf die Abendausgabe der wichtigsten Zeitung der City.

»Eine Alien-Invasion, die Tremont wurde im Supermarkt beim Ladendiebstahl erwischt und Freibier für alle.« Ramil grinste. »Was soll in dieser schmucken und sterbenslangweiligen Stadt schon passieren?«

»Auch wieder wahr«, sagte Jackson.

»Du siehst blass aus, Junge. Bist du okay?«

»In der Kantine wollten sie uns heute vergiften«, bemühte sich Jackson um einen Scherz. »Steht dann morgen in der Frühausgabe.«

Er beeilte sich und erreichte nach ein paar Minuten den Aufzug, der ihn hinauf in den 27. Stock schoss. An der Wohnungstür hörte er schon Celines Stimme, die laut und etwas steif immer wieder einen Satz wiederholte, den er nur zu gut kannte.

»... aus freiem Entschluss das Recht, mich zu regieren, und die Macht, über mich und meine Zeit zu bestimmen, so wie es alle Mitglieder der Gemeinschaft zuvor ... zuvor ...« Celine kam ins Stocken. »Mamaaa, ich lerne das nie!«, jammerte sie.

Celine übte den Schwur.

Für den großen Tag.

Übermorgen.

Celines großer Tag, von dem Jackson seit ein paar Stunden wusste, dass er seine kleine Schwester am liebsten davor bewahren würde.

Celine kam aus ihrem Zimmer, das eigentlich nur eine winzige Kammer war.

»Jaaaaaacksonnnn!«, kreischte sie. »Du musst mir helfen ...«

Sie nahm Anlauf und verließ sich darauf, dass ihr Bruder sie fangen würde. Zwei Schritte vor ihm hüpfte sie hoch und landete in Jacksons Armen, die Beine klammerte sie um seinen Rücken, dass er beinahe keine Luft mehr bekam.

»Puuuuuh«, stöhnte Jackson übertrieben. »Damit ist aber bald Schluss. Du bist fast größer als ich und außerdem benimmt sich ein Mädchen mit ...« Er zwinkerte ihr verschwörerisch zu. »... du weißt schon, was. Ein Mädchen mit dem Ding am Arm muss sich ganz wie eine Dame benehmen.«

Celine kicherte. »Du benimmst dich auch nicht wie ein Herr und du hast deinen Decoder schon seit Jahren. Ich darf einen schwarzen nehmen oder grün, Mum hat es erlaubt. Ich muss keinen in Pink nehmen. Lucy, Carina, Georgia, Elli – alle nehmen einen in Pink, aber ich ...« Sie plapperte fröhlich drauflos.

»Übe lieber deinen Schwur, ich komme gleich und frag dich ab.« Jackson schob sie in ihr Zimmer.

Sie streckte den Kopf noch einmal in den Flur. »Aber du duschst vorher oder ich muss dich mit meinem Jayjay-Jellyfish-Parfüm einsprühen.« Schnell schlug sie die Tür zu.

Jayjay-Jellyfish war in jeder Hinsicht die Höchststrafe für einen großen Bruder. Riesengroße Augen im rosaroten Quallengesicht, ein Grinsemund, so strahlend wie das Glück der sieben Weltmeere. Alle Mädchen liebten den Jellyfish. Das war normal, solange sie drei oder vier Jahre alt waren. Celine war leider etwas hartnäckiger und schien überhaupt nicht mehr aus dem Jellyfish-Alter herauswachsen zu wollen. So gesehen war es ein Zeichen von Reife, dass sie einen der Jungs-Decoder und keinen im glitzernden Jayjay-Jellyfish-Design haben wollte.

Eines beruhigte Jackson an Celines aufgekratzter Stimmung: In die Wohnung der Crowlers war noch keine Spezialeinheit eingedrungen. Dessen war Jackson sich sicher. Henk hatte wohl recht. Die Leute, die hinter Crockie her gewesen waren, hatten ihn nicht im Visier.

Das bestätigte sich, als seine Mutter aus der Küche in den Flur trat. Jackson wunderte sich immer wieder, wie unglaublich ähnlich sich seine Mutter und seine Schwester sahen. Die Augen hellblau, aber mit einem schwarzen Rand vom Weiß abgesetzt, was ihnen manchmal diesen forschenden Blick gab, dem man kaum standhalten konnte, die dicken braunen Haare, die auch er selbst geerbt hatte, das Grübchen im Kinn.

Seine Mutter trug noch ihre Dienstkleidung, eine lange Sporthose, die Sportschuhe, das Polohemd mit dem Logo des Gesundheitscenters, alles strahlend orange. Es betonte ihre Figur. Jackson hatte schon einmal einem Jungen in der Oberstufe eine gesemmelt, weil er anzügliche Bemerkungen über Amelia Crowler gemacht hatte. Insgeheim war er jedoch ein bisschen stolz auf seine hübsche Mutter.

»Wie gut, dass du da bist«, begrüßte sie ihn. »Wir haben noch so schrecklich viel zu tun. Die Platzkärtchen müssen ausgeschnitten werden, dein Vater holt die Getränke, ich muss noch das Besteck … ach, fast nichts ist fertig. Lydia Tremont hat sich einfach dazwischengedrängt und mein ganzer Terminplan ist durcheinandergekommen. Ich habe sie eine Stunde geknetet, aber weicher geworden sind ihre Muskeln davon nicht. Die Frau braucht mal Urlaub.« Sie verdrehte die Augen über ihren Witz.

Jeder wusste, dass für Tremont Urlaub ein Fremdwort war. Dabei mangelte es ihr nicht an Zeit, ihr Konto musste gut gefüllt sein. In diesen Positionen kam einiges zusammen. Die Generalsekretärin der Zentralbank spendete sogar ihren jährlichen Bonus an *Care & Share.*

Eigentlich war Lydia Tremont kein Thema, über das Jackson sich unterhalten wollte. Trotzdem fragte er: »Und? Gibt es wieder Tratsch und Skandale aus der Welt der Reichen und Schönen?« So bezeichnete seine Mutter die Leute aus der Chefetage der City. Seit Lydia Tremont sich von Amelia Crowlers Zauberhänden behandeln ließ, standen sie in der Praxis für Physiotherapie Schlange.

»Wir haben andere Probleme als die Reichen und Schönen«, antwortete Jacksons Mutter, senkte die Stimme dann und flüsterte: »Die Geschenke sind auch noch nicht eingepackt.«

»Ich gehe kurz unter die Dusche«, sagte Jackson.

»Zuerst die Geschenke verpacken. Sie liegen im Wohnzimmer herum und es sollen doch Überraschungen sein.«

»Okay«, knurrte Jackson und begann, mit glitzerndem Jayjay-Jellyfish-Geschenkpapier und bunten Schleifchen zu kämpfen.

»Ist was passiert?«, fragte seine Mutter, die plötzlich in der Wohnzimmertür stand.

Hatte sie ihn beobachtet?

Für den Bruchteil einer Sekunde spürte Jackson, wie ihm die Tränen in die Augen stiegen. Am liebsten hätte er es rausgeschrien, aber er sagte nur: »Es ist alles in Ordnung. Hab mir den Fuß ein bisschen verstaucht. Ich bin heute Leader beim Parkour-Training gewesen.«

»Das ist ja großartig.« Der Stolz in ihrer Stimme war nicht zu überhören. »Den Fuß zeigst du mir aber erst nach der Dusche.«

»Jaaackson!«, rief Celine eine halbe Stunde später, gerade als Jackson das letzte Geschenk im Schrank und hinter dem Sofa verstaut hatte.

»Kooomme!«, rief er zurück, aber Celine stand schon in der Tür.

»Was machst du da?«, fragte sie, ließ ihm aber keine Zeit für eine Antwort und wehrte sich auch nicht, als Jackson sie zurück in den Flur drängte.

»Guck mal, mein neues Kleid für die Zeremonie.« Sie drehte sich im Kreis. Der Rock aus schneeweißer Seide plusterte sich auf und wehte wie eine Wolke aus Zuckerwatte um sie herum. Das Oberteil bestand aus einer Bluse mit luftigen Ärmeln, die jedoch nur bis zum Ellbogen reichten. Das war Vorschrift, damit die Decoder schnell und problemlos angelegt werden konnten. Feine Stickereien mit winzigen Perlchen schimmerten im Licht der Flurlampe.

»Die hat Mama aufgenäht. Und die Schleifen auch und passend dazu bekomme ich von Tante Sophie einen Haarreif. Jetzt sieht es aus wie ein Einzelstück von Igor & Shark, wie Jenny eines tragen wird. Aber es hat nicht einmal hundert Minuten gekostet. Gefällt es dir?«

»Du siehst aus wie eine Prinzessin, und wenn du nicht meine Schwester wärst, würde ich dir einen Heiratsantrag machen.«

Celine schlug mit einem kleinen Täschchen nach ihm, das ebenfalls zu ihrer Ausstattung gehörte. Das hatte schon Amelia Crowler bei ihrer Zeremonie getragen. In erster Linie waren darin Taschentücher verstaut. Diese hatten schon manches Unglück verhindert, wenn bei der Zeremonie das Implantat nicht reibungslos unter die Haut des Handgelenks gechipt werden konnte. Bluttropfen auf den weißen Kleidern und Anzügen kamen gar nicht gut.

»Es ist strengstens verboten, seine Schwester in der Woche der Zeremonie auf den Arm zu nehmen«, rief Celine und spielte die Beleidigte.

»Na, wenn das so ist«, sagte Jackson, »dann pauken wir den Schwur. Ich kann ihn noch auswendig.« Würdevoll sprach er: »Ich gebe der Ocean City Inc. aus freiem Entschluss das Recht, mich zu regieren, und die Macht, über mich und meine Zeit zu bestimmen, so wie es alle Mitglieder der Gemeinschaft zuvor auch getan haben. Mir ist bewusst und ich habe verstanden, dass nur die Gemeinschaft dazu in der Lage ist, mich gegen Feinde von außen und gegen Unrecht im Innern zu schützen.«

Stunden später, während Celine mit dem knallbunten Klassiker »Unsere City – unsere Freiheit. Vom Starter zum Teilhaber« im Bett lag, ging Jackson ins Bad und genoss das Wasser, das er über sich prasseln ließ.

Er wusste, dass er sparsamer mit dem feuchten Gold, wie einige es nannten, umgehen sollte. Aber er brauchte die heiße Dusche. Sie spülte nicht den Tag weg, jedoch fühlte er sich wenigstens nicht mehr so klebrig an.

Jackson kroch ins Bett, unter die ein wenig peinliche Decke mit den Rennautos, die er sich noch vor drei Jahren so brennend gewünscht hatte. Seine Mutter hatte sie in einem der Retroshops besorgt, sündhaft teuer, deshalb sagte er nicht, dass er nun eigentlich aus dem Alter raus war.

Er zog sich die Decke bis ans Kinn und kurz bevor er einschlief, ging ihm noch einmal durch den Kopf, was ihn im Laufe des Tages verwirrt hatte: Henks Verhalten.

Henk hatte auf Crockies Tod so merkwürdig reagiert. Erst als ihm klar geworden war, dass seine Kennung auf dem Gehäuse des Transponders stand, war Henk so richtig in Fahrt gekommen. Crockie schien er keine Träne nachzuweinen. Im Gegenteil war Henk anscheinend einfach nur sauer auf ihren Freund. Egal, ob Crockie tot oder lebendig war.

7.

Als die Schulleiterin das Klassenzimmer am nächsten Morgen betrat, zog sich Jacksons Magen zusammen. Hatten sie ihn erwischt? Er sah, dass auch Henk, der in der Reihe vor ihm saß, sich die schmalen Finger nervös an der Hose der Schuluniform abwischte.

Frida Ingaaden gehört zu den Lehrerinnen, die sich ihrer Verantwortung mehr als bewusst waren.

Angeblich gab es in der ganzen City keine zweite Pädagogin, die so ein Arbeitspensum hinlegte wie sie: Sie leitete eine der Topschulen, stellte die besten Lehrer ein, organisierte Wettbewerbe und unterrichtete auch noch selbst. Obendrein führte sie die wöchentlichen Beratungsgespräche mit den Schülern der letzten beiden Schuljahre persönlich.

Jeder normale Schulleiter überließ das den Vertrauenslehrern. Frida Ingaaden pflegte zu sagen: »Die Clark Kellington Highschool ist keine normale Schule und daher verdient sie weder normale Schüler noch normale Lehrer.«

Die Schulleiterin setzte sich für jeden ihrer Schüler ein – sogar noch nachdem sie ihren Abschluss gemacht hatten. Auch darum war die Kellington High ein Garant für eine Karriere in der City. Dafür verlangte Ingaaden einiges: Loyalität, Solidarität und natürlich Fleiß, Fleiß und nochmals Fleiß. Wer seine Projekte nicht sauber oder gar mit Verspätung abgab, konnte sich auf eine Moralpredigt gefasst machen.

Die Schulleiterin nickte Professor Babafemi zu. Der Lehrer für Mathematik und künstliche Sprachen strich sich durch den weißen Bart, setzte sich artig hinter das Lehrerpult und senkte den Blick.

Ingaaden baute sich vor dem Pult auf. Sie ließ ihren Blick durch die Reihen schweifen. Bei Jackson blieb sie etwas länger hängen.

Hör auf, mich so anzusehen, sonst heul ich wieder, dachte Jackson.

»Ich muss euch eine traurige Mitteilung machen.« Sie atmete tief durch, schluckte und fuhr fort: »Unser Schüler Fleming …« Sie stockte und verbesserte sich: »Euer lieber Mitschüler und Freund Crockie ist gestern gestorben.«

Ein Raunen ging durch die Klasse. Einige Köpfe drehten sich nach Henk und Jackson um.

Jackson senkte den Blick.

Frida Ingaaden hob nur eine Augenbraue und sorgte damit für Ruhe im Raum. »Crockie Fleming war, wie einige von euch wissen, nach seinem schweren Unfall vor einigen Jahren gesundheitlich angeschlagen.« Sie bewegte sich durch den Mittelgang auf Henk zu, der kaum wahrnehmbar in sich zusammensackte.

Jackson wich dem Blick der Schulleiterin aus. Er spürte, wie sie ihn fixierte, starrte aber auf seine Hände, die er ineinanderkrallte, bis es wehtat. Erst jetzt drangen die Worte der Frau zu ihm durch.

Gesundheitlich angeschlagen? Crockie war topfit gewesen, auch wenn er Jahre dafür gebraucht hatte. Schüler, die »gesundheitlich angeschlagen« waren, hielten sich nicht lange auf der Kellington High.

»Eigentlich ist er nie wieder auf die Beine gekommen. Der ganze

Knochenbau, die Gefäße, na, ich lasse die Details mal weg.« Ingaaden ging ein paar Schritte weiter.

Jackson schaute auf. Henk hatte sich zu ihm umgedreht. In seinen Augen standen die gleichen Fragezeichen wie in Jacksons.

»Gestern hat ihn der Unfall eingeholt. Er ist völlig überraschend gestorben. Eine Spätfolge, ein geplatztes Äderchen im Gehirn. Seine Eltern haben ihn morgens tot im Bett gefunden.«

Jacksons Hände lösten sich. Er hörte auf zu kneten.

Was hatte sie da gesagt?

Ein geplatztes Äderchen?

Tot im Bett?

Henk scharrte mit den Füßen, drehte sich wieder zu Jackson um, sah ihn entgeistert an. Was war das für ein ausgemachter Bullshit? Jackson spürte, wie Schweißperlen auf seine Stirn traten. Henks Gesicht hatte das letzte Restchen Farbe verloren.

»Was?«, formten Henks Lippen fast lautlos.

Jackson wischte sich den Schweiß ab und hob die Schultern.

»Ich weiß, dass es für euch ein Schock ist«, sagte die Schulleiterin. »Meine Tür steht immer offen.«

Jackson stützte die Arme auf den Tisch, versuchte aufzustehen, aber Henk kam ihm zuvor. Seine Stimme kratzte ein wenig: »Er … also, Crockie hat gar nicht den Eindruck …«

»Richtig«, unterbrach Ingaaden ihn sofort. »Es kam für uns alle überraschend. Seine Eltern und auch Crockie Fleming selbst wollten keine Sonderbehandlung. Kein Mitleid und so weiter. Crockie Fleming wollte sich durch seine Leistungen und nichts anderes definiert sehen.«

Crockie? Durch seine Leistungen definiert? Nichts war weniger Crockie als dieser Satz. Seine Leistungen waren ihm so etwas von egal, gerade weil er diesen schweren Unfall gehabt hatte.

Ingaaden räusperte sich. »Die Schule und das Leben gehen natürlich weiter und ich bin mir sicher, dass es ganz in Flemings, in Crockies Sinne ist, wenn an seinen geliebten Projekten weitergearbeitet wird. Wir freuen uns daher, dass wir schon einen Ersatz für ihn finden konnten.«

Sie ging zur Tür des Klassenzimmers und öffnete sie.

Jackson konnte nicht mehr. Er schluckte und schluckte, aber irgendwie blieb ihm die Luft weg. Es war normal, dass freie Plätze neu besetzt wurden. Auch wenn es selten vorkam, dass jemand, der es auf die Kellington High geschafft hatte, diesen Vorteil aufs Spiel setzte. Aber so schnell? Sonst dauerte es einige Wochen, bis jemand gefunden wurde, der auf den freien Platz passte.

Ingaaden aber hatte das Kunststück fertiggebracht, über Nacht einen Nachfolger für Crockie aus dem Hut zu zaubern?

»Clermont, würden Sie bitte eintreten?«, forderte Ingaaden.

Jackson konnte es nicht fassen. Verdammt, es gab keinen Ersatz für jemand wie Crockie, egal, ob er heute, morgen oder in einem halben Jahr kam.

Es war kein Nachfolger. Es war eine Nachfolgerin, die nun das Klassenzimmer betrat.

»Louise Clermont hat die besten Voraussetzungen, Großes für diese Schule und eines Tages für die City zu leisten«, stellte Ingaaden die Neue vor.

Ohne Vorwarnung sammelten sich die Tränen in Jacksons Augen. Die Nachfolgerin. Der leere Stuhl neben Jackson hatte ihn an diesem Morgen einige Überwindung gekostet, seinen Platz einzunehmen.

»Hey«, hauchte die Neue mit einer vagen Handbewegung in die Runde.

Schnell wischte Jackson sich die Tränen weg.

Da stand sie. Klein, drahtig, sportlich. Die Schuluniform perfekt sitzend. Makellose kakaobraune Haut, die immun gegen jeden Pickel zu sein schien. Den wilden, dunklen Lockenkopf hatte sie mit einem Tuch nach hinten gebunden.

Das werden sie dir schnell austreiben, dachte Jackson. Es waren nur die Haarreifen erlaubt, die man mit der Uniform bekam. Keine bunten Fetzen wie dieser.

Jackson brauchte sie nur einmal anzusehen, um sie nicht zu mögen. Diese Kuh sollte Crockie ersetzen? Das würde ihr nicht gelingen. Nicht mal ansatzweise. Das war offensichtlich eine brave Strebermaus, die sich mit Fleiß, Fleiß und nochmals Fleiß hier reinschleimte. Oder sie stammte wie Henk aus einer der Gründerfamilien, war aber zu dämlich gewesen, nach der Primary School den Eignungstest für die Kellington High zu schaffen. So oder so: Jackson konnte sie nicht ausstehen.

Die Ingaaden spulte ihren Text weiter ab: »Im neuen Schuljahr entwickeln wir ein auf Sie zugeschnittenes Trainings- und Lernprogramm, Clermont.«

Das Mädchen nickte.

»Für die wenigen Monate bis zum Ende des Schuljahres werden Sie jedoch die Projekte von Crockie Fleming übernehmen und sie zu einem erfolgreichen Ende bringen.«

Wieder ein Nicken.

»Sehr schön.«

Was hieß da *schön*? Gar nichts war schön. Crockie wurde einfach gelöscht. Tod. Weg. Ersetzbar. Angeblich an den Spätfolgen des Unfalls gestorben. Was ging hier vor?, fragte Jackson sich immer und immer wieder.

Während die Schulleiterin noch leise ein paar Worte mit Professor Babafemi wechselte, der sich alles still angeschaut hatte, lehnte sich Henk nach hinten und raunte Jackson zu: »Nicht aufregen, Jackson! Wir reden später darüber.«

»Clermont, Ihr Platz ist da hinten, neben Jackson Crowler, dem Jungen, der so grimmig guckt.« Mrs Ingaaden sah bestimmt und doch lächelnd zu Henk und Jackson. »Vermeulen, Crowler, kommen Sie doch bitte einmal kurz mit mir!« Sie nickte Professor Babafemi zu. »Danke, Professor, Sie bekommen Ihre Schüler gleich zurück.«

Jackson und Henk trotteten auf den Flur.

»Vermeulen, Crowler, es ist mir klar, dass das nicht leicht für Sie beide ist. Crockie Fleming war Ihr Freund, das weiß ich. Aber ich erwarte von Ihnen, dass Sie Louise Clermont mit offenen Armen aufnehmen! Sie arbeiten ab sofort mit ihr an seinen Projekten. Bitte helfen Sie ihr, wo sie Hilfe braucht. Sie wird seine Stelle voll und ganz ausfüllen. Sie beide wissen, was das heißt: Clermont sitzt ab sofort auf Flemings Platz, Heather Blue wird gleich seinen Spind für ihren Decoder freischalten. So, wie ich sie erlebt habe, wird sie das alles sehr gut meistern.«

»Ach ja?«, entfuhr es Jackson.

Henk gab ihm einen Tritt.

Ingaaden entging das nicht. »Hätte Fleming etwa gewollt, dass die Projekte unvollendet bleiben?«, fragte sie. »Hätte sich nicht gerade unser unkonventioneller Crockie Fleming gewünscht, dass jemand die Chance bekommt, die er nicht mehr nutzen kann?«

Jackson sah auf seine Füße. Er wollte nichts mehr hören. Was sollte die Lüge von wegen Krankheit? Tot im Bett. So ein Blödsinn! Die Wahrheit war: Sie hatten ihn erschossen. Abgeknallt und dann leblos aus dem Wasser gefischt. Mit Crockies Unfall hatte das alles nichts zu tun. Und jetzt auch noch dieses Mädchen. Auf Crockies Platz. Auf diese Louise konnte Jackson verzichten.

Die Schulleiterin schien zu spüren, was Jackson dachte. »Ich weiß, dass niemand auf der Welt einen Freund ersetzen kann.«

Da war es vorbei. Jackson schluchzte auf. Henk legte ihm eine Hand auf die Schulter.

»Geben Sie Louise Clermont eine Chance, Crowler«, sagte Frida Ingaaden. »Versprechen Sie mir das? Crowler? Vermeulen?«

Henk nickte. »Selbstverständlich, Mrs Ingaaden.«

Jackson nickte matt. Was sollte er sonst auch tun? Aber er dachte: Die Chance muss diese Louise Clermont sich erst verdienen. Ich brauche sie nicht. Und Henk braucht sie auch nicht. Die wird sich noch umsehen, wo sie hier gelandet ist.

Er ging mit Henk zurück in die Klasse und setzte sich neben das neue Mädchen.

»Hi, ich bin Lou!«, flüsterte die.

Jackson reagierte nicht. Er sah starr nach vorne und tat so, als würde ihn die Entdeckung der Primzahlen, von der Professor Babafemi faselte, brennend interessieren.

Der alte Mann drehte den goldenen Ring an seinem Finger und lächelte. Die Sonne über der Stadt ging auf. Die Sonne über der Stadt ging unter. Und wie sie da unten herumwuselten und hetzten, diese vielen Menschen, Stunde um Stunde, Jahr für Jahr, das behagte ihm auf seine alten Tage sehr. Wie in einem wohlorganisierten Ameisenhaufen schnurrten die Rädchen und Menschlein der City.

»Jackson Crowler« stand auf der Zeichenmappe, die vor ihm auf dem Schreibtisch aus edelstem Tropenholz lag. Er schlug sie auf und betrachtete noch einmal das, was er gefunden hatte. Pfiffig waren sie, diese Schüler. Allen voran Jackson Crowler. Aber auch Henk hatte großes Potenzial.

Sie waren sogar noch besser, als er erwartet hatte. Er trommelte mit den Fingern vergnügt auf dem Tisch herum.

Eigentlich war es ein Ding der Unmöglichkeit einen solchen Apparat ins Netz einzuklinken. Andererseits: Was war schon unmöglich? Die Generation seines Großvaters hatte es noch für unmöglich gehalten, eine Stadt von der Größe der City auf dem Meer schwimmen zu lassen. Sie wurde eines Besseren belehrt.

Der kleine Tipp, den er Crockie gegeben hatte, wo sie eine geeignete Stelle für das Gerät finden würden, war eine zulässige Hilfestellung gewesen. Der eigentliche Spaß begann schließlich erst danach. Wenn die ganze City sie mit all ihrer Macht jagen würde. Und er konnte sich nicht beschweren: Alles hatte bisher den gewünschten Verlauf genommen.

Der alte Mann verspürte Lust auf eine Tasse heißen Tee. Später würde er sich um diese Flemings kümmern müssen. Nur nach dem Rechten sehen. Da sollte er jetzt nichts mehr dem Zufall überlassen. Die Leute von der Abteilung Z musste man an der kurzen Leine führen.

Während das Teewasser heiß wurde, ging er in den Ankleideraum im Zwischengeschoss seines Apartments. Die Perückenköpfe dort standen schnurgerade in einer Reihe. Die passenden Bärte und Augenbrauen lagerten griffbereit und gekämmt in den Schubfächern darunter. Er streichelte im Vorübergehen über einen der silbergrauen Haarschöpfe. In seinem echten Haar blitzte nicht einmal eine winzige graue Strähne, auch im neunten Jahrzehnt seines Lebens war ihm ein volles pechschwarzes Haupthaar vergönnt.

Er hatte sich eine stattliche Anzahl von falschen Ohren, Nasen,

Warzen und Narben, die er sich aufkleben konnte, zugelegt. Und dann waren da natürlich die Kontaktlinsen in allen Farben. Er war erstaunt, wie leicht sich die Menschen von Augenfarbe und Frisuren in die Irre führen ließen. Anfangs hatte er für das Make-up noch Hilfe gebraucht, mittlerweile beherrschte er die Kniffs und Tricks selbst, mit denen er sich in die unterschiedlichsten Typen verwandeln konnte.

Aus dem Schrank strahlte ihm die Uniform der freiwilligen Helfer für Großveranstaltungen entgegen. Er mochte dieses leuchtende Gelb. Das Volunteerprogramm war eine Idee seiner verstorbenen Frau gewesen. *Care & Share – Wir helfen gerne!* Das würde ihn immer an sie erinnern und doch versetzte es ihm auch einen Stich.

Viel zu früh war sie gestorben und Jahre später hatte er auch seine Tochter verloren. Seine Tochter wäre die erste Frau gewesen, in deren Hände das Schicksal von Ocean City Inc. gelegt worden wäre. Clarice hatte das Zeug dazu gehabt, die City zu führen.

Jahre waren seitdem vergangen. Er hatte nie wieder geheiratet und nun gab es keinen Erben. Niemand, der seine Anteile an der City übernehmen würde. Jedenfalls niemand, der seinen Namen trug.

Er bemerkte, dass er wieder mit dem goldenen Ring an seinem Finger spielte, dem Zeichen seiner Ahnen, mit dem jeder bei der Geburt oder bei der Heirat in den Kreis seiner Familie aufgenommen wurde. Seine Frau hatte den ihrigen mit ins Grab genommen und seine Tochter …

Er schüttelte die Gedanken an Frau und Tochter ab. Rührseligkeit konnte er sich im Moment nicht leisten. Er setzte sich an seinen ausladenden Schminktisch, reinigte sein Gesicht, tupfte es ab und klebte die künstliche Narbe auf die linke Wange. Sie saß perfekt.

Dann nahm er sich das Röhrchen mit den gefärbten Kontaktlinsen vor.

Es war an der Zeit, diesem Jackson und diesem Henk ein wenig Feuer unterm Hintern zu machen und er wusste auch schon, wie.

»Wir halten den Ball flach«, sagte Henk auf dem Weg zu den nächsten Kursen. »Was auch immer da läuft: WIR HALTEN DEN BALL FLACH.«

»Sie behaupten ...«

»Sie können behaupten, was sie wollen, Jackson, solange sie uns nicht verdächtigen. Oder willst du in das Büro von Ingaaden marschieren und sagen: Hey Boss, was Sie da gerade von sich gegeben haben, ist völliger Bullshit, ich erzähle Ihnen jetzt mal eine andere Version der Geschichte. Willst du das?«

»Version? Was heißt hier Version?«, erwiderte Jackson wütend. »Meinst du etwa, dass es unterschiedliche Versionen dieser Geschichte gibt? Es gibt nur eine und die habe ich mit eigenen Augen gesehen. Crockie wurde angeschossen und ist ertrunken.« Jackson brach ab. Er war etwas lauter geworden, als er wollte.

»Nicht so laut! Ball flach halten«, herrschte Henk ihn an und sah sich lächelnd um.

Allem Anschein nach hatte sie keiner der Schüler, die mit ihnen im Strom Richtung Treppenhaus liefen, gehört.

»Die Ingaaden würde dir einen Vogel zeigen«, raunte Henk Jackson zu. »Es gibt sicher noch ein paar mehr, die beschwören, dass Crockie in seinem Bett gestorben ist. Du hast nicht mal einen einzigen Zeugen. Was ist, wenn sie dich fragen, warum du abgehauen bist? Warum du die Sache nicht gemeldet hast. Dann kannst du ihnen gleich sagen, was wir gemacht haben. Was *Crockie* gemacht hat.«

Sie erreichten das Treppenhaus. Eine Gang von Jungs aus der Oberstufe drängelte sich gegen den Strom abwärts. Sie schoben zur Seite, wer immer ihnen in den Weg kam.

»Glaubst du mir etwa nicht?« Die Frage schoss so aus Jackson heraus, dass er sie nicht mehr einfangen konnte. Das lange Schweigen, das darauf folgte, verunsicherte ihn.

»Wir sind Freunde, Jackson«, zischte Henk schließlich. »Es geht nicht darum, was ich glaube, sondern dass du und ich heil aus der Sache rauskommen. Das würde Crockie auch wollen. Wir halten den Ball flach, sage ich dir. Wenigstens bis nach der Zeremonie. Ich werde das meinem Bruder nicht vermasseln – und du Celine auch nicht, oder?«

Jackson schüttelte den Kopf und weil Lousie Clermont im Anmarsch war, sprangen Henk und Jackson die Treppe rauf, Richtung Geschichtskurs. Geschichte der City stand seit Wochen auf dem Plan, langweilige endlose Vorträge reihum, jeder in der Klasse kam einmal dran. Heute war es genau das Richtige für Jackson. Sein eigenes Referat über die Geschichte der Lebensmittelindustrie stand erst in ein paar Wochen an. Heute konnte er seinen Gedanken nachhängen, während vorne jemand laberte.

8.

»Auuuf-waaa-cheeeen!« Celine hopste auf Jacksons Bauch herum. Das tat sie, seit sie selbstständig auf sein Bett klettern konnte. Nur dass sie mit ihren fast neun Jahren entschieden zu schwer für solche Späßchen geworden war.

»Uaaah«, stöhnte Jackson.

»Der Tag ist da! Ich bin gleich erwachsen!«

»Du bist 'ne Bohne und bleibst 'ne Bohne!« Jackson warf sie von sich und begann, Celine zu kitzeln, bis sie quietschte.

»Das ... ist ... streng ...«, japste sie, »... verboten.«

Jackson war gnädig.

»Heute musst du alles tun, was ich befehle, und der liebste Bruder der Welt sein.« Celine grinste ihn frech an und saß im nächsten Moment schon wieder auf seinem Bauch.

»Das bin ich sowieso und jetzt runter von mir oder soll ich im Schlafanzug in die Townhall einmarschieren?«

Celine kreischte vor Vergnügen. »Au ja!« Sie sprang aus dem Bett und flitzte hinaus.

»Eine Bohne biste trotzdem«, rief Jackson ihr nach.

Er hatte sich vorgenommen, Celine diesen Tag nicht zu versauen. Am Abend hatte er noch einmal alles mit seiner kleinen Schwester durchgepaukt und dann die Nacht wie ein Stein geschlafen.

Die Paradeuniform der Kellington High hing gereinigt und gebügelt am Kleiderschrank. In seinem Jahrgang war alles blau. Hellblau und leicht das Outfit für den Schulalltag, ein kragenloses T-Shirt, ein Kapuzenpulli für die kälteren Tage und atmungsaktive Hosen, wahlweise mit Bügelfalte oder mit Taschen auf den Beinen, im Sommer kurz, im Winter lang und gefüttert.

Die Uniform, die seine Mutter für ihn rausgehängt hatte, war dunkelblau und steif, und zu allem Überfluss gehörte eine Kappe dazu, mit der man aussah wie ein Portier in einem Hotel. Wie Orden steckten die Jahrgangszeichen und Nachweise der Wettbewerbe an der Tasche des Jacketts. Die Hose hatte nicht nur Bügelfalten, sondern auch einen schimmernden Streifen auf der Außennaht.

Jackson hasste dieses unbequeme Ding. Zum Glück musste man sie normalerweise höchstens zweimal im Jahr tragen. Und ein drittes Mal, an einem Tag wie diesem.

Am Frühstückstisch erwartete ihn die ganze Familie, alle noch im Schlafanzug, damit bloß keiner einen Fleck auf die schicken Sachen für die große Feier machte. Es war ungewöhnlich, dass alle gemeinsam um diese Zeit zusammensaßen.

Herb Crowler arbeitete im Schichtdienst in den Süßwasserversorgungswerken, die rund um die Uhr besetzt sein mussten. Außer den üblichen Zeitzuschlägen erhielt er vier freie Tage im Monat, nur leider fast nie, wenn alle anderen in der Familie Zeit hatten.

»Kleines, du musst etwas essen«, sagte Jacksons Mutter. »Du kippst sonst um, weil dir flau wird.«

»Nun dräng sie nicht.« Jacksons Vater war wie immer auf Celines Seite. Er gähnte. Die Nachtschicht saß ihm in den Knochen.

»Herb, bitte.« Amelia Crowler häufte eine extragroße Portion Rührei auf Celines Teller. »Aus echten Eiern, komm schon, Celine!«

Jackson konnte nachfühlen, was in Celine vorging, besonders in ihrem Magen.

Was seine Schwester nicht wusste, war, dass echte Rühreier geradezu eine Delikatesse waren. Das war einer der Vorteile, die er als Schüler der Kellington High genoss. Gelegentlich standen dort die Originale auf der Speisekarte der Mensa und nicht die vielen Fälschungen, wie er sie nannte.

Fast alles, was nicht in den vertikalen Gärten und auf den Hausdächern wuchs, wurde aus Algen, Krill, Plankton und angeblich sogar aus Quallen synthetisch hergestellt. Gigantische Filteranlagen, die kilometerweit ins Meer hinausragten, zogen diesen lebenden Rohstoff aus dem Wasser. Obwohl sich die Lebensmitteltechniker größte Mühe gaben, schmeckte vieles, was sie daraus herstellten, ähnlich, auch wenn ein Plankton-T-Bone-Steak optisch kaum von einem echten zu unterscheiden war.

Henks Vater leitete eine Abteilung im zuständigen Forschungsinstitut. Er beschäftigte sich ausschließlich damit, dass Käse wie Käse schmeckte. Aber natürlich rührte Henks Vater nicht mehr selbst die Zutaten zusammen. Er überwachte nur die Ergebnisse und reagierte in Krisenfällen blitzschnell. Krisen konnte es immer geben. Auch in der Lebensmittelindustrie.

Jackson erinnerte sich noch gut an den Tag vor einem halben Jahr, als Henk ihm die Sache mit dem FCRT verraten hatte. Ein krasser Unfall: Es sollte ein neues Backtriebmittel werden. Eine Art Wunderzeug, hergestellt aus synthetisierten Algen-Verbindungen. Weißes Pulver, ein Teelöffel blähte eine Handvoll Mehl um das Zehnfache auf. Nur die Nebenwirkung war fatal: Die Brötchen gelangen zwar wunderbar, aber die ersten Testesser fielen in eine Art Totenstarre, aus der sie erst eine halbe Stunde später wieder putzmunter und völlig unbeschadet erwachten.

Jackson aß Brötchen seitdem immer mit einem gewissen Unbehagen, obwohl er wusste, dass FCRT nicht in Umlauf gebracht werden durfte. Pannen dieser Art waren natürlich so geheim, dass Jackson Henk hundertmal versprechen musste, niemandem auch nur ein Sterbenswörtchen davon zu sagen.

Als sie eine Stunde später herausgeputzt in der Subway unterwegs zur Townhall waren, hatte Celine noch immer nichts gegessen. Ihre Haare fielen in kleinen Lockensträngen über ihre Ohren, gekrönt von dem Haarreif und einem Kranz künstlicher Maiglöckchen. Allein das Zurechtfriemeln des Kopfschmucks hatte eine Ewigkeit gedauert. Den ausladenden Rock ihres Kleides, der bis zum Boden reichte, hielt sie grazil mit der linken Hand hoch, in der rechten das Täschchen und einen kleinen Strauß Maiglöckchen für den Jungen, der sie nach vorne zum Pult begleiten würde.

Noch beim Ausstieg an der Station »Townhall« murmelte sie vor sich hin: »Mir ist bewusst und ich habe verstanden, dass nur die Gemeinschaft dazu in der Lage ist, mich gegen Feinde von außen und …«

»Schluss jetzt, Bohne … äh, Verzeihung, holde Prinzessin«, neckte Jackson sie. Er ging auf dem Bahnsteig vor seiner Schwester in die Hocke und wurde ganz ernst. »Was du jetzt nicht kannst, lernst du auch nicht mehr. Aber du kannst es, ganz sicher, du bist schließlich die Schwester des einzigartigen, sensationellen, unschlagbaren Jackson Crowler.«

Celine entspannte sich ein wenig und lächelte.

»Und jetzt kommt der ultimative Trick: Sollte dir die Aufregung doch einen Strich durch die Rechnung machen, musst du einfach lächeln und weiter die Lippen bewegen. Auf keinen Fall die Hände vor den Mund werfen oder so etwas, verstanden?«

Celine nickte. »Lächeln und Lippen bewegen.«

»Mit solchen Tricks hat sich dein unschlagbarer Bruder also an die Kellington Highschool gemogelt.« Amelia Crowler pikste ihren Sohn in die Seite. »Los, wir müssen da rauf.«

Sie nahmen die Rolltreppe und gelangten so auf den Platz vor der großen, ehrwürdigen Townhall. Das gleißende Sonnenlicht ließ Celine noch etwas strahlender erscheinen. Vielleicht ist sie doch keine Bohne mehr, dachte Jackson.

Gerade als alle Celine noch einmal umarmen und ihr Glück wünschen wollten, erfüllte ein immer lauter werdendes Surren den Platz. Alle schauten nach oben. Ein Raunen ging durch die Menge. Jackson hörte, wie jemand neben ihm stöhnte: »Oh nein, nicht schon wieder. Das war doch vorbei ...«

Über ihnen kreisten mehrere kleine Flugobjekte.

»Drohnen«, rief ein Mann.

Wie auf ein geheimes Kommando gaben alle Drohnen gleichzeitig die Fracht frei, die sie in Beuteln unter sich trugen. Papierblätter lösten sich daraus. Jackson sah, dass sie mit knallroten Buchstaben bedruckt waren. Einige klebten zusammen, sodass den Leuten, die gerade hineingehen wollten, ganze Bündel auf den Kopf fielen.

»Meine Haare«, schrie ein Mädchen im weißen Kleid der Starter.

Jackson hatte ein paar alte, demolierte Exemplare solcher Drohnen bei Rufus Gainsbourgh gesehen. Die waren garantiert nicht mehr flugtauglich. Außerdem waren Drohnen verboten. Aber solche Flugblattaktionen waren es auch. Wer auch immer hier vor der Townhall etwas abwerfen wollte, dem war es völlig egal, nach welchen Regeln die City tickte.

In einem erstaunlichen Tempo tauchten Sicherheitskräfte auf. Sie überließen es nicht den Freiwilligen von *Care & Share,* die Zettel aufzusammeln, im Gegenteil: Sie rissen den meist jungen Helferinnen und Helfern die Papiere aus den Händen.

Jackson schnappte sich eines der Flugblätter.

Freizeit ist Freiheit!, stand in dicken, unsauber gedruckten Lettern darauf, *Schluss mit dem Zeitterror der City! Freigabe der Konten! Für ein Recht auf Faulheit!* Und darunter ein Text in kleinen Buchstaben, den Jackson nicht so schnell lesen konnte. Ganz unten schloss eine Art Stempel die Sache ab. Oben bildete ein Wort die Hälfte eines Bogens: *Kommando.* Der zweite Teil des Bogens unten setzte sich aus den Worten *Matt Fuller* zusammen.

»Kommando Matt Fuller«, murmelte Jackson.

»Tu das weg«, befahl Jacksons Mutter.

Ein Blick in ihre Augen sagte alles. Wer auch immer Matt Fuller und sein Kommando waren, sie flößten seiner Mutter Angst ein. Und das passierte selten. Sehr selten. Er knüllte das Papier zusammen und ließ es in der Hosentasche verschwinden. So schnell wie die Drohnen aufgestiegen waren, so schnell hatten die Sicherheitsleute den Platz gereinigt. Kein Schnipsel von diesen Flugblättern war mehr übrig. Die Aufregung legte sich rasch, als die Freiwilligen und die Sicherheitskräfte Spalier standen und den Weg für die Gäste in die Townhall freigaben. Die Familien stiegen die monströsen Steinstufen zum Haupteingang hinauf, den die meisten Bewohner der City höchstens ein- oder zweimal in ihrem Leben durchschritten.

Oben im Foyer des Prachtbaus angekommen, umarmten Jackson, seine Mum und sein Vater Celine, dann verschwand seine kleine Schwester im Westflügel der Townhall, wo sich die Starter sammelten. Sie wurden mit der Zeremonie zu Level-1-Partnern der City, mit 14 erreichte man automatisch Level 2. Danach kam es nur noch auf einen selbst an. Wer viel leistete für die City und seine Zeit nicht verbummelte, kam weiter.

»Und wer die richtigen Leute kennt«, hatte Crockie immer behauptet.

Jacksons Eltern, Crockies eigene Eltern, eigentlich alle, die Jackson kannte, hatten dem immer widersprochen. Gerade in diesem Augenblick ging ihm jedoch auf, dass Celines Zeremonie ein Beispiel dafür war, dass Crockie vielleicht doch recht gehabt hatte.

Ohne den Einfluss von Henks Vater würden wir das alles in Ruhe und ohne das ganze Tamtam begehen, dachte Jackson.

»Und nicht hinschauen, wenn sie dir den Chip einsetzen!«, rief Herb Crowler noch, aber Celine war schon verschwunden.

»Sie ist zäher als wir alle zusammen«, murmelte Jacksons Mum und machte sich in ihrer Handtasche auf die Suche nach den Eintrittskarten für die engsten Verwandten, um sie den freundlichen Kontrolleuren am Eingang zum Festsaal zu zeigen.

Ein Stimmengewirr erfüllte den Saal. Aufgeregt tuschelnde Gäste, das Scharren unzähliger Stuhlbeine auf dem Boden aus rötlichem Marmor, Instrumente, die gestimmt wurden, hier und da die Rufe der freiwilligen Ordnerinnen und Ordner, die versuchten, irgendwie den Überblick zu bewahren. Sie trugen leuchtend gelbe Hosen und Hemden, auf ihren Baseballkappen stand in Großbuchstaben *VOLUNTEER*, ein Button tat kund: *Care & Share – Wir helfen gerne.*

Jackson schaute sich um. Er entdeckte Henk und seine Eltern in einer der Logen, die sich rings um das Parkett über drei Etagen hinaufzogen. Henk erwiderte seinen Gruß flüchtig und wandte sich wieder einer älteren Dame zu, die auf ihn einredete.

Henks Familie war von Mr Vermeulens Boss eingeladen worden. Die Ahnentafel der Vermeulens reichte nicht nur bis in die

Zeiten der ostindischen Kompanie zurück, viel wichtiger war, dass Henks Urgroßvater, Cees Vermeulen, ein enger Vertrauter von Clark Kellington I., dem Gründer von Ocean City Inc., gewesen war.

Der Einfluss der Vermeulens war noch immer groß genug, um nicht nur Henks Bruder Arjen, sondern auch Celine in die Auswahl der ungefähr 1000 Kinder zu bringen, die an der Hauptzeremonie in der Townhall teilnehmen durften. Alle anderen mussten sich mit einer etwas weniger pompösen Feier in den Bezirksämtern zufriedengeben.

Eine Glocke schlug viermal, das war das Zeichen für das Publikum, sich zu den Plätzen zu begeben. »Reihe 36, Platz 57 bis 59«, dirigierte Amelia Crowler ihren Mann und Jackson durch den Mittelgang, immer mit dem Blick auf die Nummerierung der Reihen. »Hier?«

Jackson nahm die Karte. »Oh, Mum. Das hier ist Parkett links. Auf der Karte steht rechts.«

Sie drängelten sich zurück durch die Menge der zu ihren Plätzen strömenden Menschen, verloren sich aber in dem Gedränge.

»Jackson, hier!« Seine Mutter wedelte auf der anderen Seite mit den Armen. Jackson wäre am liebsten im Meer versunken, am besten gleich unter die City, direkt in die Tiefsee.

»Geht's noch auffälliger?«, knurrte er, als sie sich wiedergefunden hatten.

»Hier irren doch die meisten herum«, gab seine Mutter zurück.

»Kann ich Ihnen helfen?«, fragte einer der freiwilligen Helfer.

»Geht schon«, wimmelte Jackson ihn ab. Sie standen direkt vor ihrer Reihe, aber der alte Mann zog ihm trotzdem die Eintrittskarte aus der Hand.

Tief über das Papier gebückt nuschelte er: »Crowler, Amelia

und Herb und Jackson.« Er lächelte, kicherte fast. »Dann mal schnell auf die Plätze.«

Der Mann hob den Kopf und schaute Jackson an. Er hatte eine Narbe auf der linken Wange. Aber vor allem waren es seine Augen, die auffällig an ihm waren: das linke himmelblau, das rechte braun, fast golden.

Ein paar andere Eltern drängten von hinten.

»Komm schon!« Jackson wurde von seinem Vater in die Reihe gezogen.

»Ich ... nein ... Dad ... der Mann.«

Zu spät. Er konnte nicht mehr zurück. Etwas war merkwürdig an diesem Mann. Plötzlich wusste Jackson: Das war der Straßenkehrer, der Mann, der die Verfolgung von Crockie gesehen, die Schüsse gehört haben musste. Der leuchtend gelbe Rücken entfernte sich, an den Eingangstüren warf der Mann noch einmal einen Blick über die Schulter zu Jackson.

»Setz dich, Junge«, ermahnte ihn sein Vater.

Eine Fanfare ertönte. Im Hintergrund der Bühne startete ein Film, in dem die Kamera über das Meer raste, bis in der Ferne die Silhouette der City erschien und sich in das Logo der Company mit dem Schriftzug *Ocean City Inc. – Floating Freedom* verwandelte. Der Zentralbank-Rat mit seiner Generalsekretärin an der Spitze betrat das Podium durch eine Seitentür.

Jackson war verwirrt. Er versuchte sich zu konzentrieren. Sein Blick fixierte die Eintrittskarte in seiner Hand.

Amelia und Herb Crowler plus 1 stand dort. *Plus 1*, das war er selbst. Die Mitarbeiterin im Organisationskomitee hatte nicht gewusst, wer die weitere Person war, als Henks Vater die Sache eingefädelt hatte.

Plus 1.

Nicht Jackson.

Der Mann hatte aber gesagt: Crowler, Amelia und Herb und *Jackson.*

»Wir sind alle aufgeregt, aber jetzt hör auf zu zappeln, Jackson!« Sein Vater legte Jackson eine Hand auf den Oberschenkel. »Ruhig Blut, Celine macht das schon.«

Jackson versuchte sich zu beruhigen. Er konnte jedoch nicht anders. Er sah sich um. Die Townhall war riesig. Das Licht wurde gedimmt. Das Stimmengewirr erstarb und Amber Lucky betrat das Podium. Die beliebteste Moderatorin der City. Wo Amber war, war die Stimmung super, die Sonne ging auf in ihrem Lächeln, und egal, was ab jetzt passieren würden: Amber Lucky federte jede Peinlichkeit ab wie ein gigantisches Gefühls-Trampolin. Wer sie sah, wusste: Es kann nichts schiefgehen.

Vor der Bühne hatte sich eine ganze Schar Volunteers versammelt. Alle starrten zu Amber Lucky, um sich von ihrer Fröhlichkeit anstecken zu lassen. Nur Jackson nicht. Er scannte die Gelbjacken. Er glaubte, den Mann aus der Ferne zu erkennen. Aber die Haare waren nicht grau. Oder doch? Er musste einfach näher ran. Woher kannte der Mann seinen Namen? War er der Zeuge, für den Jackson ihn hielt? Hatte er gesehen, dass Crockie angeschossen worden war?

Die Menge lachte schallend über irgendeinen Scherz, der bestimmt ganz prima war, Jackson im Augenblick aber so wenig interessierte wie der aktuelle Salzgehalt in den Verdunstungsanlagen für Meerwasser.

»Ich muss mal dringend«, flüsterte er seinem Vater zu.

»Doch nicht jetzt! Oh, Jackson!«, sagte Herb Crowler.

Aber Jackson zwängte sich schon durch die Reihe. Die Leute waren allesamt nicht sehr begeistert.

»Himmel, muss das sein?«, herrschte ihn eine Frau an.

»Mach schon, mach schon, die kommen gleich!«, knurrte ein Mann.

Bevor irgendein Kind auf die Bühne kommen durfte, wurde noch geredet, musiziert und wieder feierlich geredet. Logisch. Schließlich waren gerade massenhaft Ärzte und Krankenschwestern, allesamt freiwillig und aufs eigene Zeitkonto, damit beschäftigt, die ersten tausend Subku-ID-Chips unter die Haut der Starter zu setzen.

»Ein winziger Piks«, pflegten sie zu sagen, wenn sie den Chip-Schießer ansetzten. Bei Henk war damals ein ziemlicher Bluterguss als besondere Erinnerung an den großen Tag geblieben.

Amber Lucky schüttelte ihr goldgelbes Haar vor Lachen und kündigte die Hymne der City an.

»In diesem Jahr gespielt von den wunderbaren, fantastischen, den unschlagbaren Ocean-City-Symphonikern unter der Leitung des genialen Igor Wheeler!«

Während die Musiker mit Pauken und Trompeten die Hymne *Wir trotzen dem Sturm* spielten, scannte Jackson im Gehen weiter die Gelbjacken. Er warf einen Blick rauf zu Henk, aber der war in der Dunkelheit der Loge nicht mehr zu erkennen.

Da! Jackson war sich plötzlich ganz sicher. Da war er: weiße Haare, die unter der Kappe hervorschauten, gelbe Jacke. Das musste er sein. Der Mann hatte ihm den Rücken zugekehrt und stand etwas gebückt rechts neben der Bühne im Zuschauersaal, ganz am Rand.

»Hier kannst du nicht stehen bleiben, Junge«, flüsterte eine der Ordnerinnen Jackson ins Ohr. »Du musst zurück auf deinen Platz!« Sie war nicht direkt unfreundlich, aber ihre Stimme duldete keinen Widerspruch.

»Entschuldigung. Ich muss nur mal kurz raus. Sie wissen schon: die ganze Aufregung und so«, murmelte Jackson.

Die Ordnerin verdrehte genervt die Augen. »Drüben rechts. Aber du kannst erst wieder in den Saal, wenn das Orchester fertig ist!«

Jackson nickte und lief zur Tür. Er wollte den Saal nicht verlassen. Er wollte vor dieser Tür abdrehen, um nach vorne zu den Freiwilligen zu gehen, aber diese Ordnerin schien ihren Job verflixt ernst zu nehmen. Sie begleitete Jackson aus dem Saal.

Es blieb ihm nichts anderes übrig, als unter den strengen Blicken der Freiwilligen rüber zum Klo zu laufen. Diesen Weg durfte er immerhin alleine gehen.

Jetzt nur nicht Celine verpassen, dachte Jackson. Das würde sie ihm nie verzeihen. Und er sich auch nicht. Er zählte auf dem Klo bis zwanzig, dann ging er zurück.

Er musste vor der Saaltür warten, bis das Orchester den letzten Ton gespielt hatte. Dann ließ ihn die Ordnerin wieder in den Saal. Jacksons Blick schweifte nach vorne. Der Mann stand noch an Ort und Stelle, als würde er nur auf ihn warten. Jackson lief nicht direkt zu seinem Platz. Er wandte sich nach links, zum hinteren Ende des Saals.

Gerade wurde Lydia Tremont, die Generalsekretärin der Zentralbank, von Amber Lucky auf die Bühne gebeten.

Gewaltiger Beifall brandete auf. Tremont wurde von den Bewohnern der City respektiert, das betonte auch Jacksons Mutter immer wieder. »Richtig warm wird man mit ihr allerdings nicht«, hatte sie nach den ersten Terminen gesagt, die die mächtige Frau bei ihr gehabt hatte. »Nun, vielleicht muss man sich in dieser Position abschotten.«

Jackson hörte nur mit einem halben Ohr zu, als Lydia Tremont den Freiwilligen dankte. Er lief zwischen den beiden hinteren Sitzblöcken auf die andere Seite des Saals, um von dort nach vorn zu dem Mann zu gelangen. Tremont dankte den Gesellschaftern und Teilhabern und dann erzählte sie aus der Geschichte der City.

Jackson ließ die Freiwilligen nicht aus den Augen.

Als Lydia Tremont die ersten Namen der Kinder vorlas und als neue Mitglieder der Gesellschaft auf die Bühne bat, sah er ihn wieder.

Der Mann war nicht mehr bei den anderen Freiwilligen. Er setzte sich auf der linken Seite der Bühne von den anderen ab. Jackson ging schneller. Dadurch wurden einige Ordner auf ihn aufmerksam.

»Kann ich helfen?« Ein stämmiger Freiwilliger versperrte Jackson den Weg.

Jackson hielt dem stämmigen Kerl sein Ticket hin und schielte rüber zu dem Alten. Dieser hatte die Saaltür erreicht.

»Ich suche meinen Platz!«, sagte Jackson, ohne den Alten aus den Augen zu lassen. Der Mann drehte sich an der Tür noch einmal um. Jackson kniff die Augen zusammen. Hatte er richtig gesehen?

Der Alte hatte die grauen Haare mit der linken Hand zurückgestrichen und Jackson zugezwinkert. So vertraut, als würden sie sich seit Jahren kennen.

In Jacksons Kopf hämmerte nur noch eine Frage, als ihn die Ordner zurück zu seinem Platz brachten: Wer war dieser Mann?

Seine Eltern hingegen hatten jede Menge Vorwürfe auf Lager:

»Wo bist du so lange gewesen?«

»Fast hättest du Celine verpasst!«

Erst als es hinter ihnen »Psst!« und »Ruhe!« machte, ließen sie von ihm ab.

Endlich sprach Tremont auch die ersehnten zwei Worte: »Crowler, Celine.«

Mit knallroten Bäckchen kam sie auf die Bühne. Celine. Von Jacksons kleinem Ausflug hatte sie zum Glück nichts mitbekommen.

Als eine Stunde später endlich alle Starter wie ein gigantischer Chor auf der Bühne standen, sagten sie gemeinsam ihren Spruch auf. Ob da jemand stockte oder etwas ganz anderes sagte, war nicht zu hören. Celine stand vorne in der zweiten Reihe. Dann kamen die Armbänder dran.

Jackson war stolz auf seine kleine Schwester, wie sie da oben stand und sich freute, den Arm mit dem Pflaster vorstreckte und sich den Decoder anlegen ließ. Trotzdem kam es ihm so vor, als würden ihr mit dem Decoder nichts anderes als Handfesseln angelegt. Was für Schafe sind wir mit neun Jahren, dass wir auch noch stolz darauf sind, wenn wir gefesselt werden, dachte Jackson.

Das gesamte Publikum stand auf, alle klatschten und schrien und jubelten. Es riss sogar Jackson vom Sitz. Fessel oder nicht: Celine war nun groß. Celine gehörte dazu. Und sie strahlte. Das war ihr Tag. Ihr Fest.

Mit einiger Mühe schaffte Jackson es auf dem Heimweg, den alten Mann, die ganze Geschichte um Crockies Tod beiseitezuschieben. Zu Hause konnte er sowieso keinen klaren Gedanken mehr fassen: Jackson hier, Jackson da. Die Wohnung war voller Gäste und Jackson sollte ständig mit einer Hand Getränke nachschenken, mit der anderen Häppchen reichen und mit der dritten Hand, wenn er denn eine gehabt hätte, Celine auf die Schulter klopfen. Seine kleine Schwester genoss es, im Mittelpunkt zu stehen. Immer wieder rannte sie zu Jackson oder schrie quer durch die überfüllte Wohnung nach ihm, um ihm dieses Geschenk und jene Karte mit Gratulationen zu zeigen.

In fast jeder Karte steckte ein kreisrunder Plastikchip, der denen ähnelte, die die Kinder nun unter der Haut ihres linken Handgelenks trugen, nur viel größer. Auf der Vorderseite stand der Name des Empfängers und der Jahrgang der Zeremonie. Auf der Rückseite prangte in der Mitte eines Lorbeerkranzes eine Zahl. Man konnte schon an der Farbe erkennen, wie viele Minuten ein solches Plastikding wert war: die weißen 5 Minuten, die gelben 10 Minuten, die blauen 15, die bronzenen 30. Die silbernen Chips zu 60 Minuten waren selten, die goldenen zu 90 Minuten oder gar die schwarzen zu 2 Stunden schenkte in ihren Kreisen kaum jemand.

»Es sind schon 195«, hatte Celine ihm irgendwann zugeflüstert.

Jackson wusste, dass es noch mehr wurden.

Celine musste sie innerhalb einer Woche in der für die Crowlers zuständigen Zeitagentur abgeben und gutschreiben lassen, solange sie das nicht tat, waren sie nicht viel wert. Nur wenn sie auf ihrem Decoder erschienen, galten sie auch als Zahlungsmittel.

»Pass gut darauf auf«, warnte er sie am späten Abend, als sie endlich ins Bett gefallen war. »Sonst schnappe ich mir deinen Zaster.«

Celine lachte und schlug aufs Kopfkissen. »Da sind sie drunter und da kommst du nie ran!«

9.

Am nächsten Morgen fing Henk Jackson vor der Schule ab. Jackson sah, wie Heather Blue hinter den Glastüren des Haupteingangs mit dem Finger drohte. Er rang sich ein Lächeln ab und bedeutete ihr, dass er in einer Minute einchecken würde.

»Heather versteht in den nächsten paar Wochen keinen Spaß«, sagte Jackson.

»Da geht es mir genau wie ihr«, knurrte Henk. »Was ist gestern in dich gefahren? Nennst du die Nummer, die du in der Zeremonie abgezogen hast, *den Ball flach halten*?«

»Ich kann dir das erklären«, erwiderte Jackson.

»Für Erklärungen bin ich sehr zu haben«, hörte Jackson eine Stimme hinter sich. Henk und er drehten sich gleichzeitig um.

Ein ziemlich unförmiger Mann in einem zerknitterten Regenmantel stand vor ihnen. Sein Kopf war teils kahl, den Rest der Haare hatte er geschoren. Jackson fuhr es wie ein Blitz aus kaltem Stahl durch Mark und Bein. Er kannte dieses dunkelbraune Gesicht. Am Tag von Crockies Tod hatte er es gesehen. Vor dem Haus der Flemings war dieser Mann aus einem der Einsatzfahrzeuge der Polizei gestiegen. Genau dieses Fahrzeug stand am Straßenrand hinter ihm. Ein rothaariger Polizist saß am Steuer, auf dem Beifahrersitz guckte ein anderer gelangweilt zu ihnen herüber.

Den Ball flach halten.

Wie hatten sie glauben können, dass ihnen das etwas bringen würde? Die Typen hatten nur die Zeremonie abgewartet, immerhin darin hatte Henk recht behalten. Ein Tag für die Familien und jetzt schlugen sie zu.

»Steigt bitte ein«, sagte der Mann. »Wir haben ein paar Fragen an euch.«

Henk deutete zur Schule, zeigte auf seinen Decoder. »Wir ... wir müssen einchecken ...«

»Darum kümmern wir uns. Ihr seid für ein paar Stunden abgemeldet. Natürlich *entschuldigt*. Ihr müsst euch nicht um euer Zeitbudget sorgen.« Er drängte sie in den Wagen und zwängte sich neben sie auf den Rücksitz.

Bis zur Ankunft in einem schlichten Gebäude der Unternehmens-Verwaltung von *Ocean City Inc.* im sechsten Bezirk sprach niemand. Man erkannte diese Gebäude sofort, weil sie weder über eine begrünte Fassade verfügten noch von Windkraftanlagen gekrönt wurden.

Im Flur des achten Stocks trat der Mann im Regenmantel in ein Büro. *Ambrose di Gallo, Sonderermittlung, Abt. A,* stand auf einem Schild neben der Tür.

»Komm herein, junger Mann«, forderte er Henk auf.

Henk folgte ihm in das Zimmer. Als Jackson hinterherwollte, zog ihn der rothaarige Polizist zurück. »Du kommst später dran.«

Der Polizist vom Beifahrersitz schob Jackson zu den Stühlen, die an der Wand vor dem Büro von di Gallo standen, und setzte sich neben ihn.

Jackson fragte sich, was Henk wohl erzählen würde. Eigentlich war klar, was er sagen musste: »Wir wissen nichts.«

Selbst wenn es um die Frage ging, ob Crockie lieber Schokosoße oder Erdbeercreme auf sein Vanille-Algen-Eis packte. »Haben wir nie drüber geredet. Ich weiß es nicht.« Das waren die Standardsätze, die sie sich zurechtgelegt hatten, für den Fall, dass doch noch jemand von der Polizei käme. Henk hatte irgendwo aufgeschnappt, dass man quasi unangreifbar war, wenn man immer bei diesem Satz blieb. Und auf Henk war Verlass. Normalerweise. Aber was war schon normal? Seit Crockie angeschossen worden war, hatten in Jacksons Leben die normalen Momente eher Seltenheitswert.

Der Typ neben ihm roch streng, nach altem Schweiß, den er mit einem Parfüm zu überdecken versuchte.

»Wie lang wird das dauern?«, fragte Jackson den Stinker. Der reagierte nicht. »Ich meine, wir sind Schüler und müssen in den Unterricht.« Jackson hörte sich selbst diesen Streberspruch sagen. Crockie wäre sicherlich etwas eingefallen, um den Polizisten ein bisschen hochzunehmen. So etwas wie: »Oh, entschuldigen Sie, Herr Kommissar, aber direkt neben einem Schüler der Kellington High dürfen nur die Lehrer des dritten Jahrgangs sitzen. Bitte halten Sie einen Stuhl Abstand, ansonsten muss unsere Schulleitung Ihnen leider 5 Sekunden pro Minute vom Konto abziehen.«

Der Rothaarige, der die ganze Zeit neben der Tür gestanden und die Decke angestarrt hatte, fragte: »Was ist so lustig?«

»Nichts. Warum?«

»Du grinst. Würde ich da drin lieber nicht machen«, sagte der Rote.

Jackson nickte. Okay, dachte er. Danke für den Hinweis, Officer Redhair.

»Willst du einen Tipp?«, fragte der Rote.

Jackson spitzte die Ohren.

»Bleib bei der Wahrheit.«

»Was immer di Gallo fragt«, fügte der Stinker hinzu und kam Jackson näher. »Di Gallo riecht Lügen. Er ist ein wandelnder Lügendetektor.«

Jackson nickte wieder. Ab jetzt würde er die Klappe halten. So viel war klar. Aber warum brauchte Henk so lange? Fünf Minuten, hatte er gedacht. Höchstens. Nach fünf Minuten würde die Polizei mit ihnen fertig sein, weil sie dann wusste, dass sie nichts aus ihnen herausbringen würde, oder überzeugt wäre, dass sie von nichts eine Ahnung hatten. Jackson sah auf die Uhr.

»Du hast es heute nicht mehr eilig«, sagte der Rote.

Wie der das sagte. Es war eine Feststellung. Eine Tatsache. Eine Tatsache, die wie ein unausweichliches Unwetter auf ihn zugerauscht kam.

Erst nach einer Dreiviertelstunde ging die Tür endlich auf und Henk kam heraus.

»Wir sind fertig«, sagte di Gallo. Er schüttelte Henk die Hand.

Henk ging an Jackson vorbei. Sie tauschten einen Blick. Jackson guckte so fragend, wie er nur konnte. Henk guckte undefinierbar zurück. Das lag vermutlich an dem Roten, der Henk nicht aus den Augen ließ.

Als sich die Tür hinter Jackson schloss, hatte er für einen Augenblick das sichere Gefühl, dass er diesen Raum nicht mehr als freier Mensch verlassen würde.

Der dicke Kommissar setzte sich hinter den Schreibtisch, davor standen zwei leere Stühle.

Er nickte Jackson zu. »Setz dich.«

Dabei sah er ihn nicht an, sondern sortierte irgendwas in seinen Unterlagen. Dann wischte er sich mit einem Tuch den Schweiß von Stirn und Schädel, rückte einen Spiralblock und ein paar Bleistifte zurecht. Die spitzesten Bleistifte, die Jackson je gesehen hatte.

»Du weißt, worum es geht?«

Jackson schwieg.

»Du bist Jackson Crowler, oder nicht?«

Jackson nickte.

Di Gallo holte einen mobilen Scanner heraus. »Sorry, das sind die Vorschriften. Ich muss deinen Chip kontrollieren.«

Jackson legte seinen Decoder in den Scanner. Di Gallo sah auf das Gerät. Er machte sich Notizen. Dann sah er Jackson in die Augen.

»Erzähl!«

Wie jetzt, das war die Taktik? Jackson musste fast lachen. »Was soll ich Ihnen erzählen?«

»Alles, die ganze schmutzige Geschichte.« Der Kommissar schnaufte schwer. Er hielt den Stift in der rechten Hand, die linke legte er sich auf den kahlen Schädel.

Leicht zu durchschauen, dieser Trick. Nicht mit Jackson. »Ich weiß nicht, was Sie meinen.«

»Weißt du doch.«

»Weiß ich nicht«, hielt Jackson dagegen. Das Spiel erinnerte ihn an Celine. Früher, als sie noch klein gewesen war. Vor ihrer Einschulung. Nein-doch-nein-doch-nein-doch, das konnte er stundenlang durchhalten, darin hatte sie ihn nie geschlagen.

Di Gallo zeigte plötzlich mit dem Finger auf Jacksons Nase. »Weißt. Du. Doch!«

Jackson verschränkte die Arme vor der Brust. »Weiß. Ich. Nicht.« Der übergewichtige Mann erhob sich aus dem Stuhl und kam auf Jackson zu. Er ließ seine schwere Pranke vor Jackson auf den Schreibtisch knallen.

»Dein Freund Henk Vermeulen wusste ziemlich genau, um was es geht.«

Jackson begann zu schwitzen. Aber er zuckte mit den Schultern. »Ich aber nicht.«

»Gut, dann werde ich dir etwas auf die Sprünge helfen. Du hattest bis vor Kurzem einen Freund, dem du nicht von der Seite gewichen bist.« Di Gallo fixierte Jackson.

Jackson wollte diesem Blick standhalten. Es misslang. Er sah auf den Boden und nickte. Was konnte es schon ausmachen, wenn er ihm sagte, was er offensichtlich schon wusste?

»Wie war noch sein Name?«, fragte di Gallo mit einem fiesen Unterton.

»Crockie«, sagte Jackson leise. »Crockie Fleming.«

»Na also!« Di Gallo setzte sich wieder auf den Stuhl. Er nahm dieselbe Haltung ein wie vorher. Den Stift bereit zum Schreiben in der Rechten, die Linke legte er nun hinters Ohr, als sei er schwerhörig. »Dann leg mal los!«

»Was wollen Sie über Crockie wissen?«, fragte Jackson.

»Wie ich schon sagte: Alles. Die ganze, schmutzige Geschichte«, wiederholte sich di Gallo.

»Was für eine Geschichte meinen Sie?«

Der Bleistift in di Gallos Hand wanderte mit einer für seine Wurstfinger erstaunlichen Geschicklichkeit zwischen den Fingern hin und her. Zum Schluss hielt er ihn wieder fest und sprach völlig ruhig weiter: »Schluss jetzt, Bürschchen! Ich stelle hier die Fragen! Du antwortest!« Der Bleistift zerbrach zwischen seinen Fingern.

Jackson zuckte zusammen. »Na, dann fragen Sie doch endlich was!«, sagte er patziger, als er wollte. Er spürte, wie seine Stimme wackelig wurde.

Di Gallo grinste. »Ich löse Fälle, Jackson Crowler. Ich bin Ambrose di Gallo. Auch wenn du noch nicht von mir gehört hast: Ich löse *alle* Fälle, die mir übertragen werden.« Etwas leiser fügte er hinzu: »Und jetzt raus mit der Story! Wie hat Crockie das gemacht?«

»Was gemacht?«

»Du weißt genau, was ich meine!«, sagte di Gallo. Er nahm sich einen neuen Bleistift.

»Nein, weiß ich nicht!«, hielt Jackson dagegen. Di Gallo hatte offensichtlich keine Kinder. Sonst hätte er dieses Nein-Doch-Spiel besser drauf.

»Wir haben Zeit. Wir haben unendlich viel Zeit.« Der schwitzende Kommissar lehnte sich zurück.

Jackson sagte nichts. Na, dann warten wir eben, dachte er. Falls das alles war, was dieser Polizist an Verhörtechnik zu bieten hatte, dann würde das Gespräch nicht sehr ergiebig werden.

Das schien di Gallo selbst zu merken. Er änderte seine Taktik. Plötzlich wurde er nett, lächelte Jackson an. »Es tut mir leid, dass du deinen Freund verloren hast. Ihr seid da wohl in was reingeraten. Das ist eben aus dem Ruder gelaufen. Ich muss diese Akte schließen und dabei kannst nur du mir helfen, okay? Du hilfst mir. Ich helfe dir.«

»Okay«, sagte Jackson. »Was genau wollen Sie wissen?«

Die Freundlichkeit verschwand so schlagartig, wie sie in das Gesicht des schwitzenden Mannes gekommen war. Eiskalt und mit immer leiser werdender Stimme fragte er: »Was hattet ihr vor? Wie ist es gelaufen? Wer hat euch geholfen?«

Jackson zuckte mit den Schultern. »Es tut mir leid, Herr Kommissar, aber ich habe keine Ahnung, wovon Sie reden.«

Der Kommissar zeigte zur Tür. »Wir sprechen uns wieder.«

Jackson war verdutzt. Das war's? Konnte er gehen? Einfach so? Jackson stand auf, wartete einen Moment, aber di Gallo kritzelte etwas auf den Spiralblock. Ohne aufzuschauen, wedelte er mit der Hand.

Tatsächlich.

Jackson konnte gehen.

Als er den Türgriff hinunterdrückte, hörte er di Gallos Stimme in seinem Rücken. »Pass gut auf dich auf, Junge. Sehr gut. Sonst kann auch ich dir nicht mehr helfen.«

10.

Im Flur wartete nur noch der Stinker. Von Henk und dem Rothaarigen fehlte jede Spur.

»Ist schon weg«, sagte der Polizist auf dem Weg zum Wagen. »Wir wollen schließlich eure Zeit nicht verplempern. Ist eine Menge wert, wenn man auf die Kellington High geht. Zeit, meine ich. Zeit ist eine Menge wert.«

Zeit ist immer gleich viel wert, hätte Jackson am liebsten geantwortet, aber erstens wusste er, dass das nur auf dem Papier des Vertrags aller Bewohner der City so war. Zweitens war es ihm lieber, die Luft anzuhalten, während er mit dem Stinker im Auto saß.

Heather Blue begrüßte ihn am Check-in mit einem ironischen Tonfall. Sie erhob sich ein paar Zentimeter, um eine Verbeugung anzudeuten. »Eieiei, die jungen Herren werden schon zu Bewerbungsgesprächen abgeholt, bevor sie überhaupt die Mittelstufe geschafft haben.«

Aha. Das hatte di Gallo also als Begründung geliefert.

»Und dann auch noch mit Limousinen-Service«, schob Heather hinterher, aber Jackson hastete schon Richtung Klassenraum.

Er riss die Tür auf. Das Zimmer war leer.

»Gobbins«, stöhnte Jackson, dem in diesem Moment einfiel,

dass sie gerade Kunstunterricht bei Mister Gobbins hatten. Dem würde er erklären müssen, warum er keine Zeichenmappe mehr besaß.

»Crowler, mit Ihnen hatten wir gar nicht mehr gerechnet«, begrüßte Gobbins ihn. »Ihr Freund Vermeulen meinte, dass es länger dauern würde.«

»Keine Ahnung, wie er darauf kommt«, sagte Jackson mit einem Blick zu Henk, der sich über seinen Zeichenkarton beugte.

Henk zeichnete auf dem Niveau eines Vierjährigen und seine Malereien sahen aus, als habe jemand auf den Farbtuben getanzt und eine Leinwand hingehalten. Aber Kunst war Pflichtfach an der Clark Kellington. Clark Kellington III. galt als Kunstliebhaber. Er besaß eine der wertvollsten Sammlungen von Meisterwerken aus allen Epochen. Besondere Leidenschaft brannte jedoch für den italienischen Maler Caravaggio in ihm, für dessen Bilder er jeden Preis bezahlte, hieß es.

Zwei Hocker waren noch frei. Jackson nahm sich den an Henks Seite. Henk verzog keine Miene, erst als Gobbins sich in die Mitte des Raums bewegte, blies Henk hinter dem Rücken des Lehrers die Backen auf.

»Wir machen es heute wie die alten Meister«, erklärte Gobbins und enthüllte eine Skulptur, die in der Mitte des Raums, umgeben vom Kreis der Hocker und Staffeleien, stand. Sie stellte einen sitzenden nackten Mann dar, der die Arme auf die Knie und das Kinn auf die Hand stützte. Jackson hatte bisher nicht verstanden, warum er *Der Denker* genannt wurde. Er fand, dass der Typ eher wie ein schlecht gelaunter Ringer aussah.

»Den da möchte ich möglichst nur noch entfernt erkennen in Ihren Arbeiten. Es geht nicht um Realismus, nicht um eins zu eins, sondern darum, Rodins alten Grübler so zu sehen, wie es vielleicht

Picasso getan hätte oder Salvador Dalí oder ein anderer Künstler, an den Sie sich noch erinnern können. Wir haben das 20. Jahrhundert lange genug durchgepaukt, also enttäuschen Sie mich nicht.«

Jackson holte sich einen Zeichenkarton und einen der Wagen mit den verschiedenen Farbsorten. Er arbeitete am liebsten mit Kohle und Bleistiften, schwarz-weiß, nur mit Hell und Dunkel, scharfen und weichen Linien.

»Dann legen Sie bitte los«, sagte Gobbins, aber die Tür ging erneut auf. »Ja, was ist das denn für ein Taubenschlag hier?«

Crockies Nachfolgerin stand in der Tür.

Einen kleinen Augenblick musste Jackson in seinem Gedächtnis nach ihrem Namen suchen. Lou. Louise Clermont.

»Entschuldigung«, sagte sie mit einem Augenaufschlag, bei dem jeder alles entschuldigte. »Ich finde mich noch nicht so gut zurecht im Gebäude und bin im Trakt der Oberstufe gelandet.« Sie nahm sich den letzten freien Hocker.

Gegenüber von Jackson. Genau gegenüber. Er würde keinen Blick auf diesen Denker werfen können, ohne sie im Hintergrund zu sehen.

Statt des Tuches bändigte nun einer der zur Schuluniform gehörenden Haarreifen die Haare. Das hatte ihr wohl jemand gesteckt. Die fast bis zu den Schultern reichenden Ohrringe aus Perlen und bunten Federn waren allerdings ein perfekter und ebenso verbotener Ersatz für den bunten Schal.

Die Zeichenstifte der anderen kratzten bereits über den Karton. Hier und da stöhnte jemand und es folgte das *Ratsch!* beim Zerreißen eines ersten Versuchs.

»Kannst du mir mal helfen?«, raunte Henk.

»Was gibt es, Vermeulen?«, reagierte Gobbins sofort.

»Ich komme mit der Kohle nicht klar.«

»Da gibt es – außer mir – keinen besseren Ratgeber als Crowler, nur zu, aber leise bitte«, sagte Gobbins und schickte noch hinterher: »Aber nicht, dass Sie wieder einmal versuchen, mir nachher ein Werk von Crowler unterzujubeln. Ich bin Künstler, kein Idiot!«

Jackson stand auf und beugte sich über Henks Schulter. »Du kannst die Schattierungen durch Wischen –«

»Scht!«, zischte Gobbins.

Jackson lächelte und flüsterte, während er auf Henks Papier herumfuchtelte. »Hast du was gesagt?«

Henk nickte, als verstünde er, was Jackson ihm erklärte. »Natürlich nicht.«

»Wir sind in der Schusslinie. Solange der Transponder noch irgendwo klemmt ...«

Gobbins näherte sich.

»Mit den Fingern wischen ergibt einen anderen Effekt als mit Wasserfarben ...«

»Das weiß ich selbst«, zischte Henk. Er kritzelte wild auf dem Papier herum. »Meine Kennung steht auf dem Ding, vergiss das nicht. Trotzdem kann es ein Schuss ins Blaue gewesen sein. Alle wissen, dass wir Crockies beste Freunde sind.«

»Das Teil muss weg!«, sagte Jackson etwas lauter, als er es sagen wollte.

»Ach ja?«, fragte Gobbins. »Welches Teil denn?«

»Hier, dieser Strich, ich weiß auch nicht!« Jackson zeigte auf eine der Linien, die Henk auf den Karton gekrakelt hatte.

Gobbins nahm Henks Zeichenkarton an sich. »Manchmal muss man harte Entscheidungen treffen, Vermeulen.« Er legte ihm einen neuen, sauberen Zeichenkarton auf den Tisch. »Gleich noch mal von vorn!«

Jackson blieb neben Henk stehen, aber Gobbins scheuchte ihn

wieder zu seinem eigenen Platz: »Husch, an die Arbeit, Crowler! Auch ein Genie braucht seine Zeit für sein Werk!«

Jackson seufzte und begann wieder, Linien auf den Karton zu werfen.

Quer darüber schrieb er mit Zeichenkohlen: »Pause, U-Boot-Klo!« Er hielt den Karton rüber, sodass Henk es auch sehen konnte. Der nickte und murmelte. »Ach, so macht man das!«

Jackson verwischte die Kohle zu einem wilden schwarzen Knäuel. Gobbins wollte den Denker? Den konnte er kriegen. Jackson wusste, wie er ihn malen würde: Den Denker mitsamt seinen finsteren, trüben und verwirrenden Gedanken. Ein Ringer in der Pause, auf verlorenem Posten, der einfach nicht weiterwusste.

Je dunkler sein Bild wurde, desto klarer wurde es in seinem Kopf. Er sah nichts mehr, hörte nichts mehr und gab sich ganz und gar der Zeichnung hin.

Plötzlich tippte ihm jemand auf die Schulter. »Irres Gekritzel, aber die Stunde ist vorbei ...« Jackson fuhr herum. Es war Louise Clermont, die seine Zeichnung betrachtete und spöttisch grinste. »Ich hätte da noch eine Frage. Hast du gerade eine Sekunde?«

Jackson starrte sie an. Hinter ihr verschwand Henk durch die Tür. Er raffte seine Sachen zusammen. »Ich hab keine Zeit.«

»Schade«, sagte sie.

Er konnte nicht genau unterscheiden, ob sie enttäuscht oder verärgert klang, aber das war ihm auch egal.

»Du müsstest sie dir aber nehmen. Ich habe eine Menge Fragen und finde keinerlei Unterlagen von Crockie. Heather Blue hat mir seinen Schrank entsperrt, aber der ist leer. Die Schulleiterin hat dich für zwei Stunden ausgecheckt, damit du mir das Wichtigste über Crockies Kurse und Projekte erzählen kannst.«

Jackson platzte der Kragen. »Darf hier neuerdings jeder frei über meine Zeit verfügen?«

Louise Clermont lächelte und Jackson war sich nicht ganz sicher, ob da Ironie mitschwang, als sie sagte: »Nur die Schulleiterin. Und ...«

»Und wer noch?«, blaffte Jackson sie an. Wusste sie etwas?

»Und ich, wollte ich sagen. Für die nächsten zwei Stunden.« Sie guckte ganz freundlich. »Bitte.«

Jackson seufzte. Aus der Nummer würde er wohl kaum rauskommen.

»Geht doch. Und nenn mich Lou, okay. Louise nennt mich nichtmal meine Mum.«

Diese Lou täuschte sich, wenn sie glaubte, dass Jackson irgendetwas ihr zuliebe getan hätte.

Es war Jackson in seinem Ärger fast entgangen, was Lou gesagt hatte: Heather hatte für Lou Crockies Spind geöffnet. Nur eben den falschen. Dass er schon lange einen anderen benutzte, hatte offensichtlich niemand mitgekriegt, nicht einmal die allmächtige Herrin der Codes, Heather Blue.

Jetzt konnte er quasi mit amtlichem Auftrag der Schulleitung hingehen, Crockies richtigen Spind öffnen, und er wäre sogar dabei, wenn Lou sich den Inhalt anschaute. Und wenn es nötig war, konnte er Verdächtiges beiseiteschaffen.

Als er Heather Blue die Sache erklärte, funktionierte es nicht so reibungslos, wie Jackson gedacht hatte.

»Aha, der Herr hat sich, ohne mich zu fragen, einen neuen Spind geschnappt?«, fragte sie.

»Seiner hat so schrecklich nach Säure gestunken, als hätte er im Schrank C3-Verbindungen isoliert«, erklärte Jackson.

»Das weiß ich, Schätzchen. Und das weiß Mrs Ingaaden, und ein paar Herren, die sich dafür interessiert haben, wissen es auch. Dieser Chaot ...« Heather Blue spürte anscheinend, dass das nicht der richtige Ton war, um über einen unlängst Verstorbenen zu reden. Sie stockte. Dann sagte sie viel versöhnlicher: »Ach, Menschenskinder. Dieser Crockie. Er war mir wirklich lieber als die ganzen Streber hier. Anwesende natürlich ausgenommen.«

»Wir brauchen dringend die Unterlagen vom Jahresprojekt«, sagte Jackson. »Lou soll es zu Ende bringen. Das wäre auch in Crockies Sinn.« Dessen war sich Jackson gar nicht so sicher. Crockie war mit all seinen Sachen ziemlich eigen gewesen, aber bei Heather Blue zog das Argument.

»Welchen Schrank beliebten die Herrschaften denn für sich in Anspruch zu nehmen?«, fragte sie.

»Ich glaube, es ist der dritte von rechts in der Abteilung für den letzten Jahrgang«, sagte Jackson. Er glaubte es nicht, er wusste es. Er konnte ihr sogar die Nummer sagen, aber es war besser, sie ein bisschen herauszufordern. Sie brauchte das Gefühl, unentbehrlich zu sein.

»Momentchen.« Heather Blue tackerte mit den langen Fingernägeln, die garantiert nicht echt waren, auf der Tastatur vor einem der Bildschirme, über die sie wachte, herum. »Gang 4b im Stockwerk – ah, da haben wir sie schon.«

Das Bild einer Kamera zeigte die Schrankreihen. Jackson hatte die Kamera noch nie bemerkt. Jemand huschte vorbei und öffnete seinen Spind.

»Da schau an, Monica Bellocchio. Da wollen wir doch gleich mal schauen, in welchem Kurs sie jetzt eigentlich sein sollte.« Heather

Blue zoomte die Kamera jedoch auf den dritten Schrank von rechts. »Nummer 4793«, murmelte sie, wiederholte die Zahl beim Eintippen und zögerte, bevor sie die Entertaste drückte. »Und das ist wirklich Crockie Flemings Schrank?«

»Zweitschrank.« Jackson bemühte sich um ein bübisches Grinsen, eines, das Herzen wie das von Heather Blue schmelzen ließ.

»Dann solltet ihr schleunigst hinaufgehen. Sobald ich hier drücke, steht er nämlich offen. Monica Bellocchio und jeder, den es nichts angeht, kann dann hineinschauen.«

»Sie sind ein Engel«, säuselte Lou und stapfte los.

»Wenn du dich da nicht täuschst«, sagte Heather Blue.

Ihr Blick bei diesen Worten war Jackson nicht geheuer. Dann jedoch lächelte Heather Blue ihn zuckersüß an.

»Äh, ein Engel, ja«, rief er ebenfalls und rannte hinter Lou her.

Im Gang mit den Schränken winkte er in die Richtung, in der er die Kamera vermutete. Es macht *Klick* und Schrank 4793 öffnete sich.

»Monica Bellocchio, bitte melden Sie sich am Check-in bei Mrs Blue«, plärrte eine Stimme aus einem Lautsprecher.

Lou streckte die Hand aus, um in den Spind zu greifen.

»Halt!« Das Wort schnellte etwas zu hart aus seinem Mund. »Bitte, halt«, sagte Jackson sanfter. »Darf ich …«, druckste er. »Na ja, wir Jungs lassen manchmal so Sachen rumliegen …«

»Wir Mädels auch«, gab Lou zurück.

Jackson fischte ein Teil nach dem anderen heraus. Natürlich waren ungewaschene Sportklamotten und nicht gerade gut riechende Hockeyschuhe dabei, ungefähr zweihundert leere Powerriegelverpackungen, ein Heftchen, das unter den Jungs seit einiger Zeit die Runde machte und schnell in Jacksons Tasche verschwand. Ein paar Schulbücher. Die Mappe mit der Aufschrift *Jahresscheiß*.

»Das ist sein Projekt«, sagte Jackson. »Er fand es gar nicht scheiße, aber Crockie ist eben Crockie, war, meine ich. Er war eben so.«

Lou nahm die Mappe an sich. Sie wurde notdürftig von einem Gummiband zusammengehalten. »Gehört das auch dazu?«, fragte sie und griff nach einer stabilen Rolle, aus der Karten und Zeichnungen ragten.

Jackson schaute sie sich an. *Noch mehr Jahresscheiß*, stand darauf. »Ja, sieht so aus«, sagte er. »Ich muss jetzt los.«

»Danke.« Lou lächelte.

Ein offenes, freundliches Lächeln, das guttat, wie Jackson sich eingestehen musste.

Trotzdem gab er nicht gerne Crockies Unterlagen aus der Hand. Vielleicht gab es darin verräterische Überraschungen wie in Jacksons verschwundener Zeichenmappe.

Lou umklammerte ihre Beute jedoch und verabschiedete sich.

»Ich dachte, du kommst nicht mehr!« Henk stand im Vorraum des Jungsklos im Tiefgeschoss.

Vom Hörsaal der ozeanografischen Abteilung schallten fiepende Töne herüber. Swetlana Kasmarowna schaltete die Aufnahmen mit den Walgesängen oft schon in der Pause an, sodass die Schüler im Unterricht manchmal Glück hatten. Gelegentlich zog während der Stunde eine ganze Schule dieser gewaltigen Meeressäuger genau unter der Glaskuppel im Mittelbau des Raums vorbei.

»Wir haben fünf Minuten!«, sagte Henk.

»Ich kapiere nicht, wie die Crockie auf die Schliche gekommen sind«, sagte Jackson.

»Er muss was falsch gemacht haben.« Henks Stimme nahm wieder diesen leicht wütenden Ton an.

Jackson schüttelte den Kopf. »Der Transponder war fehlerfrei. Den haben wir getestet. Crockie hat selbst gesagt, dass sie uns nichts nachweisen könnten.«

»Was offensichtlich falsch war«, sagte Henk sarkastisch.

»Der Polizist hat den Transponder mit keinem Wort erwähnt. Vielleicht gehen die davon aus, dass wir ein paar Decoder geklaut haben.«

»Die wissen doch, dass man zu jedem Decoder einen Subku-ID-Chip braucht, man kann sich nicht einfach Decoder klauen und sich die Stunden aufs eigene Konto pumpen«, sagte Henk. Plötzlich gab er Jackson ein Zeichen.

Jackson schwieg.

Sie lauschten. Sie hörten eine Tür klappen. Verflixt. Da draußen war jemand!

Henk riss die Tür zum Flur auf. Sie spähten raus. Der Flur war leer.

»Vielleicht nur die Kasmarowna.« Henk schloss die Tür wieder.

»Di Gallo weiß nicht viel«, sagte Henk. »Vermutlich hat sich Crockie einfach viel zu viel aufs Konto gepackt. Freizeit bis zur Rente. So was fällt der Bank doch sofort auf. Dann gibt es das übliche Verfahren. Und weil er seinen Eltern ebenfalls haufenweise Zeit gutgeschrieben hat, waren die mit dran. Wenn er sich an den Plan gehalten und nur ein paar Urlaubstage für sie genommen hätte, wäre das alles nicht passiert.«

»So bescheuert war Crockie nicht. Seinen Eltern hat er sechs Wochen aufs Konto geladen, das habe ich gehört, als ich in der Wohnung war. Das ist viel, aber dafür schießt niemand durch die Gegend.«

»Haben sie aber«, hielt Henk dagegen.

»Henk, wir haben das alles zigmal durchgekaut. Er wusste ganz genau, dass es bei ungewöhnlich hohen Veränderungen auf den Konten mindestens eine Meldung an die Zeitagentur geben würde, die fragen nach, und schon stehst du da und schwitzt.«

»Bei Crockies Horrorkonto ist fast jeder Betrag ungewöhnlich hoch«, sagte Henk. »Schon ein halber Tag, dessen Herkunft er nicht nachweisen kann, löst ein kleines rotes Lämpchen bei diesem Dingsbums aus, der lieber an alten Taschenuhren herumbastelt als an seiner Karriere.«

»Omar«, sagte Jackson.

»Was?«

»Er heißt Khaled Omar.« Für einen Wimpernschlag meldete sich etwas in Jackson. Crockie hatte sich mit seinem Sachbearbeiter gut verstanden. Sie hatten sogar darüber gewitzelt, dass Omar der einzige Angestellte in der Agentur war, auf den die Bezeichnung Personal Time-Coach wirklich passte. PTC Omar stand auf dem Namensschild auf seinem Schreibtisch.

Die Crowlers waren bis zu ihrem Umzug in die Parkfield-Siedlung von derselben Zeitagentur betreut worden, allerdings von einer Beraterin, die ungefähr das Gegenteil von Khaled Omar gewesen war. Genau und unerbittlich, wenn auch nur eine Millisekunde nicht dort verbucht war, wo sie verbucht sein sollte.

»Okay«, sagte Jackson. »Omar hätte ihn mindestens vorladen müssen, aber …«

»Hat er vielleicht auch«, fuhr Henk ihm dazwischen.

»Dann müssen wir zu ihm und ihn fragen«, schlug Jackson vor.

»Meinst du, der rückt mit irgendetwas raus? Die Leute in den Zeitagenturen wickelst du nicht so schnell um den Finger. Die wollen was werden, die gehören zu den *anderen* und die sind uns zuvorgekommen. Ich sag es doch: Er hat sich so fett bedient, dass gleich sämtliche Alarmlampen in der Zentralbank geblinkt haben.«

»Und wenn nicht?«, fragte Jackson, nur um irgendetwas zu sagen. Ihm ging plötzlich ein anderer Gedanke durch den Kopf. Was war mit diesem Omar gewesen, was hatte Henk gesagt, was er machte?

»Dann stimmt was mit dem Transponder nicht. Dann hat er einen Fehler gemacht. Dann ...« Henk fuhr sich mit den Fingern durch die Haare. Er wurde immer aufgeregter. »Dann sind wir am Arsch!« Er ballte die Faust und haute einmal vor die Wand. »Aua, Dreck, bescheuerter.« Henk hielt sich die Hand, die in Windeseile rot und blau anlief.

Jackson hatte seinen Freund selten so viel fluchen gehört und wenn Henk etwas nicht war, dann gewalttätig – weder gegen Leute noch gegen Sachen.

Henk biss die Zähne zusammen. »Wir müssen den Transponder finden, abschalten und verschwinden lassen! Wenn di Gallo schneller ist, kann ich mich gleich in der Tiefsee ertränken. Ich hätte nie meine Konsole als Gehäuse hergeben dürfen!«

Jackson seufzte.

Dass Henk das bereute, war nur zu verständlich. Andererseits hatten sie kaum eine Chance, den Transponder einfach so zu finden: »Wir können nicht alle Datenstränge der City absuchen. Das ist absolut aussichtslos. Das sind Hunderttausende von Leitungen von den Checkpoints, von jedem Shop, jeder Haltestelle zu den Zeitagenturen, die Verknüpfungen an den Bezirksknotenpunkten sind genauso gut geschützt wie die Zentralbank selbst.«

Henk nickte. »Weiß ich selbst.«

Sie schwiegen. Jackson drückte die Fäuste gegen die Schläfen. Manchmal half ihm das, sich zu konzentrieren. Er versuchte, sich mit jeder Zelle seines Gehirns und seines Herzens in Crockie hineinzuversetzen. Wie hatte er es angestellt?

Schritte im Flur rissen ihn aus der Konzentration.

Wer zum Henker war da draußen? Wurden sie etwa belauscht? War di Gallo in der Schule?

»Verflixt, wer ist da?«, flüsterte Henk. Er öffnete die Tür zum Flur noch einmal.

Die beiden Freunde sahen niemanden. Wer auch immer da unten rumgeschlichen war. Er oder sie war verschwunden. Nur der Fahrstuhl surrte und brachte irgendwen oder irgendwas wieder rauf auf die Höhe des Meeresspiegels.

Henk schaute auf seinen Decoder. »Ich muss los, ich muss heute Mittag auf Arjen aufpassen.«

Jackson grinste. Er wusste, was aufpassen bei Henk bedeutete. Meistens war es ein ausgiebiger Lunch bei Valentino. Dort gab es angeblich die beste Pizza der City, was Jackson nicht beurteilen konnte. Der Laden war viel zu teuer für ihn.

Omar.

Crockie.

Uhren.

Crockies Zimmer.

Sachbearbeiter.

Die Begriffe stolperten anfangs noch durch Jacksons Gehirnwindungen, aber dann reihten sie sich ordentlich auf.

Jackson wusste, wie sie Omar packen konnten, womit sie ihn vielleicht zum Plaudern bringen würden. Das war zwar noch kein Weg zum Transponder, aber mit etwas Glück kamen sie an ein paar Informationen.

»Omar!«

»Was ist mit dem?«, fragte Henk.

»Wir besuchen ihn!«

»Ich hab dir doch gesagt, dass ich auf Arjen aufpassen muss.«

»Du gehst zu Valentino und ich nach Hause. Ich muss noch etwas holen. Wir treffen uns kurz vor Schließung der Agentur dort.«

11.

Khaled Omar war nicht so anspruchsvoll und karrierebewusst wie seine Kollegen in der Zeitagentur. Er war vielleicht einfach etwas schneller zufrieden mit den Dingen, wie sie waren, als andere in der City.

In seiner Abteilung bekleidete er nun schon seit 15 Jahren denselben Posten und galt somit als Dinosaurier. Einige jüngere Kollegen machten sich hinter seinem Rücken über ihn lustig, weil er noch immer in der persönlichen Beratung feststeckte.

Dabei steckte Omar gar nicht fest. Er mochte seine Klienten.

Er begleitete sie gerne. Er ging, wenn er eingeladen wurde, mit ihnen zum Abendessen und hatte sogar schon das Kunststück fertiggebracht, zu den Familienfeiern rund um die Zeremonie eingeladen zu werden.

Sein Chef hatte ihn dafür so sehr gelobt, dass Omar schon fürchtete, er müsse nun doch noch Karriere machen. Das aber hätte bedeutet, weiter von den Menschen weg zu sein und näher an die Zeitkonten, Sicherheitskontrollsysteme oder gar die komplizierten Außenhandelsbereiche zu rücken. Diese reinen Zahlen- und Systemtätigkeiten waren nicht Omars Sache.

Er mochte Menschen. Er half ihnen und beriet sie gerne, wie sie ihren Alltag zeitsparender einrichten konnten, um für den ersehnten Extraurlaubstag oder ein schickes Abendessen etwas anzusparen.

Natürlich hatte auch er seine schwierigen Fälle, die Minusstunden von ihren hoch verschuldeten Großeltern geerbt hatten und immer wieder versuchten, sich diese Stunden vom Leib zu diskutieren, statt sie einfach mit viel Engagement bei *Care & Share* abzudienen.

Khaled Omar vermied Überstunden. Er arbeitete jeden Tag seine 12 Basisstunden. Das genügte. Dann fuhr er nach Hause, aß mit seiner Mutter zu Abend und schraubte später am liebsten noch eine seiner uralten, wertvollen Taschenuhren auf.

Lauter kleine Zahnrädchen und Federn, die sauber ineinandergriffen und so die Zeitanzeiger am Laufen hielten. So klein, exakt und durchdacht. Einfach genial. Wie das System der City. Es war für alle gesorgt, man musste sich nur als zufriedenes Rädchen an seinem Platz verstehen und nicht ständig aus der Reihe tanzen.

Auf eines konnte Omar sich immer verlassen: sein Gedächtnis. Er konnte sich Gesichter und Namen merken. Als der braunhaarige Jackson und der schlacksige Henk kurz vor Dienstschluss in die Zeitagentur kamen, erinnerte sich Khaled Omar an die beiden Freunde seines Klienten Crockie Fleming, sowie sie den Weg zu seinem Schreibtisch in der großen, von Licht durchfluteten Halle gefunden hatten.

»Hallo Jungs, was kann ich für euch tun?«, begrüßte er sie freundlich. Khaled spürte sofort, dass die Jungen unter Spannung standen, sosehr sie das auch zu verbergen suchten.

»Erinnern Sie sich an uns?«, fragte Jackson vorsichtshalber.

»Aber klar doch, ihr seid Jackson Crowler und Henk van Mauli, Freunde von Crockie Fleming.«

»Vermeulen«, korrigierte Henk seinen Nachnamen.

»Oh, entschuldige bitte. Wollt ihr zu mir? Wo habt ihr Crockie gelassen?«

Jackson und Henk sahen sich an.

»Stimmt etwas nicht?« Khaled Omar bot ihnen die beiden Stühle vor seinem Schreibtisch an.

»Wissen Sie nicht, was passiert ist?«, fragte Jackson. »Crockie ist gestorben. Vor vier Tagen.«

Khaled Omar starrte sie überrascht an. »Seid ihr sicher?«, fragte er. »Also, natürlich. Wie sollte man bei so etwas unsicher sein. Es ist nur …«, Omar zögerte, »… so tragisch.«

Jackson nickte. »Ja, sehr tragisch. Und plötzlich. Wir … also, alle seine Freunde sind nun in Schwierigkeiten.« Das war nicht einmal gelogen, dachte Jackson. »Wir haben nur wenig auf den Konten und Crockies Eltern pfeifen auch aus dem letzten Loch, Sie wissen ja …«

»Zu so etwas darf ich keine Auskunft erteilen«, sagte Khaled.

Henk linste zu Jackson. Jackson wusste, dass Henk nicht davon ausging, dass sein Plan klappen würde. »Verstehen wir«, sagte er trotzdem und fuhr wie verabredet fort. »Wir müssen aber irgendwie an ein paar Stunden kommen, vielleicht ein paar viele sogar.«

Omar setzte sich gerade, straffte die Schultern und hob an, etwas zu sagen, wahrscheinlich etwas in der Art wie: »Da seid ihr bei mir aber an den Falschen geraten.«

Jackson ergriff schnell das Wort. »Nicht, was Sie denken«, beteuerte er. »Crockie besaß einen kleinen Schatz, eine Art Talisman, der bei Sammlern einiges wert ist, das hat er jedenfalls behauptet.« Jackson kramte in der Hosentasche. »Er hat erzählt, dass Sie ihm das gesagt hätten.«

Omars Augen begannen zu glänzen. »Ah, seine alte Taschenuhr von 1888, 750er Gold, leider auf der Rückseite beschädigt und nicht mehr funktionstüchtig. Ich hätte das hingekriegt, ganz bestimmt, aber er wollte sie nicht aus der Hand geben. Alleine das Gold ist heute ein kleines Vermögen wert, aber das wäre natürlich eine Sünde …«, plapperte er los.

Jackson legte die Uhr auf den Tisch.

Omar klatschte in die Hände, wie ein Kind beim Anblick der Geschenke und Zeit-Chips am Tag der Zeremonie.

»Wir müssen sie verkaufen, sonst können wir ihm seinen letzten Wunsch nicht erfüllen«, sagte Henk.

»Verkaufen?« Omars Begeisterung fiel in sich zusammen. »Das geht über meine Möglichkeiten. Nicht nur ein paar Stunden drüber, sondern Wochen. Monate.«

Jackson schluckte. Crockie hatte ihm nie gesagt, dass die Uhr so viel wert war. Crockies Vater hatte ihm streng verboten, die Uhr zu verkaufen, egal, wie dringend sie die Zeit gebraucht hatten, das wusste er.

Eine Kollegin kam an Omars Tisch. Jackson erkannte sie: die ehemalige Beraterin der Crowlers. »Ach, Jackson, schön, dich zu sehen.« Das war eine Floskel. Sie war neugierig, das war alles.

Omar ruckelte nervös in seinem Stuhl hin und her. »Alles bestens«, sagte er. »Die Jungs sitzen an einer Projektarbeit …«

»Schon wieder«, seufzte seine Kollegin. »Alle naselang stehlen sie uns hier die Zeit damit.« Ihre Neugier war wohl befriedigt und sie ging mit schnellen Schritten davon.

»Nein, nein, kein Problem, Jungs«, sagte Omar laut. »Für solche Gespräche haben wir immer einen Nebenraum zur Verfügung.«

Er stand auf. Jackson griff sich die Uhr vom Tisch. Dann folgte er Omar und Henk in eine der abgetrennten Glaskapseln. Omar schloss die Tür hinter ihnen. Hier gab es nur einen Schreibtisch, auf dem ein Terminal stand und zwei Besucherstühle davor.

»Was ist denn sein letzter Wunsch?«, fragte Omar, als sie sich gesetzt hatten.

Jackson schluckte. Daran hatten sie nicht gedacht.

»Er hat immer Angst vor dem Feuer gehabt«, sagte Henk. Unter dem Tisch stieß er gegen Jacksons Fuß. »Er wollte nicht verbrannt werden.«

»Oh, das kann ich verstehen. Wisst ihr, im alten Ägypten baute man riesige Pyramiden, legte wertvolle Grabbeilagen zu den Toten, damit sie auch im Jenseits in Saus und Braus leben konnten, und man balsamierte sie ein ...« Er kam ins Stocken. »Na ja, jedenfalls wenn man ein Pharao war, also für Lydia Tremont wäre das vielleicht etwas«, versuchte er zu witzeln. »Eine traditionelle Bestattung ist jedenfalls teuer.«

»Reicht die Uhr denn dafür?«, fragte Jackson.

»Allemal, aber das geht nicht so schnell und ... nein, ihr dürft sie nicht verkaufen.«

»Aber Crockie war immer pleite«, sagte Henk. »Oder hatte er noch ein bisschen was auf dem Konto? Er hat uns gesagt, dass er vor Kurzem noch einen dringenden Termin bei Ihnen gehabt hat.«

Das war voll gelogen, ein Schuss ins Blaue. Jacksons Hände krampften sich unter der Tischplatte zusammen. Er staunte ein wenig darüber, wie locker Henk diesem Mann jede Lüge auftischen konnte.

»Hatte er auch.« Omar schaute traurig drein. »Aber er hat ihn wohl nicht mehr wahrnehmen können. Was für ein Schicksal!? Wo der Glückspilz gerade dieses Erbe und den Bonus bekommen hatte! Hat er euch das nicht erzählt? Der hat sozusagen den Jackpot geknackt. Ein volles *Care & Share*-Paket von seinem verstorbenen Onkel.«

»Onkel?«, fragte Jackson. Er wusste nichts von einem Onkel.

Omar tippte auf seinem Terminal herum. »Okay, an den Wert dieser Uhr kommt es nicht ran, aber immerhin, immerhin! Das darf ich euch gar nicht sagen, das wisst ihr. Oder besser: Von mir wisst ihr nichts, ist das klar?« Plötzlich hielt er inne. »Seltsam.«

»Was ist seltsam?«, hakte Henk nach.

Omar sah sich um. »Ich liebe meinen Job, Jungs. Also sagt mir die Wahrheit: Wo ist Crockie? Ist er abgetaucht? Hat er sich endlich sein Boot gekauft und hat die große Tour gemacht? Wenn er tot ist, bin ich es auch, und schaut …« Er schlug mit beiden Händen auf seinen Bauch. »Das wackelt und schwabbelt wie an meinen besten Tagen.«

Jackson wurde schwindelig. Khaled Omar schien plötzlich nicht mehr zu glauben, dass Crockie tot war. Aber er war tot. Wieso zweifelte der Zeitberater daran?

»Gebt es zu, ihr wollt mich austricksen. Ein bisschen Kohle organisieren für irgendeinen Dummejungenstreich?«, fragte er mit einem Gesichtsausdruck, der irgendwie nicht zu dem sonst so bequemen und irgendwie behäbigen, gutmütigen Mann passte.

»Seht mal.« Er drehte das Terminal zu ihnen herum. »Das ist jetzt aber ganz und gar vertraulich und nur weil ihr euch so um euren Freund sorgt.« Er legte eine Kunstpause ein und holte tief Luft: »Ich glaube, dass es ihm ganz prima geht.«

Sie sahen Crockies Konto. Der Trottel hatte sich tatsächlich ein Vierteljahr gutgeschrieben. Ein Vierteljahr!

»Aber wie kommen Sie auf die Idee, dass Crockie noch lebt?«, fragte Henk.

Jackson starrte auf den Bildschirm und versuchte, möglichst viel von den Informationen zu erfassen, die da standen: Der Tag dieses Erbes war da eingetragen. Genau eine Woche vor Crockies Tod. Eine Woche war der Kerl mit diesem prallen Konto durch die City spaziert und hatte nichts gesagt! Es stand auch da, von welcher Filiale aus die Überweisung erfolgt war: 404-1Cwh-23. Das war ein Hinweis. Und was für einer. Es war der Transponder, es *musste* der Transponder sein.

Jackson musste sich beherrschen, um ein breites Grinsen zu unterdrücken. Es war wie ein Gruß von Crockie persönlich.

Jede Zweigstelle der zentralen Zeitagentur hatte so eine Kennung, die aus drei Komponenten bestand. Die ersten drei Ziffern zeigten gewöhnlich die Gegend an, in der die Zweigstelle lag. Hier war es der Bereich 404, was irgendwo weiter draußen sein musste, eine Gegend, in der Jackson noch nie gewesen war.

Die nächsten sechs Zeichen waren eine Kombination aus Zahlen und Buchstaben und gaben den internen Namen der Zweigstelle an.

»Nun, schaut hier, dieser Vermerk da.« Omar interessierte sich nicht für die Kennung der Zweigstelle. Er zeigte auf die Felder links oben in der Maske des Kontos. »Das zeigt den Kontostatus an. Bei starken Überschuldungen wird es auf Rot gesetzt. Ebenso bei Unregelmäßigkeiten, was vorkommen kann. Rot ist erst einmal kein Drama.«

Jackson stupste Henk an. Er sah, was Jackson schon bei den ersten Worten von Omar wahrgenommen hatte.

»Schwarz bedeutet, na ja, ihr könnte es euch denken: Konto gelöscht. Das passiert, wenn jemand gestorben ist. Oder die City verlassen hat. Oder aus einem andern Grund der Chip entnommen wurde. Besonders bei Konten mit hohem Guthaben passiert das sehr schnell, um Missbrauch zu vermeiden. Dann wird das Zeitguthaben eingefroren, bis klar ist, was mit den überschüssigen Sekunden, Minuten und Stunden passieren soll. Wenn das nicht geklärt werden kann, geht die eine Hälfte zurück an die Agentur. Die andere Hälfte wird *Care & Share* gespendet.«

»Das Feld leuchtet grün«, sagte Jackson.

»Wenn Crockie schon vor vier Tagen verstorben ist, muss der Bestatter längst eine Meldung gemacht haben. 24 Stunden ist die Frist. Darum kriegt der Bestatter richtig Ärger, wenn Crockie tatsächlich gestorben sein sollte.« Nun grinste der Berater wieder. »Aber so, wie ich Crockie kenne, sitzt er gerade in einem Segelboot, freut sich über sein Erbe und schippert ein paar Runden um unsere schöne City herum, oder? Los, gebt es zu!«

Jackson und Henk sahen sich an. Dann ließ Jackson den Kopf hängen. »Ich fürchte, es gibt einfach nur Ärger für den Bestatter.«

Das Lächeln in Omars Gesicht erstarb. »Sicher?«

Jackson nickte. »Ganz sicher.«

12.

Lydia Tremont wanderte im Zimmer über dem Verhörraum auf und ab. Bei jeder Kehrtwende hielt sie kurz inne, warf den Kopf einmal auf die eine, dann auf die andere Seite und hoffte, dass sich ihre Halswirbel lösen und endlich den Verspannungen im Nacken ein Ende bereiten würden.

Ihre Schritte hallten in dem karg eingerichteten Raum, aber eine Etage tiefer würde sie niemand hören. Das gesamte Gebäude war nicht nur schalldicht bis in die letzte Fuge, sondern auch abhörsicher. Die verrückten Diktatoren und Politiker auf den Kontinenten hätten hier einen ihrer Weltkriege vorbereiten können und es hätte garantiert niemand davon erfahren.

Mitten im Raum standen zwei große Tische, mit den Stirnseiten aneinandergestellt. Darum ein paar Stühle, in der Ecke neben der Tür ein Wasserspender, der ab und zu gluckerte. Fenster gab es keine, aber Belüftungsschächte. Diese waren bekanntermaßen der Schwachpunkt solcher geschlossener Gebäudekomplexe. Leider hatte man dafür noch immer keine Lösung gefunden. Menschen brauchten nun mal Luft zum Atmen. Zu ärgerlich.

Lydia Tremont schwitzte, weil seit zwei Tagen die Klimaanlage ausgefallen war. Sobald sie nach draußen ging, zog ihr der Seewind, der die City stets belüftete, über die schweißnassen Schultermuskeln und verschlimmerte ihre Beschwerden noch. Sie sehnte sich nach dem nächsten Termin bei dieser Physiotherapeutin mit den Zauberhänden.

In der City lebten und arbeiteten ein paar der klügsten und einfallsreichsten Köpfe, die auf diesem Planeten herumliefen. Wenn irgendwo auf der Welt jemand gefragte wurde, in welche der mittlerweile 35 Floating Cities er umsiedeln wollte, war garantiert Ocean City unter den Top drei seiner Wunschliste. Nur eine simple Belüftungsanlage bekamen diese Genies einfach nicht in den Griff. Es war unglaublich.

Plötzlich schepperte es an einer der Lüftungsklappen unter der Decke. Das Metallgitter fiel zu Boden. Jemand ächzte, stieß einen Fluch aus und im nächsten Augenblick schob sich ein Kopf aus der nun offen stehenden Luke.

»Tach auch!«, grüßte ein schnauzbärtiger Mann. »Könn 'Se mir mal das Scheißteil geben?« Er deutete auf die Abdeckung, die unter ihm lag. »'tschuldiung, Lady. Könn 'Se mal bitte«, verbesserte er sich, als er sah, dass es sich um eine Frau handelte. Erst auf den dritten Blick erkannte der Mechaniker, um wen es sich handelte. »Oh Shit, ich meine, Madam … ich … 'tschuldigung …« Er zog den Kopf ein, es rumpelte, ein tapsendes Geräusch, das sich schnell durch die weit verzweigten Schächte entfernte.

Lydia Tremont hielt es nicht auf ihrem Platz. Sie schnellte hoch und sprang auf einen der Tische. »Sie!« Weiter kam sie nicht. Ihre Wirbel knackten. Der Hals war steif. Der Schmerz zischte wie ein Blitz durch den Rücken und strahlte in den linken Arm ab.

Was für ein Tag.

Diesem Mechaniker würde sie die Ohren lang ziehen. O'Reilly musste das für sie erledigen, während sie selbst sich in die Hände von Mrs Crowler betten würde.

Sie stieg unter Schmerzen vom Tisch herunter. Bewegte sich stocksteif und äußerst vorsichtig zum Wasserspender, füllte einen Becher mit Wasser und stellte ihn auf den Tisch, ohne einen Schluck zu trinken. Sie schob den Gedanken, wie es dem jungen Mann im Stockwerk unter ihr ging, lieber beiseite. Sie wusste, dass er gerade so viel Wasser bekam, dass er nicht völlig austrocknete und schlappmachte.

Auf dem linken Tisch standen einige Monitore, die jede Person im Verhörraum aus mehreren Perspektiven zeigten. Kleine, aber leistungsfähige Lautsprecher übertrugen auch den geringsten Mucks. Im Moment bestand die Geräuschkulisse aus ihrem nervösen Trommeln mit zwei Fingern auf einer der Tischplatten und aus gelegentlichen Seufzern des Verdächtigen. Tremont konnte nicht sagen, ob sie Schmerz ausdrückten oder einfach nur Verzweiflung.

Jetzt klirrten die Ketten, mit denen der Gefangene gefesselt war. Seine Fußknöchel steckten in Schnallen aus bruchsicherem Zuchtalgen-Verbundstoff.

Tremont wurde etwas warm ums Herz, wenn sie diese Schnallen sah. Ihre Abschlussarbeit an der Universität hatte sie dem Thema Zuchtalgen-Verbundstoffe gewidmet. Nun war dieses Material an jeder Ecke der City zu sehen.

Den Becher mit Wasser vor sich konnte der Gefangene zwar mit den Händen erreichen, aber dank der Fesseln nicht zum Mund führen. Tremont fühlte sich bei diesem Anblick ein wenig unwohl. Sie wusste um die Methoden der Abteilung Z. Gelegentlich waren sie nötig und nützlich, aber sie gefielen ihr nicht. Eigentlich wollte sie gar nicht wissen, was die »Spezialisten« von der Abteilung Z mit dem Verdächtigen trieben. Aber sie musste erfahren, was der Gefangene wusste.

In der City waren viele demokratische Anwandlungen, die sich als eindeutig untauglich für die Probleme der Zeit erwiesen hatten, abgeschafft worden. Trotzdem galt das Gesetz, das im Gesellschaftsvertrag und ergänzend in den allgemeinen Geschäftsbedingungen der City niederlegt war. Die meisten dieser Regeln bauten immer noch auf den alten Prinzipien auf. »Im Zweifel für den Angeklagten« gehörte dazu. Befragungen unter Gewaltandrohung und Folter nicht.

Die beiden Personen, die vor wenigen Augenblicken den Verhörraum verlassen hatten, traten nach einem flüchtigen Klopfen zu Tremont in den Raum. Es ärgerte die Generalsekretärin, dass sie nicht einmal ein »Herein!« abgewartet hatten. Hier sind wir die Herren, sollte ihr das sagen, aber sie würde ihnen noch zeigen, wer die Herrin der City war.

»Ein harter Brocken«, sagte der drahtige Typ im dunkelblauen Anzug.

Er hatte sich als Dieter Meier vorgestellt, aber Lydia Tremont bezweifelte, dass dies sein richtiger Name war, auch wenn er auf dem kleinen Clip stand, den er sich an die Jacketttasche gesteckt hatte. Auf dem Schild seiner Kollegin stand »Mechthild Schmidt«. Sie trug dasselbe Blau. Ihre braunen Haare waren streng nach hinten gekämmt und zu einem Pferdeschwanz festgezurrt. Wahrscheinlich konnte sie deshalb keine Miene verziehen.

Diese Leute waren schwer zu kontrollieren, die Abteilung Z führte ein regelrechtes Eigenleben. Tremont war sich nie ganz sicher, ob sie wirklich alles von ihnen erfuhr, und noch viel weniger, was wohl in der Akte Tremont notiert wurde. Dass es eine solche Akte gab, davon war die Generalsekretärin der Zentralbank fest überzeugt.

»Wenn ich mich recht erinnere, waren Ihre Worte: Wir kochen

jeden weich«, sagte Lydia Tremont. Sie genoss den Augenblick der Verunsicherung bei den beiden Herrschaften.

Die Frau nahm sich den Becher mit Wasser vom Tisch und leerte ihn in einem Zug.

»Bedienen Sie sich ruhig«, sagte Lydia Tremont schnippisch.

»Danke«, sagte die Frau.

»Mir reichen Ihre Spielchen«, platzte es aus Tremont heraus. Sie beherrschte sich sofort wieder. Dieses Nervenflattern musste sie in den Griff bekommen. Die schlaflosen Nächte setzten ihr zu. Und die Schmerzen im Nacken.

»Er ist zäh, aber wir haben ihn erst ein paar Tage in den Fingern«, sagte die Frau. »Diese Typen legen sich immer irgendwelche Geschichten zurecht. Aber wir knacken …«

»Er legt sich gar nichts zurecht«, fauchte Tremont. Sie rannte zu einem der Monitore, aktivierte den Touchscreen und tippte die Play-Taste an, womit die Aufnahme des Verhörs abgespielt wurde.

Die Bilder waren gestochen scharf.

Der Junge in einem hellgrünen Overall. Die Frau in Blau. Der Mann in Blau. Sobald sie ihm die Handfessel lösten, griff er nicht nach dem Wasser, sondern scheuerte sich die Stoppeln auf seinem Kopf. Dann erst trank er einen kleinen Schluck, aber Mechthild Schmidt nahm ihm den Becher weg.

»Das reicht«, sagte sie.

»Also noch einmal«, sagte Meier mit sanfter und tiefer Stimme. »Ein paar Namen und du kannst gehen. Du wirst lange Zeit an den Fehl- und Strafstunden zu knabbern haben, aber irgendwann sagen die Oberen der City: Schwamm drüber. Du wirst zumindest in einer Basiswohnung leben, eine nette Frau finden, Kinder kriegen.«

»Möglichst welche, die schlauer sind als du«, mischte Schmidt sich ein. Meier gab ihr ein Zeichen. Sie trat zurück, setzte sich auf die Tischkante und wippte mit dem Fuß.

»Ich weiß nicht, welche Namen Sie hören wollen.« Es war mehr ein Krächzen, was da aus dem trockenen Mund kam.

»Zum Beispiel diesen ...« Meier schob eines der Flugblätter über den Tisch, die während der Zeremonie vor der Townhall gelandet waren. »Matt Fuller. Er hat auch noch ein halbes Dutzend anderer Identitäten, aber Matt Fuller ist sein richtiger Name. Musterschüler der Clark Kellington Highschool und jetzt leider Anführer einer Bande, die glaubt, Freizeit bedeute Freiheit. Ein paar von diesen Gestalten kennst du.«

»Kenne ich nicht. Ich kenne nicht einmal das da.« Er nickte zu dem Flugblatt herüber.

Meier ging zur Tür, verschwand kurz und kam mit einem Gerät wieder, einer der selbst gebastelten Drohnen, die die Flugblätter verstreut hatten. »Aber das hier kennst du«, sagte er.

»Nein.«

»Warum haben wir dann deine Fingerabdrücke darauf gefunden?«, fragte Schmidt.

Sie erntete nur ein Achselzucken.

»Kennst du einen Rufus Gainsbourgh?«

»Ja.«

»Aus seinem kleinen Arsenal von Krimskrams stammen zumindest Teile davon«, übernahm Meier wieder die Befragung. »Wir haben solche Leute im Auge. Der alte Mann muss nicht glauben, wir wüssten nicht, was da in seinem Kiosk abgeht. Wer sich da trifft.«

»Kann sein. Ich war da öfter. Alle in unserer Gegend hängen ab und zu bei Rufus ab. Da guckt man sich schon mal etwas an. Ist irrer Kram, den die früher benutzt haben.«

»Und mit ein paar Schrauben hier und da wird eine Drohne daraus«, sagte Meier.

»Ich habe es nicht mit Schrauben. Bin nicht besonders begabt in so etwas.«

»Aber deine Freunde?«

»Kann sein.«

»Wer denn genau?«

Achselzucken.

Tremont drückte die Pausetaste. »Und so geht es weiter. Immer weiter und weiter.«

»Es gibt Techniken, die führen sehr schnell zu Ergebnissen«, sagte die Frau. Sie öffnete ihren Pferdeschwanz, schüttelte die Haare aus und zurrte sie dann noch ein bisschen fester zusammen. »Er wird danach sein Leben lang einen weiten Bogen um jedes Wasser machen. Aber wir brauchen dafür die ausdrückliche Anweisung der obersten Etage.«

Tremont stockte kurz der Atem. Das, was die beiden vorschlugen, war Folter. Und sie wollten sich von ihr das Okay dafür holen. Es waren diese Augenblicke, die sie in ihrem Leben am wenigsten mochte. Warum sagte der Junge nicht endlich, was er wusste? Das hätte ihr die Entscheidung und der Abteilung Z die ganze Sauerei erspart.

Schmidt sah sie an.

»Ich denke, Sie finden gangbare Wege«, sagte Tremont möglichst vage. Einen Freifahrtschein fürs Foltern hatte sie somit nicht ausgestellt. Aber immerhin den Druck aufgebaut, den sie aufbauen musste, um als Chefin akzeptiert zu werden. Sie kopierte die Vernehmungsmitschnitte auf ihren Datenstick, packte ihre Handtasche und ging zur Tür.

»Wir kriegen immer, was wir brauchen«, murmelte Mechthild Schmidt sehr leise, aber Tremont hörte es.

Im Flur hielt sie inne und seufzte tief. Es hatte mit ein paar Unregelmäßigkeiten auf dem Zeitkonto dieses Freaks begonnen und nun stand sie kurz davor, einen jugendlichen Bewohner der City foltern zu lassen. Irgendwie hatte sie sich ihren Job anders vorgestellt.

Als sie eine halbe Stunde später ihr Büro im historischen Zentrum betrat, strömte nach all den kalten Wänden und Böden die warme Atmosphäre, die die Holzvertäfelung erzeugte, durch sie. Das Wohlgefühl hielt jedoch nur kurz.

»Dieser di Gallo ruft ungefähr alle zehn Minuten an, Madam«, begrüßte sie ihr Assistent James O'Reilly.

»Halten Sie ihn mir vom Leib«, sagte Tremont. »Und machen Sie den Mechaniker von Block A ausfindig, der mir heute vor die Füße gefallen ist. Lassen Sie sich was einfallen, O'Reilly. Ich gebe Ihnen da völlig freie Hand. Nur eine echte, eine harte Strafe sollte es für diesen Kauz sein. Der soll erst diese vermaledeite Lüftungsanlage reparieren und dann versetzen Sie ihn in irgendeine Dreckskloake!« Der Schmerz fuhr ihr wieder in den Nacken. Sie hielt inne. »Eine Vapo3 akut, James!«, presste sie hervor. »Und die Crowler. Sofort!«

Der einzige Ort, an dem Jackson und Henk in Ruhe darüber nachdenken konnten, was sie eben erfahren hatten, war der Kiosk von Rufus Gainsbourgh. Manchmal beneidete Jackson den alten Mann.

Er hatte all die Jahre getan, was man in der City von ihm erwartete. Zwölf bis vierzehn Stunden pro Tag gearbeitet, jedenfalls bis zum 70. Geburtstag, dann nur noch sechs Stunden und seit dem 75. genoss er die Rente. Wie viele Jahre er das nun tat, wusste keiner genau. Es waren aufgrund der guten Gesundheitsversorgung der City, die jedem kostenlos zustand, schon einige.

Wie schön wäre es, wenn er die gut sechs Jahrzehnte bis dahin einfach überspringen könnte, dachte Jackson gelegentlich. Rufus konnte tun und lassen, was er wollte. Der Kiosk war vielleicht ein sonderbarer Zeitvertreib, aber so hatte er eine Menge Kontakt zu Leuten. Das war sonst nicht so einfach, weil die Zeit aller im Dienst der City verplant war.

»Ich habe dich etwas gefragt«, riss Henk Jackson aus seinen Gedanken. »Ach, ist auch egal. Es kann alles heißen, was dieser Omar uns da aufgetischt hat.« Henk schlürfte an seinem Powerdrink.

»Ich weiß, was ich gesehen habe. Ich habe gesehen, wie sie auf ihn geschossen haben. Ich habe seinen leblosen Körper an Land gesehen. Ich habe gesehen, wie sie ihn in einem Krankenwagen abtransportiert haben.«

»Alles klar bei euch, Jungs?« Rufus streckte den Kopf durch den Vorhang, der den Verkaufsraum vom Lager trennte. »Reichst du mir mal die Dosen da drüben, Henk? Die gelben, ja …«

Henk schnellte vom alten Sofa hoch und gab sie ihm. Der Alte verschwand mit einem Augenzwinkern.

Rufus war so nett, sie im Hinterzimmer, das gleichzeitig sein Lager und seine Werkstatt war, einfach in Ruhe zu lassen. Der schnauzbärtige Mann stand vorne in seinem Kiosk und plauderte mit Leuten, die eigentlich keine Zeit für einen Schwatz am Nachmittag verschwenden wollten.

»Fest steht: Crockie hat die Zeit gestohlen«, sagte Henk leise.

»Gestohlen ist vielleicht der falsche Ausdruck.« Jackson konnte von dem leicht nach Keller müffelnden Sessel aus Rufus und seine Kundin nicht sehen, aber hören. »Er hat sie schließlich niemandem weggenommen, sondern einfach, wie soll man es sagen …«

Jackson fischte das Flugblatt aus der Hosentasche, das er seit dem Tag der Zeremonie mit sich herumtrug. »Vielleicht haben die gar nicht so unrecht.«

Henk wollte sich das Flugblatt schnappen, aber Jackson zog die Hand weg. »Einen feuchten Dreck haben die. *Freizeit ist Freiheit*, ganz toll. Und wer sorgt dann dafür, dass hier alles läuft? Guck dir meinen Dad an, wie lange der sich in den Labors abschuftet, damit wir einigermaßen Genießbares zwischen die Zähne bekommen.«

Jackson verkniff sich eine Bemerkung. Die Vermeulens konnten sich nun wirklich nicht beschweren.

»*Kommando Matt Fuller*«, murmelte Jackson. »Hast du eine Ahnung, wer das ist?«

»Hört sich an wie wir, als wir noch in der Primary School waren, weißt du noch, in der zweiten Klasse?«

Henk spielte auf den Geheimbund *Schwarzes Herz* an, den Crockie, Henk, Jackson und ein paar andere Jungs gegründet hatten. Sie hatten sich gefährliche Aufgaben ausgedacht, die der Geheimbund lösen musste, und jede Aufgabe hatte einen Namen gehabt.

»Kommando Krokodil.« Jackson lächelte.

»Genau so.« Henk grinste auch, wurde aber sofort wieder ernst. Er lehnte sich auf dem Sofa zurück und verschränkte die Arme hinter dem Kopf. »Irgendwer verarscht hier irgendwen.«

Den Eindruck hatte Jackson auch. War Crockie doch noch am Leben gewesen, als sie ihn aus dem Wasser gefischt hatten? Oder hatte nur einer der Bestatter gepfuscht?

»Entweder Crockie verarscht uns. Oder die Polizei. Oder dieser Khaled Omar. Oder du.«

Jackson schreckte aus dem Sessel hoch. »Was redest du für einen Bullshit? Crockie? Ich? Wieso sollte ich dich verarschen? Glaubst du mir nicht mehr?« Jackson spürte die ganze City schwanken. Wenn ihn auch Henk im Regen stehen ließ, wer blieb ihm dann?

Henk winkte ab. »Ich habe nur die Möglichkeiten genannt. Ich vertraue dir. Natürlich.« Henk stellte die leere Flasche auf den Boden neben dem Sofa. »Die Frage ist: Was können wir tun? Und die Antwort lautet: Wir müssen versuchen, unsere Köpfe aus der Schlinge zu ziehen.«

Jackson nickte. Was auch immer mit Crockies Chip passiert war: Der Chip war nicht ihr Problem. Ihr Problem hörte auf den Namen 404-1Cwh-23.

»Nun, Jungs, braucht ihr was?« Rufus streckte den bärtigen Kopf herein.

Henk schaute Jackson an. Hat er uns belauscht?, stand in seine Miene geschrieben. Jackson zuckte unauffällig die Achseln.

Vorne klingelten wieder die Glöckchen an der Kiosktür. »Moment, bin gleich wieder da«, sagte Rufus Gainsbourgh. Er verharrte jedoch einen Moment und warf jedem von ihnen einen Blick zu, der deutlich sagte: Ich bin mir ziemlich sicher, dass ihr etwas braucht.

Langsam wurde es Jackson zu viel, in jedem einen Lauscher, einen Gegner oder gar einen Feind zu sehen. Innerhalb von nicht einmal einer Woche hatte sich das Leben in der City für ihn völlig gedreht.

Von einem Starter im Level 2, von einem Schüler der Kellington High, die ihm eine glänzende Karriere versprach, von einem Bewohner der Parkfield-Siedlung zu jemand, auf dessen Freunde geschossen wurde, der sich auf der Straße permanent umdrehte, der sich nicht einmal traute, seine Eltern um Hilfe zu bitte.

»Wir müssen jemand fragen«, flüsterte Jackson.

»Fragen? Was, bitte schön, sollen wir fragen?«, flüsterte Henk zurück. »Wissen Sie zufällig, wo der Transponder ist? Oder: Wie findet man so ein Ding in einer auf dem Meer treibenden Stadt mit knapp fünfzehn Millionen Einwohnern?«

»Es ist nur ein Bezirk, um den es geht«, sagte Jackson. Sicher war er sich aber nicht einmal dessen. Vielleicht hatte Crockie den Transponder irgendwo anders in das System montiert, ihm aber eine falsche Kennung gegeben.

»Gut, dann sind es nur noch eine dreiviertel Million Einwohner und ein Fläche von fünfhundert Quadratkilometern, wenn wir Glück haben. So groß ist nämlich unser Bezirk. Die Suche dauert dann nicht drei Jahre, sondern drei Monate. Bis dahin haben sie uns garantiert am Wickel.«

»Wer hat euch am Wickel?«

Jackson zuckte zusammen. Rufus Gainsbourgh stand vor ihnen. Dieser Mann ging wirklich auf sehr leisen Sohlen.

»Habt ihr etwas ausgefressen?«, fragte er und lachte. »Natürlich habt ihr das, das sieht man euch doch im Stockfinstern an. Habt ihr diese Dralle am Check-in der Schule ein bisschen beschummelt, wie hieß sie gleich …«

»Heather Blue«, brummte Henk.

»Ja, jetzt erinnere ich mich.« Rufus Gainsbourgh spielte gedankenverloren mit seinem goldenen Ring. Ein Familienwappen war darauf zu sehen. Drei eng ineinanderverschlungene Rosen. Oder Schlangen. So genau konnte Jackson das nicht erkennen.

Jackson grinste. »Eher raubt einer die Zentralbank aus, als dass er Heather Blue auch nur eine Sekunde …« Ein Tritt unter dem Tisch beendete seinen Satz.

»Ihr habt also die Zentralbank ausgeraubt?« Gainsbourgh lachte schallend. »Ein guter Witz. Das würden einige sehr gerne tun. Oder sie gleich ganz abschaffen.« Er deutete auf das Flugblatt.

Jackson hatte nicht darauf geachtet, dass es auf den Boden gefallen war. Er spürte, wie ihm die Hitze ins Gesicht stieg. Henk bückte sich schnell danach, aber Gainsbourgh war schneller, erstaunlich schnell für sein Alter.

»Ihr habt euch doch nicht mit diesen Typen eingelassen?«, fragte Gainsbourgh.

»Wir sind nicht völlig verblödet!«, empörte sich Henk.

Gainsbourgh sah von Henk zu Jackson und lächelte. »Nein, das seid ihr bestimmt nicht. Schlaue Köpfe, das seid ihr.« Er sah zu Jackson herüber. »Seid ihr doch, oder?«

Die Jungs schwiegen.

»Na ja, verstehen könnte ich es.«

Die Jungs schwiegen weiter.

»Wartet, ich schließe vorne ab«, sagte Gainsbourgh.

13.

Lou seufzte. »Ich werde aus diesem ganzen Zeug nicht schlau«, sagte sie. Sie hatte es eher zu sich gesagt als zu Jimmy und Scout, aber Jimmy hatte es gehört.

»Mach weiter«, befahl Jimmy. »Wir haben nicht mehr viel Zeit. Wir haben gestern die Strömungsdaten gecheckt und einen Fehler in der Prognose gefunden. Die City wird deutlich schneller in die Nähe des Festlands driften als erwartet.«

Lou hasste diesen Ton, aber Jimmy hatte natürlich recht. Sie musste ihre Rolle spielen und dazu gehörte, sich durch Crockie Flemings wirre Notizen und Anmerkungen zu arbeiten und sie am besten auch zu verstehen. Das war leichter gesagt als getan. Alles musste echt wirken, wenn sie sich Jackson weiter nähern wollte.

Crockie war ein Freak. Ein ziemlich süßer Freak, aber ein Freak. Das hatte man ihm schon von Weitem angesehen und jetzt bestätigte es sich.

»Seid vorsichtig mit diesem Crockie. Der Junge ist vielleicht ein genialer Tüftler, aber ich hab meine Probleme mit Freaks«, hatte der Boss gemeint.

Der Boss hatte ihnen allen eingebläut, dass ihr Vorhaben von wenigen Faktoren abhinge: von absoluter Zuverlässigkeit und Präzision auf der einen Seite sowie absoluter Entschlossenheit und Mut auf der anderen. »Und einem Haufen Glück.«

Glück hatten sie nach dem Vorfall mit Crockie Fleming auf jeden Fall gehabt. Niemand hatte noch einmal gecheckt, ob der Lebenslauf von Louise Clermont wirklich dem entsprach, was in den Akten stand. Wenn jemand es nachträglich tun würde, flog Lou auf, das war klar.

Die Verantwortlichen der City wollten den Platz von Crockie erstaunlich schnell neu besetzen. Das zwang die Organisation, ebenso schnell zu reagieren. Mit einem Maulwurf direkt in der Nähe von Lydia Tremont, der im richtigen Moment Lous Akte auf den Tisch gelegt hatte, war das zumindest vorläufig gelungen.

»Ich muss los«, sagte Jimmy. »Muss einen armen Teufel strafversetzen, der im falschen Augenblick der Chefin vor die Füße gefallen ist.«

Er betrachtete sich im Spiegel und schob seine Krawatte zurecht. Eigentlich hatte sie schon vorher perfekt in der Mitte des Kragens gesessen, an Jimmy saß immer alles perfekt. Geschniegelt und gestriegelt, topchic stand er da. Angeblich verlangte sein Job das, aber eigentlich, da war Lou sich ziemlich sicher, war er einfach nur eitel.

Jimmy beugte sich über Lous Schulter. »Oh Mann, ein echter Freak«, sagte er. Er lachte, wurde aber sofort wieder ernst. »Wir müssen diesen Zugang zu den Konten haben. Bevor Tremont ihn in die Finger bekommt und auch bevor dieser Freund, dieser ...«

»Jackson«, sagte Lou.

»... dieser Jackson sich das Ding schnappt. Mir reicht die ganze Nummer mit Crockie Fleming. Du weißt, wie der Boss darüber denkt. Schluss mit den pubertierenden Chaoten. Es reicht.«

Lou schaute Jimmy an. Manchmal zweifelte sie an ihm. Er hatte eine Position in der City, die ihn in wenigen Jahren ganz nach oben bringen würde, aber trotzdem machte er bei ihnen mit, nicht nur das: Ohne seinen Zugang zu den entscheidenden Stellen wären sie längst noch nicht so weit.

»Ist was?«, fragte Jimmy.

Lou schüttelte den Kopf. »Ich bin genauso alt wie Crockie.«

»Erstens, das stimmt nur auf dem Papier. Zweitens, die Betonung lag auf *Chaot*. Drittens, mach weiter. Aber pass gut auf dich auf. Immer schön in der Deckung bleiben!«

Lou seufzte und beugte sich wieder über Crockies Jahresarbeit.

Sie trug nicht den Titel *Jahresscheiß*, wie Crockie es auf den Umschlag der Mappe geschrieben hatte, sondern: *Recycling von Kunststoffen – Probleme und Weiterentwicklung der Plastikfischerei.*

Alles, was mit Recycling zu tun hatte, gehörte zum zweiten der sechs Grundsteine, auf denen das Konzept der City basierte. Crockie hatte sich mit Plastikfischerei beschäftigt. Seit dem vergangenen Jahr setzte die Flotte erste Prototypen von neuen, kreisrunden Satelliten ein, die den Müll aufsaugten und vorsortierten und teilweise auch weiterverarbeiteten. Mit gerade einmal 500 Metern Durchmesser erinnerten die Floating Dumps an den überdimensionierten Abfluss einer Dusche.

»Praktikumsbericht«, las Lou.

Crockie hatte zwei Wochen auf einem dieser sonderbaren Gebilde mitfahren dürfen und dann eine Woche in den Landeports gearbeitet, die extra für die Dumps gebaut worden waren. Zwei Fotos rutschten aus der Mappe. Auf dem einen stand Crockie auf dem äußeren Ring. Erst jetzt wurde Lou klar, wie groß die – im Vergleich zur City winzigen – Müllsauger waren.

Das andere Foto zeigte ihn mit ein paar Arbeitern auf der Entladestation in den Docks. Sie lachten alle in die Kamera und streckten dem Fotograf den erhobenen Daumen entgegen.

Die Handschrift Crockies war kaum zu entziffern, aber nach und nach gewöhnte Lou sich daran und kam immer schneller voran.

»Holz-Inspektoren«, murmelte sie, »Zwischenlager … Mengen … siehe Karte …«

Damit musste er die Pläne in der Rolle meinen. Sie zog sie hervor.

Es war keine Karte, mit der man sich den Weg durch die City suchen konnte. Das Gewirr von Linien, Zahlen und Grafiken war schwer zu durchschauen, weil die Legende fehlte, auf der die Zeichen und die unterschiedlichen Linien erklärt wurden.

»Scout!?«, rief Lou.

Scout reagierte nicht.

Lou ging hinüber in den von Licht durchfluteten Wohnraum. Scout lag auf einem Sofa, das größer war als die ganze Wohnung, die sie das letzte Mal für ihre Arbeit genutzt hatte. Auf dem ebenso monströsen Bildschirm an der Wand flimmerte die Score-Tabelle von GrandFight7. Ein kleines Männchen mit abstehenden Ohren und riesigen Reißzähnen hüpfte auf und ab und grunzte immer wieder: »Du bist der Größte, du bist der Größte …«

»Nimm deine Stinkefüße von der Couch.« Lou rüttelte Scout an der Schulter.

Sie schreckte zusammen, sprang auf, stieß gegen die Glasplatte des niedrigen Tischs vor ihr und landete mit dem linken Fuß einen Volltreffer. Das Glas mit dem rötlichen Quallen-Rote-Bete-Smoothie landete auf den Zotteln des Teppichs.

»Wahnsinnig, oder was?«, schrie Scout. »So läuft das nicht«, schimpfte sie gleich weiter. »Wegen so etwas kann ich meinen Job verlieren.«

»Habe ich das widerliche Zeug auf den Tisch gestellt? Liege ich hier auf dem Sofa rum? Spiele ich mit einer Konsole, die mir nicht gehört?«

Lou hätte Scout den Rest des Gesöffs am liebsten über den kahl rasierten Schädel geschüttet. Sie mochte Scout nicht. Und das beruhte auf Gegenseitigkeit.

Hinter Lous Rücken nannte Scout sie »Tussi«, weil Lou in ihren Augen einfach zu hübsch, zu glatt und zu angepasst wirkte.

Auf Scout traf all das nicht zu: Ihre Frisuren konnte man kaum so bezeichnen. Sie bestanden darin, dass sie sich sonderbare Ornamente in die Haarstoppeln rasierte. Ihre Augen konnten sich für keine Farbe entscheiden, standen zu weit auseinander, und das linke guckte immer in eine andere Richtung als das rechte. Über ihre Klamotten verlor man am besten keine Worte. Recycling, Upcycling, Secondhand – alles schön und gut, aber Scout sah immer aus, als sei sie von einem Wirbelsturm eingekleidet worden.

Zwei Dinge waren allerdings von unschätzbarem Wert für die Organisation: Scout machte ihre Ausbildung in der Wohnraum-Verwaltung von Ocean City. Sie hatte Zugang zu allen Daten: welche Büros, welche Single-Apartments, welche Lagerräume oder auch welches luxuriöse Dachgeschoss frei stand und für wie lange. Wie das im vierten Bezirk, in dem sie sich gerade eingenistet hatten. Scout kannte sich in der Stadt aus wie keine andere unter ihnen.

Das Zweite war Scouts Hass. Sie hasste grundsätzlich alles. Aus tiefster Seele hasste sie die City, und weil man eine City nicht hassen konnte, lenkte sie ihre Gefühle auf Menschen wie Lydia Tremont, die offiziell sogar ihre *Care & Share*-Patin war, ohne ihre Patentochter jemals persönlich gesehen zu haben.

Lou rannte in die Küche, um ein Wischtuch zu holen.

»Lass den Mist, das funktioniert nie«, maulte Scout. Sie zückte ein Springmesser, das irgendwo in ihrer hautengen Leggins gesteckt haben musste. »Zieh den Lappen straff.«

Lou gehorchte.

Scout säbelte mit einem schnellen, schnurgeraden Schnitt den beschmutzten Rand des Teppichs ab. »Jetzt müssen wir ihn nur noch an der Seite unter das Sofa ziehen, merkt kein Mensch, dass da ein Stück fehlt.«

Als sie das erledigt hatten, legte Lou den Plan aus Crockies Spind auf den Tisch. »Weißt du, was das ist?«

»Ein Plan.«

»Sehr witzig. Das sehe ich auch.«

»Bist aber zu blind, um zu sehen, dass es die Subway ist. Hier die Flower-Line, die dicke hier, die Mountain-High da drüben verläuft überirdisch, ist aber die einzige.«

Die Pläne, die in jeder Station aushingen, sahen anders aus. Nicht ganz so unübersichtlich, farbig hinterlegt und ohne die ganzen Grafiken und Zeichen.

»Ist ein Plan aus der Leitzentrale. Da die Neigungswinkel, hier die Signalvernetzung und so weiter.« Sie tippte auf der Karte herum. »Ist aber veraltet. Siehst du, hier? Die neue Station am Timeline-Park ist hier noch in Planung.« Scout sagte das alles, als müsste diese Informationen jeder kennen. »Was soll das da?« Sie tippte auf eine grün markierte Stelle, die in einem der Außenbezirke lag, ziemlich weit weg vom historischen Zentrum der City.

Lou zuckte die Achseln. »Keine Ahnung.«

»Ist die stillgelegte Haltestelle im Bezirk 404. Der Name von der Station ist super: Fire & Ice. Der ganze Schuppen ist vor zwei Jahren ratzeputz abgefackelt, das halbe Viertel dazu. Irgendein Volldepp von der Bauaufsicht hat beim Bau dieses Präkautio-Simplex-Zeug in die Spritzgussmasse der Blöcke mischen lassen. War damals der Knaller. Sollte die Blöcke dreimal stabiler machen. Hat auch geklappt. Nachteil ist nur: Präkautio-Simplex ist mördergiftig, wenn es brennt. Und es hat gebrannt, frag nicht, *wie* beschissen es gebrutzelt hat. Ist seitdem alles gesperrt da, den ganzen Bezirk 404 haben sie dichtgemacht, alle Leute umgesiedelt.«

Lou rollte den Plan auf. Warum hatte Crockie die Fire-&-Ice-Station mit dem grünen Kringel versehen? Zu den Docks und Anlegestellen der Plastikflotte hatte er während des Praktikums jeden Tag fahren müssen, das war klar.

Als hätte sie Lous Gedanken erraten, sagte Scout: »Muss man jetzt den blöden Umweg fahren, wenn man zu den Docks und Anlegestellen will, frisst Zeit ohne Ende. Wenn man jemanden von der Subway kennt, der da noch mit 'nem Versorgungszug durchfährt, kann man natürlich abkürzen.«

Rufus Gainsbourgh spendierte eine Runde Käsekräcker, deren Käsegehalt bei null lag. »Die hat dein Dad gut hingekriegt, Henk«, sagte er.

Jackson fand diese Käsekräcker auch nicht übel. Es gab deutlich Schlimmeres und immerhin fiel man davon nicht in eine halbstündige Leichenstarre, wie bei den Brötchen mit diesem FCRT-Zeugs.

Gainsbourgh stellte jedem der beiden eine eiskalte Dose Hubackle hin. »Keine Ahnung, was euch an diesem Gesöff schmeckt!«, sagte er. »Na ja, ich kenne halt noch den alten, echten Geschmack von vielem. Als ich so alt war wie ihr, haben wir noch recht häufig Käse aus echter Milch importiert, bis die Preise dafür ins Unermessliche stiegen. Außerdem: Wer will draußen schon in Minuten und Stunden bezahlt werden?«

Jackson zuckte nur die Achseln. Er fand Milch sowieso eklig. Das Zeug tropfte den Kühen aus dem Euter! Irgendwie irre, was die Leute früher alles gegessen haben. Besonders bei den Alten galt Käse immer noch als etwas ganz, ganz Feines. Kuhmilch! Einfach widerlich. Aber Gainsbourgh kam gerade erst in Fahrt.

»Und genau das ist das Problem der Floating Cities geworden. Wir sind auf Gedeih und Verderb darauf angewiesen, dass wir es alleine hinkriegen. Wir haben kaum Rohstoffe, mit denen wir handeln könnten. Unsere Recycling-Produkte sind schön und gut, aber sie reichen gerade, um uns selbst zu versorgen. Eigentlich müsste eine City wie unsere noch einmal so groß sein und dieser Teil müsste nur aus Fabriken für den Export bestehen.«

Henk wurde ungeduldig. »Was hat das mit diesem *Kommando Matt Fuller* zu tun?«

»Es war allen hier klar, dass sich eines Tages ein paar Leute melden würden, die keine Lust mehr darauf haben, rund um die Uhr eingespannt zu sein, auch wenn sich alle nach dem Starter-Level noch einmal entscheiden können, ob sie Teilhaber der City sein wollen. Aber wer weiß das schon in dem Alter? Mit vierzehn.«

In Jackson stieg ein unangenehmes Gefühl auf. Er hatte es schon bei Celines Zeremonie gehabt. Das Gefühl, dass der Decoder kein großes Glück, kein Schritt in die Unabhängigkeit war, mit dem man sich von den Zeitkonten der Eltern löste, sondern eine Fessel.

»Matt Fuller hat diese Leute vor ein paar Jahren um sich geschart, kurz vor seinem Abschluss an der Kellington High. Es hieß, er sollte zum Nachfolger von Lydia Tremont aufgebaut werden, vielleicht sogar einmal in die Fußstapfen von Clark Kellington treten.«

»Scheint nicht geklappt zu haben«, sagte Jackson.

»Kann man wohl sagen. Er wurde Tremonts ärgster Gegner, vertrat ein radikales Gegenkonzept. Alles sollte anders werden und vor allem sollte die City auch für Leute von draußen geöffnet werden, die sich hier nicht mit Devisen einkaufen können.«

»Devisen?«, fragte Jackson.

Henk verdrehte die Augen. »Wieder nicht in Wirtschaftskunde aufgepasst, was? Alles, was wir zum Handel mit dem Kontinent brauchen können. Rohstoffe, Gold, Edelsteine. Auf was die draußen eben so stehen.«

»So kann man es nennen«, sagte Rufus Gainsbourgh. »Jedenfalls hat Fuller eine Menge Ärger gemacht. Unterstützung bei den Älteren hatte er nicht. Für die war klar: Jeder, der von draußen kommt und nicht zahlen kann, ist eine Bedrohung. Es wissen ja nicht mehr viele, wie es auf den Kontinenten aussieht. Fullers Gegner sagen: Wenn wir die Tore auch nur einen Spalt öffnen, überrennen sie uns. Matt Fullers Leute argumentieren anders. Sie meinen, wir sollten allen Menschen unser Know-how zur Verfügung stellen. Wir sollten ihrer Meinung nach die Gründung neuer Cities ermöglichen.«

»Dann geht es gar nicht nur um Freizeit?«, fragte Jackson.

Gainsbourgh zuckte die Achseln.

Jackson spürte, dass er ihm auswich.

»Es gibt nicht viele Menschen mit großen Visionen«, sagte der alte Mann. »Matt Fuller war einer. Auch wenn er noch sehr jung war. Die City braucht diese Leute. Fantasiereich, klug und hart im Nehmen. Mit einer starken Ausstrahlung auf die Menschen. Fuller hatte sehr schnell eine ziemlich große Gruppe von Anhängern. Da bekam unsere Generalsekretärin wohl kalte Füße. Am System der City darf niemand kratzen. Und am Stuhl von Mrs Tremont erst recht nicht. Irgendwann haben sie ihn und seine engsten Mitstreiter geschnappt und ausgewiesen. Ohne Anführer haben sich die anderen schnell wieder zerstreut.«

»Ausgewiesen?«, fragte Jackson.

Rufus Gainsbourgh aß einen Kräcker. Und schwieg. Endlich holte er tief Luft. »Jungs, hört mir zu ...«

Henk und Jackson nickten.

»Diese City versteht keinen Spaß, wenn man ihr querkommt. Hier geht alles geregelt zu und zu den Regeln gehört, dass man sein Bleiberecht verlieren kann. Man muss immer auch das Kleingedruckte im Vertrag lesen. Die wenigsten von uns würden irgendwo auf den Kontinenten überleben.« Er nahm das Flugblatt. »Erstaunlich. Echtes Papier«, sagte er und riss es in Fetzen. »Scheinbar sind ein paar Leute wieder auf den Spuren von Matt Fuller unterwegs. Haltet euch fern von denen, klar?« Seine Stimme hatte ihren ruhig dahinfließenden, freundlichen Ton verloren. »Und jetzt raus mit euch, ihr stehlt mir die Zeit.« Er lachte. Es war ein gekünsteltes Lachen.

Gainsbourgh schob sie durch das Hinterzimmer nach vorne zur Tür und wendete das Schild wieder auf *We're open – come in and feel free*, als Jackson und Henk auf dem Gehweg standen.

Jackson drehte sich noch einmal um. »Mr Gainsbourgh ...«

»Ich glaube, es wird Zeit, dass ihr mich Rufus nennt, oder?«, unterbrach der alte Mann ihn.

»Äh, Rufus, können Sie, äh, du ...«

Gainsbourgh lachte. »Was kann ich? Ich kann fast alles.« Sein Lachen wurde lauter.

»Der Bezirk 404, wir müssen für die Schule ...« Jackson kam ins Stottern. Er konnte sich nicht so blitzschnell wie Henk irgendetwas ausdenken, das dann auch noch glaubwürdig klang.

»Ein Referat«, fiel Henk ihm ins Wort. »Wir müssen ein Referat halten.«

»Über 404? Ich dachte, euer Freund Crockie musste dieses Referat machen, hat er jedenfalls vor ein paar Wochen gesagt und mich über diese üble Gegend gelöchert. Ich war schon pensioniert, als es da gekracht hat, eine riesige Schweinerei, und noch schlimmer ist, dass sie den Bezirk seitdem vergammeln lassen. Wenn wir das nächste Mal am Festland andocken, soll er endlich entsorgt werden. Da wollt ihr rein? Nein, nein, da wollt ihr nicht rein, Jungs.«

»Was ist denn los im Bezirk 404?«, fragte Jackson.

»Unfall, ein Großbrand«, nuschelte Rufus. »Ist alles verseucht und abgesperrt. Sie wollten ihn damals ausbauen und versenken, aber das ging nicht. Liefen zu viele Schächte durch, da wäre die halbe City mit abgesoffen. Außerdem widerspricht es den strengen Umweltstandards unserer Gemeinschaft, wenn man so etwas einfach in den Marianengraben kippt. Schließlich ist der Ozean unser Lebensraum. Also haben sie ihn versiegelt.« Rufus strich sich über die buschigen Augenbrauen. »Schlimme Sache damals. Es sind eine Menge Menschen ums Leben gekommen, weil dort einige Produktionseinheiten liegen. Gar nicht gut, und damals waren Subway und Versorgungsschächte so dicht beieinander, dass eine ganze Station abgebrannt ist. Ist nichts mehr zu machen mit 404. An Land würde man einfach alles zubetonieren.«

Ein Pärchen drängelte sich an Jackson vorbei. Die Frau im blauen Anzug schaute Jackson in die Augen, lächelte und folgte dem sportlichen Typ, dessen Anzug aussah, als hätten sie einen größeren Posten des Stoffs ergattert und sich beide etwas daraus nähen lassen. Als sie sich umdrehte, wedelte sie mit ihrem Pferdeschwanz durch Jacksons Gesicht. »Hoppla, Entschuldigung«, sagte sie und verschwand im Kiosk.

Jackson und Henk standen noch einen Augenblick auf dem Gehweg.

»Das Ding *muss* dort sein«, sagte Jackson. »Ich bin mir sicher. Er hat nicht einfach nur die Nummer des Bezirks genommen. Er hat es dort vor Ort angeschraubt. Das ist der einfachste Weg.«

»Bei dem er dann am Ende an einer Vergiftung mit Chemikalien draufgeht?«

»Henk, du weißt, wie Crockie ist.«

»War«, verbesserte ihn Henk.

»Er hat auf manche Risiken gepfiffen.«

Henk nickte finster. »Allerdings.«

Jackson musste sich zusammenreißen. Henks kaltes Gemüt war manchmal praktisch. Manchmal war es aber einfach nur ätzend.

So oder so: Bezirk 404 war verflixt groß. Sie würden Monate brauchen, um da alle Kabel abzusuchen. Mal ganz abgesehen davon, dass der Sperrbezirk eben ein Sperrbezirk war. Ohne Ausweis, Genehmigung und Schutzanzüge würden sie da kaum reinkommen.

14.

Jacksons Zimmer hatte nur ein kleines Fenster, aber es reichte an diesem Morgen, um eine satte Ladung Sonnenstrahlen in den Raum zu gießen, die ihn weckte. So direkt konnte die Sonne ihn nur an der Nase kitzeln, wenn der Wind konsequent aus Nordost blies und sich die City um ein paar Grad drehte.

Sie hatten sich einige Tage gedulden müssen, bis Henk den ersten Schutzanzug organisiert hatte, der jetzt ganz unten in Jacksons Kleiderschrank lag. Henk hatte die Idee gehabt, die gute Nerven und Geduld verlangte. In den Labors seines Vaters wurde mit so vielen ekligen Substanzen hantiert, dass das Tragen von Schutzanzügen eine strenge Vorschrift war.

»Mit den Helmen wird es am schwierigsten«, hatte Henk gesagt. »Den Rest besorge ich Stück für Stück.«

Leider fehlten die Helme noch immer.

Jackson reckte sich noch einmal, als seine Zimmertür aufflog und Celine hereingerannt kam.

»Kannst du mich heute abholen? Bitte, bitte, bitte, bitte, bittöööö!«

»Was ist los?« Er setzte sich im Bett auf.

Ihre Mutter trat hinter Celine an die Tür. »Du weißt doch: Großer-Bruder-Tag. Du musst Celine heute abholen. Vergessen?«

Jackson schwieg. Er hatte es vergessen, ja. Und er schämte sich dafür.

»Ich kann heute bei Mary übernachten, aber ich darf nicht allein mit der Subway fahren. Marys Eltern sind schon um vier fertig und wenn ich dann gleich komme, gehen wir ins Schwimmbad.«

»Seit wann dürfen Bohnen ins Schwimmbad?«, fragte er und fing sich eine Kopfnuss von seiner Schwester ein. »Aua«, rief er übertrieben.

Celine redete morgens noch mehr und schneller als sonst, fand Jackson. Es war eine regelrechte Gutenmorgendusche aus Wörtern, die da auf ihn niederprasselte. Trotzdem sortierten sich die Informationen in seinem Gehirn: Die halbe Abteilung im Physio-Zentrum war krank, seine Mum musste länger arbeiten, Dad konnte sowieso nicht, es blieb nur Jackson übrig.

»Du holst mich doch ab, oder?« Celine lächelte zuckersüß.

Jackson musste lachen. Nie im Leben würde er seiner kleinen Schwester etwas abschlagen können. »Selbstverständlich steht dein großer Bruder auf die Sekunde pünktlich vor dem Schultor und trägt dich zur Not sogar wie früher auf seinen Schultern, wohin auch immer seine kleine Bohne, äh, Schwester will.«

»Juhu!« Celine rannte zum Frühstückstisch, stopfte sich ihre restlichen Planktonflakes in den Mund und rief der geschlossenen Badezimmertür zu: »Können wir schon los zur Schule, Papa?«

Eine halbe Stunde später war Jackson auf dem Weg zur Clark Kellington Highschool. Er nahm den Weg, den er mit Crockie genommen hatte. Keine Kontrollen, nichts. Er hielt wie jeden Tag nach dem Straßenkehrer Ausschau. Dem alten Mann, den er als

Freiwilligen wiedergesehen hatte. Der ihm zugezwinkert hatte. Der seinen Namen kannte. Der mit den irren, zweifarbigen Augen und der auffälligen Narbe.

Jackson scannte den Timeline-Park.

Nichts. Er sah runter zum Kanal. Auch hier nicht. Er nahm die Abkürzung über die Steinblöcke im Wasser. Wie immer musste er sich zwingen, diesen Weg zu gehen. Aber er wollte keinen Bogen um diese finsterste Stelle der City und seines Lebens machen, keinen geistigen Sperrbezirk um Crockies Tod ziehen. Außerdem fühlte er sich hier Crockie nah. Wenn er eine Crockie-Gedenksäule setzen könnte, dann hier. Genau auf den Blöcken. Wo passiert war, was offenbar niemand wahrhaben wollte.

Beim Einchecken warf Heather Blue Jackson einen durchdringenden Blick zu. Leider kapierte Jackson nicht, was sie ihm damit sagen wollte.

»Wir werden wohl erwartet, Mr Crowler. Sie entwickeln sich zur gefragtesten Person der Schule!«, erklärte die Empfangsdame mit dem Charme eines Haifischs.

Jackson schluckte. Er wurde erwartet? Schon wieder ein Verhör? Schon wieder di Gallo? Hatten sie etwas gefunden?

»Die Schulleitung bittet zum Gespräch!«, sagte Heather Blue mit gespielter Noblesse.

Jackson atmete auf. Also nur eine Schulangelegenheit. Vielleicht war Gobbins sein wildes Kohle-Geschmier der letzten Kunststunde als die Verweigerung aufgefallen, die es darstellen sollte? Oder sonst irgendein mehr oder weniger alberner Regelverstoß. Jackson lief mit den strengen Blicken von Heather Blue im Rücken direkt zum Büro der Schulleiterin.

»Da ist er ja schon!«, rief Frida Ingaaden ihm zu, als Jackson an die offene Tür klopfte.

Er merkte sofort, dass die Freude nur gespielt war. Wenn die Schulleiterin diese Art von Freundlichkeit aufsetzte, war etwas im Busch.

»Crowler, Crowler, Sie werden dringend gebraucht!« Ingaaden kam um ihren Schreibtisch herum auf ihn zu. Sie fasste ihn an beiden Schultern und sah ihm ernst in die Augen. »Ich hatte Sie gebeten, Louise Clermont zu helfen, wo sie Hilfe braucht! Also bitte, Crowler, lassen Sie Ihre neue Mitschülerin nicht so im Regen stehen. Es geht doch nur um ein Referat.« Mit einem spöttischen Unterton fügte sie hinzu. »Sie müssen sie ja nicht gleich heiraten!«

Jackson wurde wütend. Diese blöde Kuh! Lou war zur Schulleiterin gelaufen und hatte Jackson angeschwärzt. Was für eine dumme Nuss!

»Ich verlasse mich auf Sie, Crowler! Ich erwarte von Ihnen, dass Louise Clermont ein exquisites Referat hält. Ich habe Sie nun abermals für eine Stunde vom Unterricht befreit, beide. Das sollte reichen, denke ich. Falls Sie mehr Zeit benötigen, melden Sie sich bitte bei mir. Entweder Sie selbst oder Clermont, am liebsten aber sehe ich Sie hier beide zusammen.«

Jackson öffnete den Mund und wollte etwas sagen, aber die Schulleiterin war fertig mit ihm. Sie lächelte kalt, sagte: »Schön, dann haben wir das geklärt«, und setzte sich wieder an ihren Schreibtisch.

Lou wartete vor dem Klassenzimmer auf ihn. Sie lächelte.

»Spar es dir!«, stöhnte Jackson.

»Spar dir was?«

»Dein Gegrinse!«

Lou sah Jackson von der Seite an. »Was hast du eigentlich gegen mich?«

Jackson blieb kurz die Spucke weg. So viel Offenheit hatte er nicht erwartet.

»Okay, ich bin kein Ersatz für Crockie. Und ich will auch gar nicht Crockie sein. Ich habe aber nun mal seinen Platz bekommen. Das passt dir vielleicht nicht, aber für mich ist es eine Riesenchance.« Sie legte den Kopf schief.

»Die Herrschaften sind beurlaubt für diese Stunde.« Professor Babafemi kam hinter Jackson den Flur entlang. »Also sucht euch ein schöneres Plätzchen zum Streiten. Das Schülercafé müsste frei sein.« Der Mathelehrer strich sich über den weißen Bart, betrat das Klassenzimmer und schloss die Tür.

»Was ist, darf ich dir einen Drink ausgeben? Dafür, dass du dem dämlichsten Mädchen, das die ehrenwerte Kellington High jemals aufgenommen hat, hilfst?«

Jackson zuckte mit den Schultern und marschierte mit Lou den Flur entlang. »Ich hab nichts gegen dich.«

»Klar. Und die City fliegt auf den Mond!«, sagte Lou.

»Okay, ich hatte in den letzten Tagen einfach viel um die Ohren und dass du dich bei jeder Gelegenheit bei der Ingaaden über mich beschwerst, macht es nicht gerade leichter für mich.«

Sie erreichten das Schülercafé. Lou zog sich einen Tang-Tee und Jackson einen Hubackle.

»Keiner mag Hubackle«, sagte sie. »Das Zeug schmeckt doch einfach widerlich.«

Jackson öffnete sein Getränk. »Yep. Darum ist es auch niemals ausverkauft. Alles meins.«

Sie setzten sich an einen der Tische am Fenster.

»Pass auf. Mich interessiert dieses ganze Müllthema ungefähr so wenig wie dich. Aber wir müssen da durch«, begann Lou.

»Du musst da durch«, rutschte Jackson raus, aber er lenkte sofort ein und äffte Frida Ingaaden nach. »Also reißen wir uns zusammen.« Er würde nicht um sie herumkommen, es war das Beste, ihr zu helfen, dieses verflixte Referat fertigzubringen. »Was kapierst du nicht?«

»Hast du mit Crockie jemals über das Projekt gesprochen?«

»Natürlich, wir waren Freunde. Beste Freunde«, sagte Jackson. Genau genommen hatten sie allerdings selten über Schulkram geredet. Crockie hatte geschwärmt, wie schön es auf dem Meer war und wie ihn die ganze Theorie langweilte. Das war eigentlich alles, was Jackson mitbekommen hatte. »Er konnte nicht schwimmen, aber er liebte das Meer.«

»Ein widersprüchlicher Typ?«, fragte Lou.

Jackson nickte. »Er hat das Wort erfunden.«

»Oje«, seufzte Lou. »Wie ist er bloß an dieser Schule klargekommen? Er ist bestimmt dauernd angeeckt? Bei der Ingaaden reicht doch schon das falsche Tuch in den Haaren.«

»Was meinst du, warum er diese Mähne mit dem Dutt obendrauf trug?« Jackson dachte daran zurück, als die Lehrer kapiert hatten, was da auf Crockies Kopf entstand. »In keinem Paragrafen der Kellington-High-Kleiderordnung steht, dass man dieses Gezwurbel auf dem Kopf nicht haben darf.«

»Ich glaube, so etwas nennt man einen Revoluzzer«, sagte Lou.

Sie betonte das so, dass Jackson aufhorchte.

»Mit einem Dutt macht man noch keine Revolution«, erwiderte er.

»Womit denn?«

»Am besten macht man gar keine. Wüsste nicht, wofür.«

»Ein bisschen mehr Zeit wäre schon nicht schlecht, oder?«, fragte Lou.

Checkte sie ihn ab? Sollte sie ihn etwa aushorchen? Hatte Ambrose di Gallo sie hier als Schülerin eingeschleust, damit sie undercover gegen Jackson ermittelte?

Jackson schüttelte den Kopf.

»Was denn?«, fragte Lou.

»Nichts. Wir sollten loslegen, sonst läuft uns wirklich die Zeit davon.«

»Wenn du meinst.« Lou holte die Unterlagen raus. »Was ich nicht verstehe: Crockie sollte über die Plastikfischerei referieren. Stattdessen hat er sich diese Pläne hier beschafft. Klar, da unten ist der Hafen, aber was haben die mit dem Rest zu tun?«

Jackson sah auf den Plan. Auf den ersten Blick erkannte er fast nichts. Es sah entfernt aus wie ein Subway-Plan. Das war allerdings kein normaler Plan, eher wie aus einer Leitstelle, mit Unmengen von Zahlen, Markierungen, Nummern und Ziffernfolgen. Die Umrisse der City, unterteilt in die Bezirke, deren Nummern jeweils hellrosa unterlegt waren. Unmengen von gestrichelten Linien.

»Ich glaube, das sind die Zuständigkeitsgebiete der einzelnen Zeitagenturen«, sagte Jackson. »Diese gestrichelten Linien …«

»Ja, sieht so aus«, sagte Lou. Sie klappte den Plan weiter auf. »Schau mal hier. Da ist eine Stelle markiert. Weißt du, was das mit dem Müll zu tun hat? Ich meine: War das nur die heimliche Abkürzung, die er zu den Docks genommen hat?«

Jackson erkannte es sofort. Die Markierung lag mitten im Bezirk 404. Crockie hatte die geschlossene Subway-Station umkringelt.

Jackson nickte. »Ja, klar. Da ist Crockie immer querdurch. Hat abgekürzt. Hat er ganz schön mit angegeben, dass er mit einem Versorgungszug da durchrauschen und sich an der eigentlich geschlossenen Station absetzen lassen konnte«, log er. »Crockie war eigentlich immer pleite. Wenn der irgendwo ein paar Subway-Minuten sparen konnte, hat er das gemacht.«

»Aber hier.« Lou zeigte Jackson Crockies Aufzeichnungen.

Crockies Schrift war übel. Da musste Jackson dem Mädchen recht geben. Es war schon fast keine Schrift mehr. Glich mehr einem Seismografen, der die Schwingungen von Crockies Innenwelt aufzeichnete. Selbst Jackson brauchte eine ganze Weile, bis er verstand, woran Crockie da geforscht hatte.

Die Plastiksammler wollten den U-Bahn-Schacht erweitern und als Zwischenlager ausbauen. Das war zwar noch nicht offiziell genehmigt, aber es zeigte eine Hauptschwierigkeit: Die Lagerung des Materials vor der Verarbeitung. Jackson konnte Lou das alles übersetzen. Sie schrieb artig mit. Eine paar Stellen überging er jedoch: *Alle Versorgungsstränge etc. sind vorhanden, man könnte morgen einen neuen Stadtteil eröffnen, wenn nicht alles verseucht wäre.*

»Das war es?«, fragte Lou endlich.

»Glaub schon«, sagte Jackson.

Sie sah ihn freundlich an.

»Danke, Jackson. Ich meine das ganz ernst. *Vielen* Dank!«

»Keine Ursache«, sagte Jackson. »Die Karte hier, kann ich mir die ausleihen?«

»Wozu?«, fragte Lou.

Jackson stiegen Schweißperlen auf die Stirn. Er war kein guter Lügner und er würde es nie werden. »Dein Referat … muss ein Erfolg werden, äh, hat die Ingaaden gesagt. Und du hast es geschafft, dass sie mir den Hals herumdreht, wenn was schiefgeht«, stammelte Jackson. »Ich will nur sicher sein, dass Crockie hier nichts behauptet, was nicht richtig sauber recherchiert ist.«

»Das ist wirklich lieb von dir«, sagte Lou.

Jackson atmete erleichtert aus.

»Aber, das kann ich nicht annehmen. Die Ingaaden beobachtet mich extrem scharf. Du darfst mir helfen. Aber die Recherchen soll ich selbst machen, das hat sie ausdrücklich gesagt. Wenn ich schon in den ersten Wochen beim Pfuschen erwischt werde, fliege ich direkt wieder raus.« Sie packte den Plan wieder ein. »Aber ich werde der Ingaaden berichten, wie sehr du mir geholfen hast, Jackie.« Lou lächelte. »Darf ich dich Jackie nennen?«

Jackson zuckte zusammen. Nur Crockie hatte ihn so genannt. Ich muss an diesen Plan kommen, dachte Jackson. Dafür durfte sie ihn sogar Jackie nennen. Jetzt ärgerte er sich, dass er vorher so kratzbürstig gewesen war.

Als Jackson in den Unterricht kam, drehte sich Henk sofort um. Er deutete auf den großen Karton neben seinem Tisch. Darauf war ein Basketball der Marke *Champ3Points* abgebildet, den ein strahlender 2,20-Meter-Typ in die Höhe hielt und in einer Sprechblase wahre Wunder versprach, die ein Spieler mit diesem Ball vollbringen konnte.

Jackson zuckte die Achseln. »Na toll«, flüsterte er. Er wunderte sich. Henk war Spitze in allen Sportarten, für die man eines nicht brauchte: einen Ball. Sobald die runden Dinger ins Spiel kamen, war bei Henk Chaos angesagt.

Henk grinste und hob einmal kurz den Deckel an.

Ein Helm, kein Ball. Ein Schutzhelm.

»Nummer 1 hätten wir«, flüsterte Henk.

15.

Jackson versuchte, sich auf der Toilette im Meereskundetrakt den Helm auf den Kopf zu pressen.

»Ich bin mir ganz sicher, er hat schlichtweg eine neue Zeitagentur eröffnet, quasi einen neuen Stadtteil. *Alle Versorgungsstränge etc. sind vorhanden, man könnte morgen einen neuen Stadtteil eröffnen, wenn nicht alles verseucht wäre.* Genau das hat er sich aufgeschrieben und das hat er auch getan.«

»Spinnst du?«, fragte Henk. »Die wissen doch, wie viele Agenturen es gibt. Das fällt auf, wenn da plötzlich noch eine auftaucht. Darüber haben wir vorher lang und breit gequatscht.«

»Autsch, mein Ohr!«, stöhnte Jackson.

»Sitzt prima«, sagte Henk.

Jacksons Stimme klang unter dem Helm gequetscht, fast wie die einer Comicfigur. »Er hat noch etwas notiert: *Revision nur zum Quartalsbeginn.* Irgendwoher muss er die Information bekommen haben, dass wir maximal drei Monate gehabt hätten, bis es auffallen würde.«

»Dann sind es jetzt also noch knapp drei Wochen, die man sich an dem Ding bedienen könnte.«

»Wären. Wenn wir wüssten, wo es steckt«, sagte Jackson. »Ich kriege keine Luft mehr.«

Henk zerrte an dem Helm.

»Das hätte so oder so gereicht für die paar Tage, die wir den Flemings besorgen wollten«, sagte Jackson. »Autsch!«

Der Helm lag wieder in Henks Händen. »Ist leider die kleinste Größe, ging nicht anders.« Henk hob entschuldigend die Schultern.

»Ich luchse dieser Lou den Plan schon noch ab, damit könnten wir den Transponder finden.«

Henk nickte. »Hoffentlich. Bis dahin muss ich dafür sorgen, dass mein Dad keinen Ärger macht. Eine seiner Assistentinnen wird sich morgen wundern. Ich muss das Teil möglichst schnell loswerden. Kannst du es mitnehmen?« Er hielt Jackson den Helm hin.

Jackson warf einen Blick auf seinen Decoder. »Oh Mist, verdammt, verdammt!«, schrie er.

»Geht's noch auffälliger?«, fragte Henk.

»Meine Schwester, ich muss sie von der Schule abholen.«

»Und was soll ich damit machen? Wenn ich zu Hause damit erwischt werde!?«

»Rufus«, sagte Jackson. »Bring den Helm zu Rufus.«

»Das ist total weit dorthin …«, jammerte Henk, aber Jackson hatte sich schon auf den Weg gemacht.

Er würde es nicht ganz pünktlich schaffen.

Er sah seine Schwester bereits vor sich, wie sie hinter der Glastür mit den aufgeklebten Schmetterlingen auf der einen und den Dinosauriern auf der anderen Seite stehen würde: den Turnbeutel an sich gepresst, die Augen hin und her flackernd auf der Suche nach ihm. Sie freute sich immer total, wenn Jackson schon vor der Tür der Schule stand und auf sie wartete. Jackson rannte die letzten Meter zur Primary School am Dolphin Circus.

Kinder aus allen Klassen strömten ihm entgegen. Die älteren bestiegen ihre Bikes, einige hielten auf die Haltestelle der Subway zu, der E-Bus saugte einen ganz Pulk der Erst- und Zweitklässler auf. An den Ausgängen stand jeweils eine Lehrkraft, verabschiedete einen Knirps nach dem anderen und half beim Auschecken mit dem Decoder. Eine Heather Blue gab es hier nicht, es ging alles noch spielerisch zu.

Jackson atmete tief durch. Glück gehabt.

Celine stand noch nicht hinter den Glastüren der Eingangshalle. Manchmal brauchte sie ein wenig länger, bis alles in ihrer Schultasche am richtigen Platz war.

Jackson lehnte sich an eine der Bänke im Haltestellen-Bereich der E-Busse. Die Halle und der Vorplatz leerten sich in einem erstaunlichen Tempo.

Jackson war froh, dass sie wenigstens einen Helm hatten. Henk hatte schon vorhergesagt, dass es mit dem zweiten schwieriger würde, wenn gerade einer abhandengekommen war. Sie mussten Geduld haben, anders ging es nicht.

Wenn er nur gewusst hätte, wie er dieser Lou den Plan abschwatzen konnte, ohne ihre unerträgliche Neugier noch mehr zu wecken. Dabei war sie nicht ausschließlich nervig, wenn er ehrlich war. Irgendwie hatte es ihm schon gefallen, mit dem Mädchen in der Cafeteria zu sitzen und sie mit der Tatsache zu schocken, dass er freiwillig einen Hubackle trank.

Jackson riss sich von den Gedanken an Lou los.

Hinter ihm surrte der letzte E-Bus davon und Jackson merkte, wie still es um ihn herum geworden war. Er schaute sich um.

Kein einziges Kind hüpfte mehr über den Platz. Eine Lehrerin verriegelte die linke der drei Glastüren, ging zur mittleren, verschloss auch diese. Jackson nahm vier Stufen mit einem Sprung, sprintete über die erste Plattform, nahm die nächsten vier Stufen und erreichte gerade noch die rechte Tür, bevor die Lehrerin auch diese abschließen konnte.

»Meine Schwester …«, rief Jackson.

Die Lehrerin lächelte. »Was ist mit deiner Schwester?«

»Sie ist … ich bin … spät«, brachte Jackson hervor. Er konnte im Parkour ganz andere Strecken hinter sich bringen, ohne dass sein Puls auf sonderlich hohen Touren lief, aber er hatte vor Schreck die Luft angehalten.

Die Lehrerin sagte mit dem leicht genervten Tonfall von Leuten, die jeden Tag denselben Mist erleben: »Keine Panik. Wie heißt sie denn?«

»Celine.«

»Und weiter? Celines haben wir mindestens drei oder vier …«

»Crowler. Celine Crowler.«

»Welche Klasse?«

»Dritte.«

»Dann hat sie ja schon ihren Decoder, das haben wir gleich. Warte bitte hier.« Die Lehrerin ging gemächlich hinüber zu einer kleinen Kanzel an der Längsseite der Halle.

»Verdammt, geht das nicht schneller?«, zischte Jackson.

Sie drehte sich um. »Wie bitte?«

»Nichts.« Jackson zwang sich ein Lächeln ab.

Die Lehrerin öffnete die Tür zu der Kanzel, beugte sich drinnen über das Pult, das Jackson nicht sehen konnte. Wahrscheinlich tippte sie Celines Namen ein.

Sie wartete. »Das System läuft heute im Schneckentempo«, rief sie. »Wahrscheinlich hat wieder irgendein Bautrupp alles lahmgelegt.«

Jackson tippelte von einem Bein auf das andere. Das mulmige

Gefühl in seinem Bauch wuchs sich zu einem Zwicken und Krampfen aus.

Endlich kam sie mit der Information zurück. »Alles okay.« Die Lehrerin lächelte noch immer. »Sie hat sich ordnungsgemäß ausgecheckt.«

Alles okay? Nichts war okay. Celine checkte sich niemals aus und verschwand einfach, schon gar nicht am Großer-Bruder-Tag. »Das kann nicht sein, das ist unmöglich«, schrie Jackson die Lehrerin an.

»Ruhig, junger Mann, hier wird nicht geschrien. Wir lernen und lehren hier nach dem *kindly & smooth*-Prinzip. Freundlich und friedlich, wie in allen Schulen der City.«

»'tschuldigung«, sagte Jackson.

»Schön. Da ist meine Kollegin, die hat eben den Check-out an der dritten Tür überwacht, dort ist Ihre Schwester ausgebucht worden. – Rose ...«, wandte sie sich an die andere Lehrerin, die das gleiche Lächeln aufsetzte.

»Linda?«

»Rose, kennst du Celine Crowler?«

»Klar, aus der 3b. Sie spielt bei mir im Orchester ganz wunderbar die Gitarre.«

Celine hasste Gitarrespielen, aber Jackson hielt lieber den Mund.

»Du hast ihr eben mit dem Decoder geholfen, oder?«

»Das braucht sie gar nicht mehr, sie ist schon sehr geschickt im Umgang mit dem Gerät.«

»Der junge Mann hier vermisst sie.«

»Hallo, junger Mann«, begrüßte Rose ihn mit einem noch strahlenderen Lächeln.

Jackson konnte kaum an sich halten. »Wo ist sie?«, drückte er durch die Zähne.

»Wo soll sie sein? Zu Hause, bei euren Eltern?«

Das war unmöglich.

»Ihr Vater hat sie abgeholt.«

Das Schwindelgefühl kam so plötzlich, dass Jackson nach vorne kippte. Etwas war passiert. Wenn sein Vater seine Schicht abbrach, nur um Celine abzuholen, war etwas passiert. Er wusste doch, dass Jackson Celine an diesem Tag holte!

»Ist etwas nicht in Ordnung? Brauchst du Hilfe?«, fragte Rose.

Jackson schüttelte den Kopf. Er holte tief Luft, drehte sich wortlos um und rannte zur Subway. Schon an den Treppen, die hinunter zu den Gleisen führten, hörte er die Durchsage: »… musste die Red-Line komplett gesperrt werden, bei den anderen Linien ist mit Verspätungen zu rechnen …«

Jackson suchte den Platz nach einem Teleport ab. Die Dinger standen an jeder Ecke, seit vor sechzig Jahren jede Form von mobiler Telekommunikation abgeschafft worden war. Das Material zum Bau von Smartphones und Tablets, die es früher gegeben hatte, war nicht mehr zu beschaffen gewesen, vor allem die Metalle, die darin verarbeitet wurden, fehlten.

Jackson hielt seinen Decoder an das Gerät in dem kleinen Häuschen. Es dauerte unendliche Sekunden, bis die übliche Ansage loslegte. Manchmal kam zuerst Werbung, heute war es Amber Lucky, die auf dem Display erschien und darum bat, pfleglich mit dem Gerät umzugehen, ein Notruf rette oft Leben und auch sonst sei es strafbar, das Eigentum der City zu beschädigen.

Als Nächstes erschien ein roter Warnhinweis: Geringes Guthaben, bitte füllen Sie bald Ihren Decoder auf. Jackson drückte auf die Recall-Taste, damit trug der Angerufene die Kosten, sofern er den Anruf annahm. Man hatte 30 Freisekunden, dann musste die Bestätigung zur Kostenübernahme erfolgen.

Die Stimme von Bruno, dem Vorgesetzten seiner Mutter, erklang am anderen Ende. »Gesundheitszentrum am …«

Jackson ließ ihn nicht weitersprechen: »Jackson Crowler hier. Holen Sie Mum … bitte!«

»Nicht bei einem Recall, Jackson. Privatgespräche sind nicht erlaubt und schon gar nicht auf unsere Kosten«, erwiderte Bruno. »Außerdem ist sie nicht da, sie wurde …«

»Bitte bestätigen Sie die Übernahme der Kosten für diesen Recall, indem Sie JA oder NEIN sagen«, unterbrach ihn eine freundliche Frauenstimme.

»Nein«, sagte Bruno.

Die Verbindung brach ab.

Jackson versuchte es noch einmal, dieses Mal zu Hause in der Parkfield-Siedlung. Der Anrufbeantworter meldete sich.

»Verdammt«, schrie Jackson.

Ihm war immer noch schwindelig. Jackson war klar, dass es jetzt nur einen Weg für ihn gab: zu Fuß durch den Freeline-Park mit seiner langen Obstbaumallee, danach ohne Umwege querfeldein. Genauso klar war ihm, dass es auf diesem Weg kein einziges »Feld« gab, sondern nur Häuserschluchten, Unter- und Überführungen, Freeways und andere Hindernisse, die er überwinden musste. Jackson zögerte keine Sekunde. Er rannte los.

Ambrose di Gallo verließ das Vorzimmer von Lydia Tremont nur kurz, um sich an einem Automaten in der Kaffeeküche einen Hubackle zu ziehen. Der Schacht für das Getränk war voll. So war es immer und seit Jahren fragte er sich, warum dieses Gesöff noch hergestellt wurde. Er hatte den Eindruck, der einzige Bewohner der City zu sein, der es trank und den Geschmack annehmbar fand.

Der Polizist achtete darauf, dass Lydia Tremont ihm während der wenigen Minuten nicht entkam. Er setzte sich mit dem Hubackle wieder auf das schmale Höckerchen, das ihm dieser Lackaffe von Sekretär hingestellt hatte. »Es kann aber dauern, Sir«, hatte er gesagt. Das war vor zwei Stunden gewesen.

»Ich habe Zeit«, hatte di Gallo geantwortet. Es war einer seiner Lieblingssätze.

Das Höckerchen war natürlich ein mieser und durchschaubarer Trick. Die meisten würden sich von dem unbequemen Ding zermürben lassen und spätestens nach einer halben Stunde gehen.

Das Namensschild, das auf dem geschwungenen Tisch des Sekretärs stand, wies den Mann als *Personal Assistant* aus. James O'Reilly trug ein Headset für den Teleport, sortierte Dinge von links nach rechts, holte dreimal Kaffee und stellte vier Anrufe durch. In der Anwesenheit des Polizisten traute er sich nicht, die Gespräche mitzuhören.

Endlich wandte O'Reilly sich an ihn und sagte: »Das wird heute nichts mehr, Sir. In einer Viertelstunde hat Mrs Tremont eine Sitzung mit den Abteilungsleitern. Dann Physiotherapie. Danach muss sie sofort zum Wohltätigkeitsbasar von *Care & Share* und anschließend …«

»Wenn das so ist, wollen wir uns beeilen«, unterbrach di Gallo ihn und stand auf. »Ich brauche nicht mehr als eine Viertelstunde.« Ohne zu zögern, ging er auf die schwere Flügeltür zu, hinter der sich Lydia Tremont verschanzte.

»Sir, das geht nicht«, versuchte O'Reilly ihn aufzuhalten.

Di Gallo war schneller. Er stieß die Tür auf und schlüpfte in Tremonts Kommandozentrale.

»Schon gut, O'Reilly«, rief Lydia hinter ihrem Schreibtisch. »Wie schön, Sie zu sehen«, wandte sie sich di Gallo zu. »Ein hektischer Tag, ich bitte um Verzeihung.«

Di Gallo hielt sich nicht lange auf. Die Freundlichkeit der Generalsekretärin war sowieso nur gespielt. Er stützte sich mit beiden Fäusten auf die blank polierte Tischplatte. Tremont zuckte kaum merklich zurück.

»Ich lasse mich nicht gerne an der Nase herumführen«, fuhr di Gallo die Frau an.

»*Lieber* Mr di Gallo«, spielte Tremont das Spiel weiter. »Ich …«

»Sparen Sie sich das. Ich mag es gar nicht, wenn man mir Informationen vorenthält, aber okay, es ist mein Job, sie mir selbst zu suchen. Wenn man jedoch versucht, mich zu verarschen, werde ich sehr unangenehm.«

»Ich weiß nicht, wovon Sie sprechen.« Tremont verzichtete nun darauf, sich freundlich und verbindlich zu geben. »Und zu Ihrer Information: Ich mag es nicht, wenn man unaufgefordert in mein Büro poltert und mich anschnauzt.«

»Sie werden sich noch ganz andere Dinge anhören müssen, wenn ich meinen Bericht geschrieben habe. Glauben Sie eigentlich, ich bin ein Idiot? Ich mache meinen Job und dazu gehört auch, mit einem gewissen Khaled Omar zu sprechen.«

»Wer soll das bitte schön sein?«

»Einer Ihrer Angestellten, den Sie natürlich nicht kennen. PTC Omar betreut das Konto von Crockie Fleming und seiner Familie und er stellt sich genau wie ich die Frage, warum er keine Meldung des Bestatters von Crockie bekommen hat, um daraufhin das Zeitkonto des Jungen zu deaktivieren. Sie müssten doch wissen, dass man es mit diesen Dingen in der Zeitverwaltung sehr, sehr genau nimmt?«

»Ich bin in die Feinheiten der Abläufe nicht eingeweiht. Glauben Sie, ich kennen jeden Pförtner in irgendeiner Zeitagentur?«

»Dann kennen Sie sicher auch Tom Sorano nicht, das ist nämlich der Bestatter, der angeblich Crockie Flemings Leiche für die Verbrennung vorbereiten sollte. Der Name Fleming sagt diesem Herrn jedoch nichts. Ihm wurde am Tag des angeblichen Unglücks nie die Leiche eines 14-jährigen Jungen übergeben und natürlich hat er auch keine Meldung zur Sperrung des Zeitkontos eines solchen Jungen gemacht. Der Chip des Jungen ist immer noch aktiv.«

Di Gallo fixierte Lydia Tremont mit seinem Blick. Auch eine eiskalte Frau wie die Dame im schicken Kostüm auf der anderen Seite des Tisches konnte eines nicht: Ambrose di Gallo hinters Licht führen. Er roch Lügen 500 Meter gegen den Wind.

»Fehler passieren«, sagte Tremont knapp. »Ich werde das überprüfen.«

»Das müssen Sie nicht, das habe ich bereits erledigt. Das ist mein Job, verstehen Sie, mein *Job*. Den mache ich seit zwanzig Jahren ziemlich gut. Es geht hier um mehr als ein paar Gaunereien von harmlosen Jungs, habe ich recht?«

Tremont schlug mit der flachen Hand auf den Tisch. Di Gallo blieb ruhig, wich keinen Schritt zurück.

»Ihr Job ist es, die Jungs, die darin verwickelt sind, weichzukochen. Wie weit sind Sie denn mit den angeblich so harmlosen Jungs? Was haben Sie mir zu berichten? Um die sollten Sie sich nämlich kümmern!«

»Henk Vermeulen ...«

»Wer ist Henk Vermeulen?«

»Einer der Jungs. Also: Henk Vermeulen und Jackson Crowler ...«

Tremont fuhr auf, verzog das Gesicht und legte eine Hand in

den Nacken. »Crowler? Ist er verwandt mit Amelia Crowler, mit dieser Physiotherapeutin?«

Di Gallo nickte. »Ja, sie ist die Mutter.«

»Verdammt«, stöhnte Tremont, drückte den Knopf an der Gegensprechanlage und sagte: »O'Reilly, sagen Sie meinen Termin bei der Physiotherapeutin ab. Und suchen Sie mir eine neue. – Also, di Gallo, was haben Ihnen die Jungs verraten?«

»Nichts. Ich glaube auch, dass sie nicht viel zu verraten haben.«

»Reden Sie sich nicht raus. Ich will wissen, was da passiert ist. Wie kommt die Zeit auf das Konto des Jungen? *Wie*?« Eine Antwort wartete Tremont nicht ab. Sie schnappte sich ihre Tasche und stöckelte zur Tür. Dort hielt sie kurz inne und sagte: »Glauben Sie mir, di Gallo: Davon hängt ab, ob Sie Ihren Job noch weitere zwanzig Jahre machen.«

Ambrose di Gallo nahm die Fäuste von der Tischplatte, drehte sich langsam um und schaute der mächtigsten Frau der City nach. »Das werden wir noch sehen«, murmelte er.

Jackson sah schon aus der Ferne, dass etwas nicht stimmte. Er hatte es geahnt, den gesamten Weg lang, der ihn ein paarmal gezwungen hatte, eines der wirklich hohen Wohnhäuser oder die vertikalen Gemüseplantagen im Gardener's District zu umlaufen. Keine 30 Minuten hatte er gebraucht, aber jede einzelne davon war 60 Sekunden zu lang gewesen.

Auf der Hälfte der Strecke hatte er einen weiteren Versuch gemacht, zu Hause anzurufen. Es hatte sich eine fremde Stimme gemeldet. Eine Frau. Kurz, streng, kalt. Jackson hatte die Verbindung sofort unterbrochen.

Die Hoffnung, dass sich alles als ganz harmlos erweisen würde, hielt ihn auf Trab. In einem wilden Tanz um die Fahrzeuge überquerte er den vierspurigen Freeway und löste ein Hupkonzert aus. Als er das umfriedete Gelände der Parkfield-Siedlung erreichte, sah er als Erstes Ramil. Und die Hoffnung starb. Ramil klebte nicht auf seinem Stuhl im Pförtnerhäuschen. Jackson hatte ihn noch nie außerhalb dieses Kabuffs gesehen. Oft hatte er sich gefragt, ob es eine unterirdische Rollbahn gab, über die er kam und wieder verschwand.

Ramil wanderte kopfschüttelnd die Zufahrt auf und ab. Der Kies knirschte unter seinen Füßen, die weißen Steinchen, die keine waren, sondern wie so vieles in der City aus recyceltem Plastik bestanden. Ramil knetete die Finger der linken in denen der rechten Hand, dann wechselte er, zog ein Taschentuch hervor und wischte sich über das Gesicht.

»Mein Gott, Jackson«, ächzte er. »Alle Himmel! Deine Eltern«, rief er, bevor Jackson die Pforte erreicht hatte. »Sie werden gerade …«, Ramil suchte nach dem richtigen Wort, »… abgeholt.«

Jackson sagte nichts. Er rannte weiter. Vor dem Haupteingang parkten die dunklen Fahrzeuge, die er schon einmal vor einem anderen Haus gesehen hatte. Vor dem der Flemings.

Zwei wuchtige Typen bewachten die Drehtür, die ins Innere führte, einer stand ebenso breitbeinig neben einem Transporter. Die Flügel der Tür begannen zu rotieren. Zuerst tauchte eine Reisetasche auf, die Jackson sofort erkannte. Sein Vater nutzte sie für mehrtägige Aufenthalte auf den Außenplattformen, wenn dort die Süßwasseranlagen gewartet werden mussten.

Sein Vater trat heraus. Auf seinem anderen Arm saß Celine mit der Jayjay-Jellyfish-Decke, die Jackson seiner Schwester zum fünften Geburtstag geschenkt hatte.

Jackson holte den letzten Rest Sauerstoff aus seiner Lunge, spürte, wie das Adrenalin durch seinen Körper schoss und ihm noch einmal neue Kraft gab. Aber er konnte nicht schnell genug auf das reagieren, was er aus dem Augenwinkel wahrnahm.

Etwas näherte sich von der Seite.

Jemand musste sich hinter den dichten Lorbeersträuchern, die die Auffahrt säumten, versteckt haben. Der Schlag auf seine Schläfe schmerzte nicht. Nicht im ersten Moment. Vor seinen Augen tanzten bunte Lichter. Der Parkfield-Tower drehte sich zu einer Spirale, wie das Wasser in einem Abfluss.

Jacksons Beine knickten ein.

Er spürte, dass ihn jemand auffing und zischte: »Schnell, weg mit ihm.«

Kohlschwarze Dunkelheit umhüllte Jackson. Tiefe Stille.

16.

»Arzt …« – »… spinnst …« – »… Wunde …« – »… Tag …« »… Nacht …«

Stimmen, Wörter, Fetzen, dazwischen ein Geruch, der Jackson bekannt vorkam. Alles drang aus weiter Ferne zu ihm, bewegte sich auf Jackson zu und driftete wieder ab.

Eine Person? Zwei?

Jackson wollte die Augen öffnen, aber es ging nicht.

»Du hast zu fest geschlagen.«

Bekannt. Die Stimme. Weich. Warum dachte er an Federn? Zeichenkohle, Tee und Hubackle kamen ihm in den Sinn.

»… musste schnell gehen und außerdem hab ich so was noch nie gemacht.«

Es waren zwei Personen, zwei Frauen oder Mädchen?

»Ich habe den ersten Dan im Taekwondo. Ich weiß, wie man so etwas macht. Warum hast du mich nicht …«

»Hör auf mit deinem blöden schwarzen Gürtel. Haste dich überhaupt schon mal richtig mit einem geprügelt? Mit einem, der dir ans Leder will, he? Hab es gemacht, weil wir es so besprochen hatten. Weil du auf keinen Fall gesehen werden durftest. Weil …«

Jacksons Augenlider zuckten.

»Er wacht auf.«

Darf ich dich Jackie nennen? Sie hatte mit ihm gesprochen, die eine Stimme hatte mit Jackson gesprochen. Aber wo und wann?

Das Dröhnen in seinem Kopf überdeckte alles. Es summte. Es tat weh. Schrecklich weh. Schlimmer als nach einem Sturz in Meister Changs Unterricht.

Unterricht? Schule? Die Stimme kannte er aus der Schule.

»Geh zur Seite und hol mir einen neuen Eisbeutel, Scout.«

»Bin ich dein Dienstmädchen?«

Crockies Projekte.

»L-l-ou«, kroch es über Jacksons Lippen. Kaum hörbar, nicht einmal für ihn selbst.

»Hast du etwas gesagt?«

Jackson öffnete die Augen. Schmerz. Stechender Schmerz ließ die Augen wieder zuschnellen.

Der Raum war abgedunkelt, aber schon der geringste Lichtstrahl schnitt schmerzhaft durch seine Gehirnwindungen. Die Person, die neben ihm gesessen hatte, sprang auf, es schaukelte, gluckste, ihm wurde übel. Er hörte das Sirren einer Jalousie, die geschlossen wurde. Einer neuer Versuch, die Augen zu öffnen. Jetzt ging es besser.

Wieder das Schaukeln und Glucksen. Jackson würgte, klappte den Oberkörper reflexartig nach vorne und übergab sich. Es kam nur galliger Schleim, aber das reichte.

»Verdammte Scheiße«, bellte die andere Stimme. »Ihr macht mich alle fertig, soll ich hier sämtliche Teppiche absäbeln?«

Jackson öffnete die Augen. Obwohl es dunkel in dem Zimmer war, erkannte er Lou sofort. Die andere Person war ein Mädchen mit einem kahl rasierten Schädel.

»Wo bin ich? Was machst du hier? Wer ist ...?« Jackson riss die Augen auf. »Celine? Wo ist meine Schwester?«

»Das ist kompliziert, du musst dich erst noch ein bisschen ausruhen«, sagte Lou.

»Nichts muss ich, wo ist sie?« Jackson wollte aufspringen, fand aber keinen Halt, weil es wieder schaukelte unter ihm.

»Das ist ein Wasserbett.« Lou grinste.

Lou stützte ihn unter dem Arm. »Komm, ich helfe dir.«

»Ohooo, die gute Seele.« Der Ton des anderen Mädchens war deutlich. Besonders gut leiden konnten die beiden sich nicht. »Sitz 'ne Nacht und 'nen Tag bei dem Typ am Bett und nu' kommt Oberschwester Louise.« Sie knallte den Eisbeutel, den sie geholt hatte, auf den Nachttisch und stapfte aus dem Zimmer. »Ich mach an der Maschine weiter, tut wenigstens eine von uns was Sinnvolles.« Draußen setzte ein Geräusch ein, das Jackson nicht zuordnen konnte. Es klackerte und surrte abwechselnd und wiederholte sich wieder und wieder.

Lou stopfte Jackson ein Kissen in den Rücken und beschwor ihn: »Bleib bitte, wo du bist. Ich kann dir alles erklären. Wahrscheinlich hast du eine ordentliche Gehirnerschütterung, da ist es besser, wenn du Ruhe hältst.«

Jackson tastete seine Schläfe ab. Sie fühlte sich dick an, er zuckte und stöhnte, als er eine mit Pflaster verklebte Stelle berührte.

»Mit vier Stichen genäht«, sagte Lou. »Das gibt eine sehr schicke Narbe an der Augenbraue. Ganz sicher, das hat Scout nämlich gemacht. Sie ist nicht so geeignet für die feinen Dinge. Das blaue Auge ist aber in ein paar Tagen wieder verschwunden.«

»Was ist passiert?«, fragte Jackson. »Jemand hat mich niedergeschlagen.« Jedes einzelne Wort schien auf dem Weg durch die Gehirnzellen einen Stepptanz zu vollführen.

Lou lächelte. »Äh, ja. Das waren wir. Aber reg dich bitte nicht auf. Es ging nicht anders.«

Ihm wurde erneut übel. Er musste den Kopf etwas tiefer legen. Lou hatte ihm eine Platzwunde am Kopf verpasst? Aber warum?

»Wir machen einen Deal, okay?« Lou wartete keine Antwort ab. »Du bleibst ruhig liegen, presst diesen Eisbeutel auf deine Augenbraue und hörst dir an, was ich dir zu sagen habe. Damit hilfst du deiner Schwester und deinen Eltern am meisten. Du kannst im Augenblick sonst nichts für sie tun.«

Jackson nahm den Eisbeutel, schloss die Augen und drückte ihn auf die schmerzende Stelle.

»Diese City ist nicht das, was sie uns vormacht«, sagte Lou. »Ich hoffe, das ist dir jetzt klar.«

»Was redest du da?« Jackson konnte nicht weitersprechen. Er legte sich lieber wieder flacher hin.

»In Ocean City geht es dir nur so lange gut, wie du keinen Ärger machst. So eine Nummer wie die mit Crockies Konto lassen sie niemand durchgehen. Damit bist du weg vom Fenster. Wie dein Freund Crockie.«

»Dann sollen sie das verdammte Ding eben bekommen.« Jackson war noch so benommen, dass er selbst nicht merkte, was er da redete.

Lou grinste. »Also weißt du, wie er es gemacht hat? Was für ein Ding hat er benutzt? Wie geht das?«

»Nichts weiß ich.«

»Wenn du etwas weißt, musst du es mir sagen, Jackson. Wir kommen nicht an Crockie heran. Aber wenn du uns mit ein bisschen Zeit ausstatten kannst, dann vielleicht schon! Crockie wird irgendwann den Mund aufmachen oder ausgewiesen. Mitsamt seinen Eltern. Und du auch. Und deine Schwester und deine Mum und dein Dad. Verstehst du das? Das Ding, das ihr gebaut habt, ist für die Nebensache.«

»Ach ja? Und warum schießen sie deshalb auf Crockie? Lassen meinen besten Freund sterben?«

»Dein Freund ist nicht tot«, sagte Lou.

Jackson schluckte. Was hatte sie da gesagt?

»Wie … was meinst du?«, stammelte er.

Lou sah Jackson an. »Crockie lebt!«

Jackson hörte die Worte, aber glauben konnte er sie nicht. Was sollte das heißen? Er war doch dabei gewesen! Er hatte gesehen, wie Crockie angeschossen worden war! Er hatte seinen leblosen Körper gesehen!

»Du hast keine Ahnung, wovon du redest!« Jackson merkte, dass er sich mit einer Hand an der Bettdecke festkrallte, als er sagte, was er bisher nur Henk gesagt hatte: »Ich war dabei! Ich habe es gesehen! Er hat es nicht überlebt. Er wurde angeschossen und ist dann im Kanal ertrunken!«

Lou nahm Jacksons Hand. »Er war vielleicht kurz bewusstlos und ist mit Sicherheit verletzt, Jackson. Aber er hat es überlebt! Wir *wissen* es. Wir haben Beweise!«

Jackson schüttelte den Kopf. »Die will ich sehen!«

Lou zog einen kleinen Gegenstand aus der Hosentasche. Jackson erkannte, dass es ein Datenstick war. Sie verband ihn mit dem Monitor an der Wand am Fußende des Bettes.

»Nicht erschrecken, Jackson. Sie haben ihm die Haare geschnitten«, warnte Lou ihn noch vor. Dann startete sie die Videoaufnahme.

Jackson schrie auf. Er erkannte seinen Freund sofort, auch wenn Crockies Frisur nun der von Scout ähnelte. Von seinen wolligen, langen Haaren keine Spur mehr, nur noch ein paar ungleichmäßig geschorene Stoppeln. Crockie saß an einem Tisch. In einem Verhörraum. Kahl und kalt war der Raum. Crockie starrte vor sich auf den Tisch. Es war Crockie. Eindeutig. Ein Mann und eine Frau redeten auf ihn ein. Sie kamen Jackson bekannt vor, er hatte sie schon einmal irgendwo gesehen. Sie drohten Crockie, stellten Fragen, wollten Namen wissen.

Jackson brauchte einen Augenblick, bis er sich gefangen hatte. »Aber der Krankenwagen.«

Lou nickte. »Vermutlich haben die eine ziemliche Show abgezogen, weil sie wussten, dass du noch in der Nähe warst. Du solltest glauben, dass Crockie tot ist. Wie wir es alle glauben sollten.«

Jackson wollte sich den Tag, an dem Crockie angeschossen worden war, eigentlich nicht wieder und wieder ins Gedächtnis rufen. Andererseits war er so präsent, als wäre er nie vegangen, dieser Augenblick. Es konnte schon sein, dass Crockie überlebt hatte. Jackson war zu weit weg gewesen, um das beurteilen zu können. Und dann war da noch die Sache mit Omar und Crockies Konto. Das passte zusammen.

»Sein Zeitkonto ist noch aktiv, das haben Henk und ich herausgefunden.«

»Es geht denen um etwas ganz anderes als eure Manipulation der Zeitkonten«, erklärte Lou.

»Um was denn, bitte schön?« Jackson merkte, dass er wütend wurde. Lou verfügte anscheinend über Informationen, die sie bisher verschwiegen hatte. Was sollte das? Was wollte sie?

»Es geht denen um uns. Sie wollen Namen von Crockie hören. Meinen Namen, Scouts Namen und noch ein paar mehr. Sie glauben, er gehört zur Organisation. Sie glauben, dass sie uns ein für alle Mal fertigmachen können.«

Lou reichte ihm eines der Flugblätter, die am Tag der Zeremonie vor der Townhall abgeworfen worden waren. *Freizeit ist Freiheit,* schrie ihm die Überschrift entgegen.

»Wir drucken es mit einer uralten Maschine, die Matt seinerzeit noch selbst besorgt hat.«

Jackson erinnerte sich an die Worte von Rufus Gainsbourgh: *»Scheinbar sind ein paar Leute wieder auf den Spuren von Matt Fuller unterwegs. Haltet euch fern von denen, klar?«*

Jackson berührte das Papier und stellte fest, dass die Farbe noch nicht trocken war.

»Organisation? Namen? Fertigmachen? Was soll der Quatsch? Woher hast du dieses Video überhaupt? Gehörst du zur Abteilung Z?«

»Das ist ein ziemlich schlechter Witz«, sagte Lou. »Wir haben Leute an einigen sehr wichtigen Stellen der City, nicht viele, aber in den richtigen Positionen. Wenn sie auffliegen, ist alles vorbei.«

»Wenn Crockie etwas mit irgendeiner Organisation zu tun gehabt hätte, wüsste ich es«, sagte Jackson. »Er ist mein bester Freund. Wir wissen alles voneinander.«

»Aha.« Lous Ton wurde schnippisch. »Aber nicht, dass er im Alleingang so ein Ding gebastelt hat, mit dem er jedes beliebige Konto aufpeppen kann?«

Jackson pfefferte den Eisbeutel quer durch das Zimmer. »Hältst du mich für bescheuert? Meinst du, ich merke nicht, dass das eine Falle ist? So weit kann ich noch denken, auch wenn ihr mir den Schädel fast eingeschlagen habt. Ich weiß auch deine nächste Frage: Sag mir, wo die Zauberkiste hängt! Das willst du doch wissen.«

»Richtig.«

Jackson sprang auf. Der Raum wirbelte um ihn herum. Er schloss die Augen, aber das machte alles nur schlimmer. Er riss sie wieder auf und stützte sich auf einer Kommode neben dem Bett ab. Er ballte die Faust.

Lou saß immer noch neben dem Bett. »Wenn du hier randalieren willst, hoffe ich, dass du gut versichert bist. Aber nein, du hast ja Zeit genug – musst nur Crockies Trickkiste anwerfen.«

»Ich kaufe mir das ganze Apartment hier, wenn ich will.« Er biss sich auf die Lippen. Irgendwie hatte er echt was auf den Kopf gekriegt und sein Gehirn funktionierte langsamer als der Mund.

»Vielen Dank für die Information. Es wäre blöd gewesen, wenn wir uns den ganzen Stress für ein paar Minuten gemacht hätten. Mehr als ein neues T-Shirt brauchen wir nämlich ganz bestimmt.«

»Wofür?« Jackson versuchte, sich so kontrolliert wie möglich auf den Stuhl vor einem Schminktisch zu setzen. Er schreckte zurück, als er in den Spiegel schaute.

»Scout hat es ein bisschen übertrieben. Wir wollten eigentlich nur verhindern, dass du ihnen direkt in die Arme läufst.«

Wie auf ein Kommando stand das andere Mädchen in der Tür. »Sind wir endlich so weit?«

»Scout, er braucht noch ein bisschen«, sagte Lou.

»Er braucht gar nicht. Wir müssen die Wohnung räumen. Die Eigentümer kommen früher zurück. Lou, du sammelst allen Kram und Müll auf, dann putzt du die Butze. Die Jungs kommen gleich und bauen die Maschine ab. Macht er mit?« Sie deutete auf Jackson.

Mache ich mit?, fragte sich Jackson. Bei was sollte er mitmachen? Er antwortete nicht.

Lou schwieg ebenfalls.

Scout wurde pampig. »Hast du es ihm nicht gesagt?«

»Wir waren noch nicht so weit.«

»Wir waren noch nicht so weit?« Scout durchquerte den Raum mit wenigen Schritten, packte Jackson an den Schultern und wirbelte das, was sich in seinem Kopf gerade geordnet hatte, erneut durcheinander. Bei jedem Wort schüttelte sie Jackson: »Was. Gibt. Es. Da. Zu. Überlegen?«

Jackson schubste sie von sich.

»Du hast behauptet, dass das ein Kinderdings, total easy mit ihm sei, dass du ihn fix dazu bringst«, schrie Scout Lou an.

»Halt den Mund«, zischte Lou.

»Tu ich nicht.«

Scout baute sich direkt vor Jackson auf.

»So, Jungchen. Wir holen Matt Fuller zurück in die City.«

»Was habt ihr mit Matt Fuller zu tun?«, fragte Jackson.

»Wonach sieht es denn aus?« Scouts Stimmung kochte hoch. »Na, immerhin weißt du, wer das ist. Wir sorgen dafür, dass er zurückkommt und diesem Terror hier endlich ein Ende macht.«

Lou versuchte, sie zu beruhigen. »Schon gut, Scout. – Die Gruppe, die Matt vor Jahren gegründet hat, ist nie ganz zerschlagen worden. Ein paar Leute haben im Untergrund weitergearbeitet und neue Verbündete gesucht. Alle hatten die Hoffnung, dass Matt irgendwann zurückkommt. Viele haben dann aber doch aufgegeben oder wir wissen nichts davon, dass sie uns unterstützen würden. Die Informationen liefen alle bei Matt zusammen. Wir brauchen ihn und wir holen ihn zurück. Das ist der Plan. Ab und zu bekommen wir Nachrichten von ihm, die irgendwie in die City geschmuggelt werden. Bald ist es so weit. Wenn wir in die Nähe des Festlands kommen. – Wusstest du, dass er auch auf die Kellington High gegangen ist?«, wechselte sie plötzlich das Thema.

Sind das Tränen, was da in ihren Augen schimmert?, fragte Jackson sich, aber er schwieg und nickte.

»Aber er taucht nirgendwo in den Jahrbüchern auf«, sagte Lou. »Die Kellington High ist nicht irgendeine Schule. Alle Generalsekretäre der Zentralbank waren Schülerinnen oder Schüler der

Kellington High. Der ganze Aufwand an dieser Schule dient nur dazu, dass einer von euch einmal der Boss der City wird.«

»Uns«, sagte Jackson.

»Was?«, fragte Lou.

»Nicht einer von euch, sondern einer von uns. Du bist auch Schülerin an der Kellington High.«

»Aber nur, weil jemand nachgeholfen hat.«

»Was heißt das?«

»Ein paar von unseren Leuten sitzen ganz weit oben in der …«

»Was ist das hier für ein Kaffeeklatsch«, fuhr Scout dazwischen. »Wir sind nicht bei Amber Luckys lustiger Rate-Runde auf TV4. In knapp fünf Tagen treibt uns die Strömung auf das Festland zu. Und da haben sie Matt Fuller ausgesetzt. Hast du nicht gemerkt, dass die City sich dreht? Die sauberen Damen und Herren vom Vorstand planen ein Landemanöver an einem der Schwimmdocks.«

Jackson erinnerte sich, wie er aufgewacht war und die Sonne ihm ins Gesicht geschienen hatte.

»Weißt du, wer uns dort verlassen muss? Alle Leute, die verdammt noch mal keinen Bock auf den ganzen *floating Freedom*-Terror, auf *kindly & smooth* und auf *Care & Share* haben. Die mit ihrer verdammten Zeit machen wollen, wozu sie Lust haben. Wir brauchen verdammt viele Minuten, um ein verdammt schnelles Boot zu bekommen, damit wir Matt zurückholen können. Wenn wir das nicht schaffen, werden deine Eltern auf dem Kontinent ausgesetzt. Deine süße Schwester wird in der miesen Obhut der City landen und dann ist Schluss mit Jayjay-Jellyfish. Versprochen.«

Sie rannte hinaus und war eine halbe Minute später wieder da, um Jackson ein Stück Stoff vor die Füße zu werfen.

Die Decke.

Celines Decke.

Jackson presste sie sich aufs Gesicht und roch den letzten Hauch des Jayjay-Jellyfish-Parfüms, das seine Schwester auf alles sprühte, was sie besaß. Süßlich, schrecklich, aber seine kleine Bohne.

Scout riss ihm die Decke wieder aus der Hand, so schnell, dass er sich nicht an ihr festklammern konnte. Mit einer schwungvollen Bewegung wickelte sie ihm die Decke um den Kopf und zurrte sie um seinen Hals herum fest.

Jackson schnappte nach Luft, zerrte an dem Stoff.

»Spinnst du?«, schrie Lou.

»Grischa, Fjodor?«, rief Scout. »Lasst die Druckmaschine stehen, das machen wir später. Ihr müsst erst einmal den hier entsorgen.«

Jackson spürte, wie Scout ihm ganz nah kam, seinen Kopf in die Hände nahm und ihm ins Ohr zischte: »Wenn du's dir überlegt hast, kannst du gerne wiederkommen. Wenn du uns verpfeifst, komme ich zu dir!«

17.

Jackson stand im Regen. Es regnete in diesen Breiten um diese Jahreszeit selten und erschien ihm wie ein ziemlich banales Zeichen des Himmels.

Er hatte sich gewehrt, aber Grischa und Fjodor erwiesen sich als harte Kerle. Sie hatten ihn gefesselt und mit Celines Decke über dem Kopf aus dieser Edelwohnung geschleppt und in einem Fahrzeug hier rausgeschafft.

Die Fahrt war bis auf den Regen, der auf das Dach des Wagens prasselte, ziemlich ruhig gewesen. Jackson konnte kaum einschätzen, wie weit sie gefahren waren.

Irgendwann stoppte der Wagen. Ohne ein Wort zu verlieren, setzten die beiden Typen ihn auf der Straße ab. Seine Handfesseln lösten sie. Bis er sich von der Decke befreit hatte, waren sie bereits um die nächste Ecke verschwunden.

Regen. Kopfschmerzen. Celines Decke.

So stand er da und versuchte sich zu orientieren. Bei dem Wetter war wenigstens kaum jemand auf der Straße. Sein Gesicht musste aussehen, als sei er gerade Doktor Frankensteins Labor entsprungen. Ein paar Schritte weiter stand ein Teleport.

Der Teleport gab ihm Auskunft darüber, wo er war. Bezirk 11, keine sehr gute Gegend, viele Menschen in einfachen Basiswohnungen, die meisten träumten wahrscheinlich nicht mehr von einem Aufstieg in eine der besseren Gegenden.

Jackson konnte nicht nach Hause, das war klar. Er konnte kaum etwas unternehmen: sich nichts zu essen kaufen, keinen Hubackle am Automaten ziehen, niemand anrufen. Jede Abbuchung von seinem Decoder würde seinen Standort verraten.

Er konnte nicht einmal Kontakt zu Henk aufnehmen.

Die Vermeulens wohnten in einer Zone, die den leitenden Angestellten der Forschungsinstitute vorbehalten war, und dort wurde man dreifach überprüft, wenn man nur die Parkplätze säubern wollte. Außerdem musste er davon ausgehen, dass es Henks Familie nicht anders ergangen war als den Crowlers.

Was auch immer gerade abging, selbst wenn dieser ganze Mist um Matt Fuller ausgewiesener Bockmist war – Jacksons Eltern und seine Schwester waren weggeschafft worden und sie würden es mit ihm nicht anders handhaben.

Jackson ging zu einem der nahe gelegenen Wohnblocks. Sie waren alle ähnlich aufgebaut: breite Quader mit ungefähr 30 Metern Seitenlänge, die sich über einige Stockwerke unter die Wasseroberfläche und 20 Stockwerke in die Höhe erstreckten. Üblicherweise lagen unten die Wirtschaftsräume und die Tiefgarage, obwohl hier kaum jemand über den Luxus eigener Fortbewegungsmittel verfügte. An einem der Häuser entdeckte er einen offenen Zugang, der in eine Waschküche führte.

Es war schon spät. Wenn er Glück hatte, würde um diese Zeit niemand mehr seine Unterhosen waschen. Neben einem Trockenautomaten quetschte er sich in eine Ecke und legte sich Celines Jellyfish-Decke um die Schultern.

Sein Kopf dröhnte immer noch, viel schlimmer war jedoch die unendliche Müdigkeit, die in ihm steckte. Er musste bei Lou in diesem Luxusapartment mindestens zwei Tage ohne Bewusstsein verbracht habe, müde war er trotzdem. Er lehnte sich an den Trockner, der noch warm war. Es roch nach Waschmittel hier unten. Jackson schloss die Augen.

Als er sie wieder öffnete, schaute er in ein paar meergrüne Augen, die fast von einem strohfarbenen, struppigen Pony verdeckt wurden.

Ein Finger streckte sich Jackson entgegen und betastete die geschwollene Stelle unter seinem Auge.

»Auweia«, sagte das Mädchen, zu dem der Finger gehörte.

Jackson musste lächeln. »Das kannste wohl laut sagen.«

Das Mädchen legte den Zeigefinger auf die Lippen. »Besser nicht.«

»Besser leise?«, flüsterte Jackson. »Warum denn? Gehörst du zum Stamm der Leisetreter? Bis du die Squaw Leise Zunge?«

Das Mädchen kicherte.

»Ich bin Häuptling Blaues Auge.« Jackson schaute verschwörerisch nach links und rechts. »Musst du nicht längst im Bett sein?«

Das Mädchen kicherte wieder. »Es ist doch schon hell und Mama ist längst zur Arbeit.«

Jackson sprang auf und warf einen Blick durch eines der schmalen Oberlichter. Tatsächlich. Die Sonne schien bereits. Er hatte die ganze Nacht neben dem Trockner verpennt. Ihm wurde ein wenig schwindelig. Und sein Magen knurrte.

»Wie heißt du denn?«, fragte er das Mädchen.

»Ich bin die Marli. Und wer bist du?«

»Ich bin …« Jackson zögerte. »Ich bin Bobby.«

»Du hast eine schöne Decke«, sagte Marli.

»Musst du nicht zum Frühstück?«, fragte er. Ein Plan nahm in seinem Kopf Gestalt an.

Marli schüttelte den Kopf. »Frühstück steht im Kühlschrank. Mama hat Frühdienst.«

»Und dein Papa?«

»Wir sind ohne Papa. Wir kommen ohne Männer aus«, sagte sie. »Gehört die Decke dir?«

»Klar, möchtest du sie haben?«

Die grünen Augen strahlten plötzlich. »Ich darf nichts von Fremden nehmen.«

»Hey, wir gehören doch beide zum Stamm der Leisetreter«, sagte Jackson und legte die Decke um Marlis Schultern. »Du sagst einfach, dass du sie gefunden hast.«

Die grünen Augen strahlten noch ein bisschen mehr.

»So, jetzt muss ich aber los«, sagte Jackson. Er bewegte sich auf die Tür zu, durch die er am Abend hineingekommen war.

»Tschüss, Bobby«, sagte das Mädchen.

Kurz bevor Jackson den Ausgang erreichte, drehte er sich noch einmal um. »Oh, kleine Squaw Leise Zunge, Häuptling Blaues Auge hat noch ein Problem.« Er klemmte die Beine zusammen, als müsse er dringend pinkeln.

Henk sah, wie das blaue Lämpchen am privaten Teleport der Vermeulens flackerte. Die Familie besaß nicht nur eins von diesen teuren Geräten, sondern gleich drei. Je eines für den privaten Gebrauch in der offenen Küche und im Schlafzimmer seiner Eltern und eines im Homeoffice seines Vaters mit einer eigenen Nummer.

Sein Vater war längst aus dem Haus, seine Mutter föhnte unter lautem Getöse ihre Mähne. Nur Arjen saß über einem Teller Müsli und blätterte nebenbei in einem Comicheft. Als kurz nach dem

Aufleuchten des blauen Lämpchens auch das Anrufersignal ertönte, ließ Arjen den Löffel in das Müsli platschen und stürmte zu dem Apparat an der kleinen Theke, die die Küche vom Essbereich trennte.

Mit einem schnellen Sprung kam Henk ihm zuvor.

Seit Tagen belauerte er den Teleport. Der Anruf musste irgendwann kommen. Ein Anruf oder irgendeine andere Nachricht.

»Ich war zuerst«, maulte Arjen.

»Wer hält den Hörer in der Hand? Du oder ich?« Henk stieß ihn weg.

Unbekannter Anrufer, zeigte das Display an und eine Nummer, die er nicht kannte. Sie begann mit einer 11, also kam der Anruf aus Bezirk 11. Henk kannte niemand dort draußen. Eine freundliche Stimme sagte: »Dies ist ein Recall-Anruf. Wenn Sie die Kosten übernehmen …« Henk drückte eine Taste und antwortete laut: »Ja.«

»Mama sagt, wir dürfen keine Recall-Anrufe annehmen«, rief Arjen.

»Halt den Mund«, blaffte Henk.

»Wie bitte?«, antwortete die Stimme aus dem Hörer.

»Nicht du«, sagte Henk leise. »Wo bist du?«

Am anderen Ende entstand eine Pause, dann antwortete Jackson: »Ist egal. Im Indianerland.«

»Spinnst du?«, fragte Henk.

»Wo bist du? Könnte ich auch fragen«, antwortete Jackson.

»Du spinnst wirklich, du hast doch bei mir zu Hause angerufen, also bin ich zu Hause.«

»Das wundert mich.«

Henk spürte die Kälte in Jacksons Stimme.

»Meine Eltern und Celine sind verhaftet worden«, sagte Jackson.

Henk hörte, wie eine Mädchenstimme am anderen Ende leise fragte: »Häuptling Blaues Auge, was ist denn *verhaftet*?«

»Ich hätte noch ein paar andere Neuigkeiten«, fuhr Jackson fort. »Und ein paar Fragen hätte ich auch. Wir müssen uns treffen.«

»Die Schule beginnt in einer guten Stunde, Jackson, das geht nicht. Heute Nachmittag, bevor ich zum Aufbaukurs gehe, okay?«

»Nein, nicht okay«, fauchte Jackson. »Gar nicht okay. Wie es gerade aussieht, werde ich nie wieder zur Kellington High gehen. Es läuft wirklich verdammt mies, jedenfalls für mich. Du weißt, bei wem wir uns treffen!«

»Bei Ru...«

»Keine Namen hier. In genau einer Stunde.«

Es knackte in der Leitung. Das Display zeigte *Gespräch beendet,* an. »Danke, dass sie Ocean City Teleport-Services genutzt haben«, säuselte die Frauenstimme in der Leitung. »Ihnen werden 5 Minuten zum Recall-Basistarif belastet.«

»Wer war das?«, fragte Arjen.

»Du bist eine neugierige kleine Ratte«, sagte Henk.

Arjen ließ nicht locker. »War das Jackson?«, plapperte er weiter. »Mama hat zu Papa gesagt, dass die Crowlers fies in der Patsche sitzen und dass es ganz schön peinlich ist, dass Papa Celine bei der Zeremonie einen Platz in der Townhall besorgt hat und dass wir aufpassen müssen, dass wir deswegen keinen Ärger kriegen. Warum kann ich Ärger kriegen, wenn Jackson und ...«

Henk setzte sich zu seinem Bruder an den Tisch. Er nahm das Comicheft, das neben Arjens Teller lag. »Captain Octopus«, sagte er und drehte und wendete das Heft. »Ich könnte mir vorstellen, dass sich jemand über die nächsten zehn Ausgaben sehr freuen würde.«

Arjens Augen weiteten sich. »Willst du sie mir schenken?«

»Nein«, sagte Henk. »Du musst sie dir verdienen. Du hältst dein Schnattermaul, keinen Ton über diesen Anruf, okay?« Seinem Bruder würde das schwerfallen, das war klar. Aber die Comichefte, gleich zehn davon, würden ihm dabei helfen.

Arjen fuhr mit zusammengepresstem Daumen und Zeigefinger über seine Lippen und bedeutete Henk damit, dass sein Mund sich zumindest in dieser Sache nicht mehr öffnen würde. Arjen juchzte und rannte in sein Zimmer.

Henk nutzte den kurzen Augenblick, den er allein sein würde. Er zog einen Zettel hervor, tippte am Teleport eine Nummer ein und wartete.

»Ambrose di Gallo«, meldete sich eine Stimme. »Hinterlassen Sie mir nach dem Signal eine Nachricht, ich rufe zurück.«

Das Risiko, erwischt zu werden, war im morgendlichen Berufsverkehr gering. Wenn Jackson rechtzeitig am vereinbarten Treffpunkt sein wollte, musste er die Subway nehmen und schwarzfahren. Er war sich halbwegs sicher, dass Rufus Gainsbourgh keinen Ärger machen und den Sicherheitsdienst oder diesen di Gallo informieren würde.

In seinem Kopf ging alles durcheinander. Die Gedanken an Celine und seine Eltern, an Crockie mit diesen Fesseln an Händen und Füßen und an Henk. Jackson wunderte sich, dass Henk und mit ihm seine Familie einfach so herumlaufen und ihrem Alltag nachgehen konnte.

Hatte Crockie in dem Verhör etwas gesagt, das nur Jackson belastete? Nein, das war unmöglich. Crockie würde ihn niemals verraten.

Ein Mann, der an der Tür gegenüber im Waggon stand und bisher die Werbung auf den Displays, die in die Fenster integriert waren, verfolgte, schaute Jackson an und begann zu lächeln. »Schlechte Nachrichten bekommen?«, fragte er.

Jackson begriff nicht sofort, dass er gemeint war. Offensichtlich hatte sich sein Blick beim Gedanken an Crockie verfinstert.

Jackson wandte sich schnell ab, ging zur nächsten Tür und stieg aus, obwohl er eigentlich noch eine Station fahren musste. Er wollte mit niemandem reden, nicht auffallen, am liebsten unter einer Tarnkappe verschwinden. Außerdem war es sowieso besser, nicht durch den Vordereingang in Rufus' Kiosk zu spazieren.

Wenn er sich von hinten über die alten Lagerhallen näherte, konnte er auf das Flachdach des Kiosks gelangen und durch die Luke einsteigen, die Crockie, Henk und er schon einmal benutzt hatten, um sich auf dem Dach in die Sonne zu legen. Ein paarmal hatte Jackson sich schon gewundert, dass ein solch verschwenderischer Umgang mit dem wenigen Platz in dieser Gegend erlaubt wurde. Ein Gebäude mit nur einem Stockwerk, zudem auch noch ein verschrammelter Kiosk! Jetzt kam es Jackson gerade recht.

Er zog sich an den Abluftrohren des Lagerhauses hoch. Über seine vollen Kräfte verfügte er noch immer nicht, außerdem bohrte sich der Hunger durch seine Eingeweide. Die kleine Marli hatte ihm nicht nur den Teleport gezeigt, sondern ihm auch einen Pfannkuchen vom Vortag hingeschoben. Das pappige Ding hatte seinen Kohldampf gemindert, jetzt meldete er sich zurück. Er lief über das Flachdach des Lagerhauses, bis er Rufus' Kiosk und die Straße in den Blick bekam.

Was er da sah, gefiel ihm nicht.

Die Bedeutung dessen, was er beobachtete, sickerte nur langsam in sein Hirn und in sein Herz. Es gab nicht viele Möglichkeiten und nur eine lag geradezu auf der Hand.

Im Hof standen zwei Männer. Der Rothaarige und der Stinker, beide nicht in ihrer Uniform, sondern in gemütlichen Zivilklamotten, als wollten sie zusammen ein Spiel der Ocean Dragons im Fernsehen anschauen.

Die Hintertür des Kiosks öffnete sich. Der Mann, der heraustrat, sah aus, als habe er in seinem Regenmantel geschlafen: Ambrose di Gallo.

Die Polizisten bemerkten Jackson, der vom Flachdach des Lagerhauses zu ihnen herunterguckte, nicht.

Verpiss dich, hau ab!, dachte Jackson, aber etwas hielt ihn.

Ambrose di Gallo redete auf jemanden im Inneren des Kiosks ein, so leise, dass nicht einmal Wortfetzen zu verstehen waren. Noch bevor die Person einen Schritt nach draußen machte und ins Licht trat, wusste Jackson es. Henk hatte ihn verraten.

18.

Er hatte den Jungen doch tatsächlich für ein paar Tage aus den Augen verloren. Hatte Jackson Crowler Lunte gerochen? Hatte er auf irgendeiner der Fährten, die er ausgelegt hatte, gemerkt, dass etwas nicht stimmte, dass jemand versuchte, ihn wie eine Schachfigur über das Spielbrett zu bewegen? Oder hatte Jackson Hilfe von einer Seite bekommen, die ihm verborgen geblieben war?

Es war ihm letztendlich egal. Je mehr und je besser Jackson ihn austrickste, desto geeigneter war der Junge für das, was er mit ihm vorhatte.

Wie gut, dass er di Gallos Anschlüsse überwacht hatte. Nach dem Anruf von Henk Vermeulen bei diesem Polizisten hatte er damit gerechnet, dass sie sich in dem Kiosk treffen würden, und sich auf den Weg gemacht, um rechtzeitig in seinem Versteck in den Lagerhäusern hinter dem Kiosk zu sein. Es war keine Zeit mehr geblieben, um in irgendeine seiner Verkleidungen zu schlüpfen. Die falschen Bärte und Augenbrauen, farbige Kontaktlinsen, Hautfarbenanpassungen, all das brauchte einfach zu lange. Nur eine Perücke hatte er sich schnell übergezogen. Er wollte mit eigenen Augen sehen, was nun passierte.

Die Scheiben der Lagerhalle hinter dem Kiosk waren für den Betrachter von außen milchig. Wenn man drinnen saß, hatte man jedoch ein gestochen scharfes Bild vor Augen. Außerdem wurde jede Ecke des Kramladens da unten von hochempfindlichen Kameras und Mikrofonen überwacht. Der Kiosk war in den letzten Monaten immer wichtiger für die Jungen geworden, also hatte er dafür gesorgt, dass ihm nichts entging, was dort geschah.

»Er wird kommen«, hörte er aus dem Lautsprecher seiner Überwachungsanlage Henk Vermeulen sagen. Die Mikrofone in dem Kiosk nahmen jeden Ton in bester Qualität auf. »Ganz bestimmt wird er kommen«, bekräftigte Henk noch einmal. Das kaum merkliche Zittern in der Stimme des Jungen verriet, dass er selbst nicht daran glaubte.

»Das will ich auch hoffen«, sagte der Polizist. »Er ist allmählich überfällig.«

Di Gallo war ein brauchbarer Mann, zumindest hatte er herausgefunden, dass Lydia Tremont ein doppeltes Spiel mit ihm spielte. Wenn er ahnte, dass dahinter noch ein Dritter die Karten mischte, würde er möglicherweise den Dienst quittieren.

»Sie müssen mir garantieren, dass mir und meiner Familie nichts passiert«, bettelte Henk Vermeulen.

»Ich verspreche gar nichts. Erst einmal will ich deinen Freund in die Finger kriegen, dann kannst du Bedingungen stellen«, servierte di Gallo den Jungen ab. »Vielleicht.«

Tja, das hast du davon, dachte der alte Mann. Untreue und Verrat machen sich selten bezahlt.

Von Henk Vermeulen hatte er eigentlich etwas anderes erwartet, aber er hatte sich getäuscht. Ganz abschreiben würde er den Kerl nicht, er war sicher noch zu gebrauchen. Im Sicherheitsdienst konnte man ihn einsetzen, in der Abteilung Z. Leute wie Meier und Schmidt waren ein ähnliches Kaliber.

Als er vor zwei Jahren begonnen hatte, sich Crockie, Henk und

Jackson genauer anzuschauen, war er sich unsicher gewesen, wer von dem Trio in die engere Wahl kommen würde. Am Ende hatten sie ihn alle überzeugt. Die Tests, die er unauffällig mit ihnen gemacht hatte, waren in ihren Ergebnissen alle überdurchschnittlich gewesen. Intelligent waren die Jungen sowieso, aber ihre besonderen Charakterzüge, ihr Fähigkeit, Probleme zu lösen und mit anderen zusammenzuarbeiten, all das lag ebenfalls weit über dem Durchschnitt.

Er musste nur aufpassen, dass ihm nicht noch einmal eine so tragische Fehleinschätzung wie damals mit Matt Fuller passierte.

Eigentlich hatte er auf Crockie gesetzt. Die unangepassten Typen, denen das Leben schon früh hart mitspielte, aus denen konnte man etwas machen. Crockie bestätigte auch jetzt wieder, dass er ein ungewöhnlicher Kerl war. Die langen Verhöre durchzustehen und keine Sekunde weich zu werden, die Freunde nicht zu verraten – das war nicht von schlechten Eltern.

Inzwischen zeigte sich, dass ebenso in Jackson Talente schlummerten. Und die waren nicht knapp bemessen, wie er genau in diesem Moment feststellte. Im Spiegelbild, das die Fensterscheibe des Kiosks warf, sah er eine Gestalt, die direkt über ihm auf dem Dach des Lagerhauses hockte.

Jackson Crowler.

»Willkommen zurück«, murmelte der alte Mann. »Dieses Mal verliere ich dich nicht wieder aus den Augen.«

Henk hatte ihn verraten. Jackson konnte es kaum fassen. Henk kannte er seit Ewigkeiten, länger noch als Crockie, seit dem ersten Tag der Primary School. Sie hatten nebeneinandergesessen. Sie beide. Vom ersten Tag an. Aus dieser Sitzordnung war eine Freundschaft geworden. Eine echte. Oder nicht?

Vielleicht war es ein Zufall, beschwor er sich. Oder sie hatten den Anschluss von Henk überwacht. Hatte er Rufus' Namen am Teleport gesagt? Bestimmt nicht. Oder sie hatten herausgekriegt, dass die drei sich öfter in dem Kiosk getroffen hatten, das war schließlich kein Geheimnis gewesen. Sogar Crockie hatte das in seinem Verhör zugegeben.

Mach dir nichts vor!, meldete sich eine Stimme in ihm. Ihr habt beide genauso viel oder wenig mit der Sache zu tun gehabt. Deine Eltern sind verhaftet worden. Seine nicht.

Mach. Dir. Nichts. Vor. Ausrufezeichen.

Henk hatte sich hauptsächlich dafür interessiert, dass man über die Kennung auf dem Gehäuse des Transponders auf ihn als Mittäter kommen konnte. Alles andere war Nebensache für ihn gewesen.

Als die Polizisten mitsamt Henk endlich abgezogen waren, ließ sich Jackson mit größter Vorsicht vom Dach der Lagerhalle runter auf den Hinterhof des Kiosks gleiten. Die Schmerzen in seinem Kopf wurden wieder heftiger. Die Beine knickten ihm weg. Er musste sich mit dem Rücken an die milchigen Fenster der Lagerhalle lehnen. Diese Scout hatte ihm die Birne ganz schön zermatscht.

Vermutlich war er hier im Augenblick einigermaßen sicher. Die Lagerhallen standen seit langer Zeit leer, sie hatten noch nie jemand dort angetroffen.

Der Hof hinter dem Kiosk war verlassen, die Hintertür von Rufus' Kiosk verschlossen. Jackson griff nach einem losen Stein, der aus dem Mauersims ragte. Zwei Schläge mit dem Stein reichten, um sie zu öffnen. Der Knauf brach ab und gab den Zugang frei. Das gewohnte Dämmerlicht umgab Jackson.

Im hinteren Bereich bewahrte Rufus Zeug auf, das man bestenfalls noch als Schrott bezeichnen konnte. Im Mittelteil, der eigentlich nur aus einem langen Gang mit deckenhohen Regalen bestand, lagerten elektronische Geräte, von denen zwar keines mehr funktionierte, die jedoch mit ein paar Tricks und Kniffen wieder zum Leben erweckt werden konnten.

Hier hatten sie sich beim Bau des Transponders bedient und Rufus hatte nie danach gefragt, was sie mit dem Zeug anstellten. Der Kram interessierte Jackson nicht mehr, nur einen alten Rucksack zog er aus dem untersten Fach hervor. *Schweizer Armee*, war darauf gedruckt und eine rote Fläche mit einem weißen Kreuz. Jackson kippte den Inhalt, lauter kleine Spangen und Ösen, auf den Boden.

Sein Magen knurrte immer lauter. Dem konnte man in Rufus' Kiosk Abhilfe schaffen. Der alte Mann würde es ihm verzeihen, wenn Jackson seinen Getränkekühlschrank und das Regal mit den Süßigkeiten und Snacks plünderte. Er stopfte alles in den Rucksack und schnappte sich einen alten quietschgelben Regenmantel, der an einem Haken neben dem Tresen hing. Als Kleidungsstück war er zu auffällig, aber das Wachstuch war so groß, dass er darunter auch bei Regen eine Nacht verbringen konnte, wenn er sich zusammenrollte. Genau darauf stellte er sich ein.

Jackson war schon auf dem Weg zur Tür, als ihm die Schublade direkt unter der Ladentheke einfiel. Er zögerte, sagte dann aber: »Verzeih mir, Rufus.« Mit einem Schraubenzieher, den er im hinteren Bereich fand, hebelte er das Schloss der Schublade auf. Beim ersten Versuch rutschte er ab und stieß sich den Schraubenzieher in den Handballen.

Blut quoll hervor.

»Verdammt«, fauchte Jackson. Wenn er so weitermachte, gab es bald kaum noch eine Stelle ohne Verletzungen an ihm.

Beim zweiten Versuch war er vorsichtiger. Das Schloss gab nach, es knackte und er konnte die Lade herausziehen. Rufus hatte seinen Ring hier liegen gelassen. Jackson betrachtete ihn das erste Mal aus der Nähe. Es waren tatsächlich drei ineinander verschlungene Rosen darin eingearbeitet. Aber Jackson suchte etwas anderes. Er öffnete die Schachtel. Da lagen sie. Jedes Einzelne eingebettet in dunkelgrünen Filz, die meisten hatten eine rote Griffschale, die genau wie bei dem Rucksack ein weißes Kreuz zierte. Taschenmesser mit mehr Funktionen, als ein normaler Mensch jemals nutzen konnte.

Er griff sich das größte Messer. »Danke, Rufus«, murmelte er und verschwand durch die Hintertür. Dort nahm er nicht den beschwerlicheren Weg über die Lagerhallen, sondern drückte sich an der Seite des Grundstücks entlang, wo ein schmaler Weg zur Straße führte.

Ein schneller Blick nach links und rechts: Nur ganz gewöhnliche Passanten eilten an ihm vorbei, vor allem stand keiner der schwarzen Wagen am Straßenrand, mit denen di Gallo und seine Leute durch die Gegend fuhren. Jackson schulterte den Rucksack, klemmte sich die zusammengefaltete Regenjacke unter den Arm und stapfte los.

Leider hatte er sich geirrt.

Keine zehn Meter vom Kiosk entfernt entdeckte er sie. Es war nicht der Rothaarige, nicht der Stinker und auch nicht di Gallo.

Die Frau mit dem Pferdeschwanz kam ihm entgegen. Sie hatte Crockie verhört. Jackson kannte sie vom Video. Sie war schon einmal hier gewesen, erinnerte er sich jetzt. Er hatte sie an der Tür von Rufus' Kiosk gesehen. Mit einem Mann. Dem Mann, der mit ihr das Verhör geführt hatte.

Blauer Anzug!, schoss es Jackson durch den Kopf und schon hörte er die Schritte hinter sich.

Jackson schaute sich um.

Da war er.

Er lächelte.

Als Erstes warf Jackson den Regenmantel von sich. Sofort befreite er sich auch von dem Rucksack. Von seiner Beute blieb nur das Taschenmesser, es steckte in seiner Hosentasche.

Ergeht es mir jetzt wie Crockie?, blitzte es Jackson durch den Kopf.

Fünf Meter vor ihm: die Frau. Fünf hinter ihm: der Mann. Jackson rannte auf die Straße. Ein E-Bus rauschte lautlos auf ihn zu. Der Fahrer starrte Jackson mit weit aufgerissenen Augen an und machte eine Vollbremsung.

Jackson sprang in letzter Sekunde auf die Gegenfahrbahn. Ein Biker wich ihm aus und stürzte. Jackson hörte Schreie, dann sah er den Lieferwagen. Die Seitentür schwang auf.

Grischa und Fjodor grinsten ihn an.

»Kapierst du jetzt, wer hier wen braucht?«, fragte Fjodor. Ohne eine Antwort abzuwarten, schnappte er sich Jacksons linken Arm, Grischa packte seinen rechten.

»Fahr zu, Scout«, schrie Grischa.

Der rasierte Schädel hinter dem Steuer antwortete: »Nichts lieber als das.«

Für einen Augenblick flog Jackson, gehalten von den Jungs, neben dem Lieferwagen her, dann zogen sie ihn auf die Ladefläche und die Tür schepperte ins Schloss.

19.

Scout, Grischa und Fjodor hatten Jackson in den Bezirk gebracht, der direkt an 404 grenzte. Da er nicht mehr mit einer Decke über den Kopf transportiert worden war, konnte er das an den Hinweisschildern auf dem Freeway erkennen. Ein paar Straßen vor dem eigentlichen Ziel hatte Grischa das Steuer übernommen und die anderen aus dem Wagen geschmissen.

»Grischa entsorgt die Karre«, sagte Fjodor. Er führte Jackson zu einem der Häuser, die kaum 50 Meter vom Sperrgebiet standen. »Hier wohnt nur noch, wer wirklich keine Sekunde mehr auf dem Konto hat«, erklärte Fjodor. »Die Wohnungen unter der Wasserlinie stehen seit Jahren leer.«

Am Eingang des Hauses forderte Fjodor Jackson auf, stehen zu bleiben. »Arme hoch«, befahl er.

»Was soll das?«, fragte Jackson.

»Wir gehen auf Nummer sicher. Jimmy kennt dich nicht, Scout traut dir nicht und Lou …« Er schnalzte mit der Zunge. »Lou hat eine rosarote Brille auf.« Er grinste dreckig.

Jackson spürte, wie ihm das Blut in den Kopf stieg.

Fjodor tastete ihn ab, griff in die linke Hosentasche und holte die alte Taschenuhr hervor. »Was'n das für ein Schrott?«

»Der alte Schrott ist ein paar Wochen wert, in den richtigen

Händen sogar Monate. Die Uhr gehört Crockie.« Jackson nahm Fjodor die Uhr ab und steckte sie wieder ein.

Aus der anderen Tasche fischte Fjodor das Taschenmesser. »Der Junge ist bewaffnet«, sagte er. »Das behalte ich.«

Jackson wusste, dass Widerspruch zwecklos war.

Die Wohnung, in die Fjodor Jackson führte, schimmelte seit geraumer Zeit vor sich hin. Sie wirkte, als seien die Bewohner eines Tages einfach aufgestanden und gegangen. Im Flur standen von Ratten zerfressene Schuhe, Spinnen hatten Fahrradhelme auf der Ablage in dichte Netze eingewoben. Der Wohnraum wurde nur von einer Gaslampe, die an einer Kette von der Decke hing, notdürftig beleuchtet. Eine kleine Gruppe stand um einen Tisch aus ehemals weißem Algenverbundstoff.

Auf dem Tisch lag der Plan aus Crockies Schrank.

Scout kaute an ihrem Daumen herum, während Lou auf einen ziemlich gestriegelten Typ einredete, der aussah, als sei er einem Modemagazin entsprungen. Er passte am wenigsten in die heruntergekommene Umgebung.

»Hab ihn«, begrüßte Fjodor die anderen.

Sofort erstarb das Gespräch.

»War doch gut, dass wir dich im Auge behalten haben«, sagte Scout. Erfreut klang sie nicht. »Biste von deinem eigenen Kumpel in die Schei…«

»Scout, muss das sein?«, ging der Gelackte dazwischen.

»Ist doch so, aber ich kann's auch etepetetemäßig sagen: Bist von deinem eigenen Kumpel hinters Licht geführt worden. – Besser so, Jimmy-Boy?«, wandte sie sich an den anderen. »Und spiel dich nicht auf. Wir sind alle gleich, hier bei uns jedenfalls.«

Fjodor ging zum Tisch und knallte Jacksons Messer auf den Tisch. »Das hier hatte er dabei, sonst ist er clean.«

»Gut«, sagte Jimmy-Boy. »Wann und wo hast du dich das letzte Mal mit deinem Decoder irgendwo eingecheckt?«

»Seit die da meine Birne zu Klump gehauen hat, gar nicht mehr«, sagte Jackson.

»Sehr gut. Dann hast du ja schon gelernt, wie man in der City ein paar Tage unterwegs ist, ohne Spuren zu hinterlassen. Das wirst du demnächst häufiger müssen, wenn du bei uns mitmachst.«

Jackson nervte der gönnerhafte Tonfall von diesem Jimmy-Boy. »Ich mache gar nichts. Außerdem will ich erst einmal wissen, mit wem ich es zu tun habe.«

»Ha'm wir dir gesagt: Kommando Matt Fuller«, knurrte Scout.

»Kommt schon, Leute«, meldete Lou sich endlich zu Wort.

Jackson musste sofort an Fjodors Worte denken. Die hat die rosarote Brille auf. Er wusste, was das heißen sollte.

»Wenn wir so weitermachen, endet es wie bei seinem letzten Besuch bei uns. Wir brauchen Jackson und Jackson braucht uns, so einfach ist das.«

Jackson hob zu einem Einwand an.

Lou bedeutete ihm zu schweigen. »Genauso ist es. Wir sollten die Karten auf den Tisch legen. Vertrauen gegen Vertrauen.« Sie nahm das Taschenmesser und hielt es Jackson hin.

Jackson steckte es in die Tasche. »Zuerst will ich wissen, wer ihr seid. Und kommt mir nicht mit *Kommando Matt Fuller* und so.«

»Okay.« Der Gelackte trat vor und reichte Jackson die Hand. »James O'Reilly. Personal Assistant von Lydia Tremont. Freunde nennen mich Jimmy.«

Jackson klappte die Kinnlade hinunter. »Ly… Lydia … Tremont …« Mehr brachte er nicht heraus.

»Ohne seine Informationen wären wir längst im Eimer«, sagte Lou. »Wenn er auffliegt, sind wir blind und taub. Mit ihm sind wir denen in der Zentralbank und dem Sicherheitsdienst manchmal einen Schritt voraus.«

»Ohne Jimmy hätten wir keine Ahnung, wo dein lieber Crockie herumhockt.« Scouts Ton war noch lange nicht freundlich. In Jackson wuchs der Eindruck, dass dieses Mädchen nicht wirklich über einen freundlichen Ton verfügte, aber auch sie streckte ihm die Hand entgegen.

»Sophia Petrello. Auch für meine Feinde: Scout.« Mehr hatte sie nicht zu sagen.

»Scout arbeitet in der Immobilien-Verwaltung der City. Sie hat ihre Eltern verloren, als sie noch keine vier Jahre alt war«, sagte Lou.

»Was soll die Schmusenummer?«, fuhr Scout dazwischen. »Eltern verloren? Meine Alten sind rausgeschmissen worden. Überschuldet, keine Zeit mehr auf den Konten und keine Hoffnung, jemals welche zu kriegen.«

»Ihre Eltern hatten die Wahl, Scout mit auf den Kontinent zu nehmen oder sie der Obhut der City zu überlassen«, sagte Jimmy. »Das bieten sie jedem an.«

»Ha'm sich leider falsch entschieden, hätten mich lieber mitnehmen sollen. Na ja, haben es eh nicht lange überlebt, wahrscheinlich.«

Zum ersten Mal entdeckte Jackson so etwas wie einen weichen, wehmütigen Zug in Scouts Augen.

Die anderen schwiegen, nach einer Weile sagte Lou: »Nach allem, was wir wissen, sind die Zustände auf den meisten Kontinenten katastrophal. In den staatenlosen Regionen kämpft jeder ums Überleben, das Recht des Stärkeren gilt, wenn man überhaupt noch von Recht sprechen kann.«

Jackson traute seinen Ohren nicht. Es waren selten Nachbarn oder Leute, die er oder seine Eltern kannten, weggegangen. Der ein oder andere wurde versetzt in ein anderes Viertel. Einmal musste auch jemand in eine Basiswohnung umziehen, aber nie hatte er davon gehört, dass jemand die City verlassen hatte. Das war völlig unvorstellbar. Alle wussten, dass man auf dem Kontinent kaum leben konnte, sondern nur überleben. Deshalb hatten sich doch alle, die es irgendwie konnten, in den neuen Gemeinschaften zusammengefunden, die meisten von ihnen in den neuen Metropolen auf dem Meer.

»Grischa und Fjodor Omelchuk«, stellte Lou die beiden jungen Männer vor, die Jackson durch die Gegend kutschiert hatten. Grischa hatte sich unauffällig zu den anderen gesellt. Lou lachte. »Unsere Jungs fürs Grobe und eigentlich Phantome.«

»Hi, Jackson!« Fjodor tippte sich zum Gruß mit dem Zeigefinger an die Stirn.

»Vor zwei Jahren haben sie sich noch in den Wäldern auf dem Festland durchgeschlagen.«

»Was heißt das: Phantome?«, fragte Jackson.

Jimmy berührte Lou am Arm. Er schaute ihr in die Augen.

»Vertrauen gegen Vertrauen«, wiederholte Lou.

Jimmy seufzte und nickte. »Matt Fuller hat vor seiner Deportation einen Weg gefunden, frei erfundene Personen im System zu verstecken. Sieben Subku-ID-Chips mit den dazugehörigen Decodern hat er damals gebaut. Zwei davon benutzen die Jungs. Es sind komplette Existenzen, die jedoch nirgendwo wirklich existieren. Auf Wunsch mit einer vierköpfigen Familie und allem Drum und Dran. Natürlich nur mit Kindern unter neun Jahren, sonst bräuchte man für die auch einen eigenen Decoder auf Starter Level 1. Dummerweise weiß keiner, wie Matt das gemacht hat, ob es noch mehr solche Phantome gibt, wo gegebenfalls die Chips und die Decoder lagern.«

Jackson zögerte noch einen Moment, schließlich erzählte er ihnen, dass sie den Transponder gebaut und Crockie ihn angeschlossen hatte.

»Nicht schlecht, der Typ«, murmelte Scout.

»So etwas in der Art hatten wir uns gedacht«, sagte Jimmy. »Die Idee ist ziemlich schlau, aber sie fliegt irgendwann auf. Spätestens bei einer größeren Systemüberprüfung.«

»Warum seid ihr dann so scharf auf den Transponder?«, fragte Jackson.

»Die Phantome können sich nur in geringem Umfang Zeit verschaffen. Stunden, Tage, im Höchstfall eine Woche auf einen Schlag. So viel, wie zu ihrer falschen Identität passt. Mit dem Transponder würden wir auf einen Schlag so viel scheffeln, dass wir Matt Fuller zurückholen könnten. Wir vermuten, dass es noch mehr Leute gibt, die wie wir denken, aber es ist fast unmöglich, sie ausfindig zu machen. Überall Misstrauen und die Angst aufzufliegen. Aber Matt Fuller kennt die anderen Zellen, falls es sie noch gibt.«

Ein paar Augenblicke musste Jackson sacken lassen, was die anderen ihm gerade gesagt hatten. Dann nahm in seinem Kopf eine Idee Gestalt an: »Ich brauche vier von diesen Phantom-Dingern. Im Tausch gegen den Transponder.«

»Spinnst du?«, schnauzte Scout. »Das geht so oder so nicht, einen brauchen wir für Matt Fuller, wenn er wieder hier ist.«

»Dann passt es doch.« Jackson deutete auf die Brüder, zählte zwei Finger ab und sagte: »Zwei plus eine für diesen Fuller. Vier für meine Familie und mich. Macht sieben.«

»Ich wusste doch, dass man mit dem Kerl nichts anfangen kann«, sagte O'Reilly.

Lou blieb ruhig. »Dein Plan hat zwei Schwachpunkte: Erstens

hast du keinen Transponder und nach allem, was wir wissen, wirst du ihn auch nicht so schnell finden.«

»Und zweitens?«, fragte Jackson.

»Einen der Phantom-Decoder benutze ich selbst, es gibt also nur noch drei, die zur Verfügung stehen, wenn wir den von Matt dazurechnen. Du kannst dir also überlegen, wer aus deiner Familie keinen bekommt. Celine? Deine Mutter? Dein Vater?«

Jackson sprang auf. Er hatte sich kaum noch unter Kontrolle. Grischa und Fjodor standen den Bruchteil einer Sekunde später neben ihm bereit, ihm gleich eine zu verpassen.

Lou trat zwischen sie. »Wir müssen abwarten, was der Boss meint.«

»Der Boss? Es gibt noch jemand? Ich dachte, er ist der Boss.« Jackson zeigte auf Jimmy.

Scout schnaubte. »Warum soll er der Boss sein? Weil er schicke Anzüge trägt?«

»Du gehst mir auf die Nerven«, schrie Jackson sie an.

»Ruhig Blut, nicht so eilig mit den jungen Pferden«, hörte Jackson in diesem Moment eine Stimme, die er schon sehr oft gehört hatte.

Er drehte sich um und erkannte die Person, die zu der Stimme gehörte. In zivilem Outfit hatte Jackson sie noch nie gesehen. Die Uniform klebte sonst an ihr wie eine zweite Haut. Weder Crockie noch Henk oder er selbst hatten sich jemals Gedanken darüber gemacht, dass es diese Person auch privat gab, schon gar nicht in einem wallenden Kleid aus leuchtend blauem Stoff, den unregelmäßige weiße Streifen durchzogen. Sie bewegte sich einmal schnell um die eigene Achse und brachte den Stoff zum Fliegen.

»Wunderbar, nicht wahr? Selbst gemacht, man nennt die Technik Batik. Ein bisschen Wachs, ein bisschen Farbe, einen Eimer und eine Kordel, mehr braucht man dazu nicht«, sagte Heather Blue fröhlich. »Mach den Mund zu, Junge. In diesem Verlies hier kriecht dir sonst eine Kakerlake hinein.«

Als Jackson noch immer keinen Ton herausbrachte, fügte sie hinzu: »Man muss immer mit Überraschungen rechnen. Das wird nicht die letzte sein.«

»Miss Blue«, brachte Jackson endlich hervor.

»Hier kannst du Heather zu mir sagen. Oder Boss.«

Als Jackson eine halbe Stunde später seinen Vorschlag machte, guckten ihn die anderen an, als wäre er komplett verblödet. Aber er sah keine andere Möglichkeit.

Heather Blue verstand sofort und entschied: »Er hat recht. Holt Crockie Fleming aus dem Knast!« Sie wandte sich zum Gehen. »Denkt euch was aus. Schnell, wenn es geht. Ich bin mit einem sehr netten älteren Herrn verabredet, den man nicht warten lassen darf.« Dann schwebte sie ab durch die Tür.

»Was heißt hier, denkt euch was aus?«, fragte Jimmy. Der Ärger in seiner Stimme war kaum zu überhören. Es schwang jedoch noch mehr darin mit, so etwas wie: Ich habe die Nase langsam voll.

Jimmy wäre gerne selbst der Boss, dachte Jackson.

»Es ist unmöglich!« Jimmy raufte sich die Haare und tigerte im Raum auf und ab. »Glaubt sie etwa, wir sind die Fantastic Four oder irgend so eine Superhelden-Truppe? Und Jackson, du Genie! Du kapierst anscheinend nicht, was das Wort ›unmöglich‹ bedeutet.« Er blieb plötzlich stehen und sah Jackson direkt in die Augen. »Unmöglich heißt so viel wie: geht nicht, ausgeschlossen, nicht drin, vergiss es, schlag es dir aus dem Kopf!«

Jackson blieb hart. Es musste einen Weg geben. Ohne Crockie fanden sie den Transponder nicht und ohne den Transponder befanden sie sich in einer Sackgasse. Letztlich konnte man doch jedes System knacken. Man musste nur die Schwachstelle finden. Es war wie ein Rätsel, so ein Sicherheitssystem. Je mehr sie wussten, desto leichter würden sie eine Lücke finden. Außerdem hatte er Hunger.

»Wir brauchen Pizza und die Baupläne der Sicherheitszentrale«, sagte Jackson. Er schickte ein etwas gekünsteltes Lachen hinterher, weil ihm selbst auffiel, dass er als Neuer in der Gruppe wohl kaum Forderungen stellen konnte, bestenfalls Wünsche äußern. Alles, was wie ein Befehl klang, brachte Jimmy und ganz bestimmt auch Scout gegen ihn auf.

»Finde ich beides gut«, sagte Lou.

»Das dachte ich mir«, knurrte Scout.

»Schaffst du das?«, fragte Jackson sie.

»Die Pläne? Klar. Aber komm mir nicht mit Pizzabestellungen.« Sie verließ das Versteck.

»Dann muss ich mich wohl um die Pizza kümmern«, sagte Grischa und folgte ihr.

Eine gute Stunde später rülpste Scout und schob die Pizzaschachteln zur Seite. »1A«, sagte sie. Ein voller Bauch brachte sogar Scout in eine erträgliche Stimmung. Fast.

Lou saß neben Jackson auf dem Boden. Vor ihnen lag der Grundriss von Block A mit allen Versorgungsleitungen, Lüftungsschächten und Zufahrten.

»Und? Hat irgendjemand eine Idee, wie wir in diesen verflixten Block lebend rein und mit Crockie wieder rauskommen?«, fragte Jimmy. »Nein? Dachte ich mir doch.«

Scout verschränktet die Arme. »Wie wärs mit Sprengstoff?«

Jimmy verdrehte die Augen und brachte vor einer Spiegelscherbe an der Wand seine Frisur in Ordnung. Er drehte sich zu Jackson herum. »Noch einmal: Wie sollen wir jemandem aus dem sichersten Gefängnis der City befreien? Damals haben es Matt Fuller und seine Leute nicht geschafft, weil es einfach keinen Weg rein und keinen Weg raus gibt!«

»Doch, du kannst rein«, sagte Jackson.

»Ja, wenn du verhaftet wirst oder als Angestellter des Sicherheitsdienstes, des Küchenpersonals oder als Handwerker. Aber in diese Kreise können wir keinen einschleusen. Das würde Jahrhunderte dauern. Hab gerade erst einen rausgeschleust …« Jimmy stockte. Er überlegte. »Das heißt, *den* könnte ich tatsächlich ziemlich simpel wieder einschleusen.« Er schüttelte den Kopf. »Aber ein einfacher Handwerker, der die Lüftungsanlage nicht repariert kriegt und den falschen Leuten vor die Füße fällt, kann uns nicht von innen die Türen aufsperren. Es gibt Wachen, Waffen, Tore, Kontrollen.«

Jimmy war einfach zu ungeduldig für Jacksons Geschmack. So ein Handwerker war vielleicht nicht die Lösung, aber immerhin ein Anfang.

»Also haben wir nur einen Weg rein«, sagte Jackson nachdenklich. »Wir müssten uns verhaften lassen.« Jackson hörte sich das selbst sagen und wusste, dass es absurd klang. Aber es war eine Möglichkeit reinzukommen – wenn auch keine sehr attraktive.

Jimmy ließ sich auf einen alten Stuhl neben Scout fallen. »Er ist wahnsinnig. Komplett wahnsinnig! Weißt du, was dann passiert? Weißt du, was die mit dir machen, wenn sie dich kriegen? Ich weiß es ziemlich genau. Selbst meine Chefin, die bestimmt nicht zimperlich ist, hat sich darüber beschwert, was die in der Abteilung Z mit einem anstellen.«

Jackson sah Jimmy einfach nur auffordernd an.

»Boah, du nervst«, sagte Jimmy, aber er tippte auf einen Raum auf dem Plan. »Als Erstes sperren sie dich für mindestens eine Stunde in die Dunkelkammer. Kein Licht, kein Klo, kein Fenster. Wir wissen nicht, was dadrin passiert. Die Räume sind schalldicht und haben extra *keine* Überwachung. Ist dir klar, was das heißt?«

Jackson nickte. Keine Kameras und Mikrofon hieß: keine Zeugen. Und es gab kein Licht. Das konnte Vor- und Nachteile haben.

»Dann erst wirst du verhört«, sagte Jimmy. Er zeigte auf den Raum, der gegenüber der Dunkelkammer lag.

Jackson sah sich den Plan zum zehnten Mal an.

»Okay. Es gibt zwei Wege in das Gebäude. Einen hier durch das Tor ...«

Jimmy unterbrach mit dem Hinweis: »Von Kameras überwacht, kontrolliert, Scharfschützen im Wachdienst ...«

Jackson ließ sich davon nicht durcheinanderbringen. Es war wie Parkour. Man musste das Gelände als Gelände begreifen und nicht nach Straßen suchen, wenn man nur Wege brauchte.

»Denk niemals Straße, denk nur den Weg! Der Weg ist eine Möglichkeit weiterzukommen, wo ein Hindernis erscheint!«, pflegte Meister Chang zu predigen. Jackson hätte nie gedacht, dass der Sportunterricht mal dazu gut sein würde, um ins sicherste Hochsicherheitsgefängnis der City einzubrechen.

»Der andere Zugang führt über die Brücke hier.«

»Jau, da fahren das Müllauto und der Leichenwagen lang«, sagte Scout mit ihrem fiesen Unterton. »Also hast du die Lösung gefunden, Genie: Rein kommst du verhaftet, raus kommst du als Leiche!«

Jackson betrachtete den Plan. Er ließ sich Scouts Satz noch einmal auf der Zunge zergehen: rein verhaftet, raus als Leiche.

»Diese Pläne hier, wo habt ihr die her?«, fragte Jackson dann.

»In der Immobilien-Verwaltung gibt es Pläne von jeder Mauer, die in der City jemals hochgezogen wurde«, sagte Scout. »Bei diesen Gebäuden sind es aber nur die ursprünglichen Baupläne. Wenn da einer im Laufe der Jahre was verändert hat – Risiko!«

Jackson überlegte. Er nahm sich das Lineal.

»Was denn jetzt?«, fragte Scout.

Aber Lou winkte ab. »Er hat was gefunden!«

Jackson maß die Breite eines Schachts nach. Er guckte im Maßstab nach.

»Habt ihr einen sicheren Belegungsplan für die Zellen?«

Jimmy nickte. »Crockie ist hier und er bleibt hier, bis er redet oder ...« Er zeigte auf Zellenblock A. »Eine Verlegung ist nur mit Zustimmung von meiner Chefin möglich und das würden wir mitkriegen.«

Jackson nahm sich einen Stift und begann in den Plan von Block A zu zeichnen. Es war wie ein Spiel, ein Rätsel. Und er zeichnete einen Plan zum Spiel. Er hielt inne. Er kannte dieses Gefühl. Es erinnerte ihn an die letzte wahnsinnige Zeichnung, die er gemacht hatte: die Konstruktion des Transponders. Das war so ähnlich gewesen. Eigentlich war es unmöglich, das Zeitkontensystem zu knacken, und dann hatten sie alle Möglichkeiten aufgelistet, legal an Zeit zu kommen, und plötzlich einen Weg gefunden. Nun musste Jackson wieder den Bleistift schwingen, um das Chaos, das sie damit angerichtet hatten, aufzuräumen.

Jackson warf einen Blick auf Zellenblock B. Dort vermuteten sie Celine, seine Eltern und auch Crockies Eltern. Beim Gedanken an seine Familie begann sich alles um Jackson zu drehen. Was hatte er da nur angerichtet? Er fühlte sich so elend, so endlos schuldig: Crockie im Hochsicherheitsbereich, angeschossen, kahl geschoren. Seine Eltern und sogar seine Schwester Celine steckten in einer Zelle in Block B.

Und er selbst?

Er saß hier und kritzelte auf einem Plan herum, als wäre er ein Geheimagent aus einem Film. Aber das hier war kein Film. Das war die verdammte, brutale Realität. Er ließ den Stift sinken. Es kam ihm alles so idiotisch vor. Er war ein Schüler der Kellington High. Und seine Eltern und seine Schwester saßen seinetwegen im Knast. So sah es aus.

Lou legte ihm die Hand auf die Schulter. »Mach weiter, das ist gut!«, sagte sie.

Jackson schüttelte den Kopf. »Wir müssten an die Lüftungsschächte. Aber wir brauchen dort Material. Eine Menge sogar.«

Jimmy schüttelte den Kopf. »Was hättest du denn gerne dadrin? Einen Schweißbrenner, ein Maschinengewehr oder gleich einen von Scouts Sprengsätzen?« Er wurde plötzlich ernst und überlegte. »Der Installateur kann was deponieren. Aber eher Werkzeug als Waffen.«

Jackson atmete tief durch. Er schob alle Sorgen und Ängste beiseite und dachte alles noch einmal durch. Wenn das Gefängnis Block A nichts weiter war als ein Parkour, dann bräuchte er … Jackson schrieb das Material auf einen Zettel.

»Dieses Material muss der Installateur in einer Kiste im Lüftungsschacht deponieren. Außerdem muss er mein Taschenmesser in einer der beiden Dunkelkammern verstecken.«

Jimmy nahm die Liste. Er zuckte zusammen: »Woher kennst du FCRT?«

Jackson sah Jimmy an und grinste. »Bist nicht der Einzige, der an guten Quellen sitzt, Jimmy!«

»Was ist FCRT?«, fragte Lou.

Jimmy antwortete geistesabwesend, während er die Liste weiter betrachtete. »Krasses Zeug, das dich sozusagen tötet.«

»Sozusagen?«, fragte Lou.

»Nur für eine halbe Stunde. War eine ziemlich blöde Panne vor ein paar Jahren, irgendwas mit Brot oder so. Verboten und schwer zu kriegen.« Er grinste in die Runde. »Außer man hat die Zugangscodes zu den Sperrbereichen im Labor.«

Scout klatschte Beifall. »Ganz toll, Jimmy. Du bist ja echt der Held. Ich habe zwar nichts verstanden. Aber ganz prima.«

Jimmy winkte ab. »Die FCRT-Spritzen kann ich besorgen. Aber selbst wenn du zu Crockie reinkommst – wie kommt ihr beide wieder raus?«

Jackson grinste. »Könnt ihr einen Leichenwagen auftreiben? Mit Fahrer?«

Fjodor und Grischa sahen sich kurz an und nickten.

»Klasse.« Jackson sah Jimmy an. »Bleibt im Augenblick nur noch ein Problem: Könnt ihr einen Sarg mit doppeltem Boden bauen? Einen, dem man nicht ansieht, dass drei Leute in ihm transportiert werden? Ich meine ungefähr so was in der Art.« Jackson skizzierte seine Idee auf den Rand des Plans.

Scout schüttelte den Kopf. »Okay, okay, so was kriegen wir zusammengeschweißt. Ich kapier aber gar nichts mehr! Ihr wollt Crockie echt befreien, ja? Und wie wollt ihr da rein- und wieder rauskommen?«

Jackson sah einmal rüber zu Lou. Auch sie hatte ein deutliches Fragezeichen im Gesicht.

»Na, genau so, wie du gesagt hast, Scout: Erst lassen wir uns verhaften. Und raus geht's dann im Sarg.«

Scout rieb sich die Augen. Jimmy hielt endlich die Klappe und Lou fragte: »Wann geht's los?«

20.

»Hätte ich vor zwei Wochen nicht gedacht, dass ich einfach in die Schule gehen muss, um mich vom Sicherheitsdienst abholen zu lassen«, flüsterte Jackson Lou zu, als sie am Morgen das Gelände der Kellington High betraten.

Heather Blue saß in ihrer Kanzel und wurde blass um die Nase, als sie die beiden kommen sah.

»Jackson, Lou, was zum Henker tut ihr denn noch hier?«, flüsterte sie. »Los, haut ab, verschwindet!«

»Wir wollten aber heute gerne mal zur Schule gehen«, flötete Lou.

»Seid ihr verrückt? Ich kann euch nicht einchecken. Ich habe die Typen gesehen, die euch dann abholen. Da kommt nicht der nette Kommissar di Gallo vorbei!«

Jackson seufzte. Heather Blue hatte ein Herz und dieses Herz entdeckte sie ausgerechnet jetzt, wo Jackson sich nichts sehnlicher wünschte, als von genau den finsteren Typen geschnappt zu werden, die Heather so sehr fürchtete? Er legte seinen Decoder auf den Scanner.

»Jackson! Nicht!«, zischte Heather.

Aber da ertönte schon die Stimme von Frida Ingaaden aus dem Lautsprecher: »Heather, bringen Sie Jackson Crowler und Louise Clermont sofort in mein Büro!«

»Idioten. Ihr seid solche Idioten«, murmelte Heather, als sie sich von ihrem Kommandostuhl erhob und sie ins Büro der Schulleiterin führte.

»Reinkommen, Tür zu, hinsetzen!«, bellte Frida Ingaaden.

Parkour, dachte Jackson. Ein Hindernis ist eine Aufforderung, einen anderen Weg zu finden. Er war auf seinem Weg. Crockie war das Ziel. Ab jetzt gab es kein Zurück mehr.

»Was ist denn bloß los, Frau Ingaaden?«, flötete Lou.

»Das fragen Sie nicht mich. Fragen Sie das die Damen und Herren, die gleich ...«

Es klopfte.

Sie waren beeindruckend schnell, das musste man ihnen lassen.

Der Mann, der sich als Meier vorstellte, und die Frau mit dem strengen Zopf betraten das Büro. »Jackson Crowler?«, fragten sie scharf.

Jackson nickte.

»Wir haben da ein paar Fragen.«

Jackson spürte, dass er anfing zu schwitzen. Jetzt wurde es also ernst. Ab jetzt musste die Schauspielerei funktionieren. »Aha?«, sagte er. »Worum geht es denn?«

»Das klären wir nicht hier.« Sie öffneten die Tür.

»Und wenn wir das nicht möchten?«, fragte Lou.

»Wer ist die?«, fragte der Mann.

»Louise Clermont hat den Platz von Crockie Fleming eingenommen«, sagte die Schulleiterin.

»Und vorher mit ihm ein hübsches kleines Gerät gebaut, mit dem man die Zentralbank um einiges an Kapital erleichtern kann. Um einige Jahrzehnte, oder?« Jackson zwinkerte Lou zu.

Lou zwinkerte zurück. »Ganz genau. Einige viele Jahrzehnte.«

Mit so einem Tempo hatte Jackson nicht gerechnet. Die Frau

stand blitzschnell hinter Lou, drehte ihr den Arm brutal auf den Rücken und fauchte: »Du möchtest also auch mitkommen!«

»Autsch. Das war doch nur ein blöder Witz! Autsch!«, jammerte Lou, als sie aus dem Raum geschoben wurde.

Der Mann nickte Jackson zu. »Komm!«

Jackson stand auf. Er warf einen Blick auf seine Schulleiterin. Frida Ingaaden sah nicht von ihren Unterlagen auf. Heather Blue hingegen blickte Jackson und Lou traurig hinterher und schüttelte den Kopf.

»Rein da!« Mit der Freundlichkeit war es endgültig vorbei, als sie das Schulgelände verlassen hatten. Jackson wurde von dem Mann auf den Rücksitz eines schwarzen Wagens gedrückt. Lou saß neben ihm.

Es ging in rasender Fahrt durch die Stadt. Noch nie war Jackson so schnell gefahren. Ampeln ließen diese Leute von ferne auf Grün springen, sodass sie immer freie Bahn hatten. Jackson und Lou sprachen wie verabredet kein Wort miteinander.

Lou bewegte immer wieder ihren linken Arm. Sie rieb sich die Schulter. Jackson konnte ihrem Gesicht deutlich ansehen, dass sie Schmerzen hatte – und Lou war nicht zimperlich. Die Schulter würde sie noch brauchen, hoffentlich hatte diese Frau sie nicht verletzt!

Es gab tatsächlich kein Verhör nach der Ankunft. Die beiden sagten gar nichts. Niemand sprach ein Wort mit Jackson und Lou. Sie wurden getrennt. Sie mussten sich ausziehen. Komplett.

»Gesicht an die Wand, Beine auseinander!«, sagte ein Mann hinter Jackson. Das hier war nicht die Dunkelkammer. Das hier war ein weiß gefliester Raum, von dem Jimmy nichts gesagt hatte. »Der Doktor kommt gleich!«, sagte ein Mann.

»Doktor? Wieso Doktor?«, fragte Jackson.

Er erhielt keine Antwort.

Sie ließen ihn stehen. Nackt. Einfach so. Wie ein Stück Fleisch in der Ecke.

Ich muss da durch, sagte sich Jackson. Er wollte nicht an Celine denken. Er wollte sich nicht vorstellen, ob sein Vater, seine Mutter, seine Schwester ebenso nackt in der Ecke gestanden hatten wie er.

Parkour, dachte Jackson. Es war eine Station auf seinem Weg.

Dann kam der Doktor. Er sah in Jacksons Mund. Er sah in seine Ohren. Er sah ihm sogar in den Hintern.

Dann rief er. »Sauber! Einkleiden!«

Ein Wächter kam, warf Jackson einen neongrünen Overall zu. »Anziehen!«

Jackson zog den Anzug an.

»Mitkommen!«

Es ging über den Flur. Jackson wusste, wo er war. Er erkannte es sofort an der leichten S-Kurve, die dieser Flur machte. Er war im Empfangstrakt, nur dass der »Empfang« eben dieses weiß geflieste Zimmer gewesen war. Am Ende des Flurs mussten links und rechts zwei Türen sein. Die linken führten zu den Verhörräumen. Die rechten zu den Dunkelkammern, in der Mitte jeweils ein Abstellraum, ganz am Ende die Haustechnik, in jedem Stockwerk fast derselbe Aufbau.

Sie hatten zwei Tage und zwei Nächte damit verbracht, sich den Plan einzuprägen. Scout und Jimmy hatten ihnen sogar die Augen verbunden und sie dreimal um die eigene Achse gedreht und dann abgefragt: »Nach der Eingangshalle? Wo sind die Treppen? Rechts oder links?« – »Links.« – »Falsch, rechts ... weiter. Die Aufzüge sind rechts ...« Immer und immer wieder.

»Willkommen!«, sagte der Wächter.

Er öffnete die linke Tür. Pechschwarze Nacht gähnte Jackson entgegen. Pechschwarze Nacht.

Verdammt, schoss es durch Jacksons Kopf. Die rechten Türen gehen zu den Dunkelkammern, die rechten, verdammt, hatte er schon alles vergessen oder hatten sie es im Laufe der Jahre geändert? Änderungen sind nicht in den Plänen, hörte er Scout sagen.

Dann fiel es ihm auf. Der Raum für die Haustechnik. Er war am richtigen Ende oder – je nachdem, wie man es sehen wollte – am falschen. Er war unkonzentriert gewesen, sie hatten ihn von der anderen Seite in den Flur geführt.

»Nun mach schon!« Der Wächter gab ihm einen Stoß und schloss die Tür hinter Jackson ab.

Jacksons Herz raste. Er hatte gewusst, dass es dunkel sein würde. Aber er hatte nicht geahnt, wie schwer er das ertragen würde.

Es ist nur eine Station, sagte er sich und begann, leise zu summen. Er ging auf die Knie. Der Boden bestand aus Latex oder Gummi. Es roch nicht gut hier drin. Er hörte ein leises Rauschen: die Lüftungsanlage. Ab jetzt hatten er und Lou ungefähr eine Stunde Zeit.

Jackson begann, den Boden abzusuchen. Irgendwo hier musste der Installateur, den Jimmy in der Hand hatte, sein Taschenmesser versteckt haben. Es war nicht leicht, sich in völliger Dunkelheit zu orientieren. Er fand nichts. Er rammte eine Wand. War es die linke? Die rechte? War etwas schiefgegangen? Lag das Messer drüben in Lous Zelle? Hatte der Typ vergessen, das Messer hier wie verabredet zu deponieren? Oder hatte er sie verschaukelt und gar nichts gemacht?

Genau das ist das, was jeder normale Mensch tun würde, dachte Jackson. Ihm kamen langsam Zweifel an der ganzen Aktion. Sich auf einen Handwerker zu verlassen, der Lydia Tremont hasste! Jimmy hatte geschworen, dass der Typ mitmachte, aber Tremont hatte sicher schon viele Leute in die Klärwerke oder noch fiesere Abteilungen versetzt. Kaum einer würde ein solches Risiko eingehen, um sich an ihr zu rächen.

Hör auf, ermahnte Jackson sich. Meister Chang, der Weg, nicht die Hindernisse, hämmerte er sich ein.

Er schob sich an der Wand entlang, bis er an die nächste Wand stieß. Jetzt hatte er immerhin eine Ecke gefunden. Er legte sich auf den Boden, breitete die Arme aus. Da war nichts. Er robbte sich so vorwärts. Immer weitertastend. Nichts. Schließlich landete er wieder an der Türöffnung.

Verdammt, dachte Jackson. Das Messer sollte am Rand liegen. Nicht irgendwo mitten im Raum. Hatte jemand das Zimmer gecheckt? Zur Sicherheit machte er noch eine Runde. Er taste in der Ritze zwischen der mit Latexpolstern bezogenen Wand und dem Boden herum.

»Autsch!« Da war es. Er klappte den Schraubenzieher des Taschenmessers auf.

Er stellte sich hin. Horchte nach dem Lüftungsschacht. Fand ihn. Die Abdeckung war mit vier Schrauben befestigt.

Jackson fand die Schrauben, öffnete leise das Gitter, damit die Mikrofone, die es inzwischen vielleicht gab, ihn nicht hören konnten.

Meister Chang, ich liebe Sie!, dachte er. »Noch einen Klimmzug, komm, das schaffst du!« So hatte ihn der Sportlehrer getriezt. Seine Muskeln sagten Jackson nun, dass jeder Schweißtropfen einen Sinn gehabt hatte.

Er zog sich rauf in den Lüftungskanal. Hier musste das restliche Material lagern. Er tastete in der völligen Dunkelheit des niedrigen Blechkanals herum. Links war nichts. Rechts fand er die Kiste. Er tastete sie ab. Fühlte das Drahtseil. Die Stoppuhr. Endlich die Lampe. Er schaltete sie ein.

Licht.

Jackson atmete auf.

Er drückte die Stoppuhr. Die Sekunden rasten los. Wie lang hatte er gesucht? Er wusste es nicht.

Er zog einen der beiden Klettergurte an. Klemmte die Drahtseile, den zweiten Gurt, den Minischrauber und die Winde an den Gürtel. Er nahm sich den Superstick-Kleber. »Fast wie geschweißt«, lautete die Werbung. Angeblich wurden ganze Autos mit dem Zeug zusammengeklebt. Er schmierte eine dünne Schicht auf das Lüftungsgitter und klebte es in Sekundenschnelle in den Rahmen. Wenn alles glattlief, wären sie längst weg, bis die Wachen überhaupt bemerkten, dass sie nicht mehr in der Gummizelle saßen. Ein bisschen rumzurätseln, wie sie es gemacht hatten, konnte den Mistkerlen nicht schaden.

Eng war es im Lüftungskanal. Und verflixt staubig. Er leuchtete mit der Lampe nach rechts. Dann schob er sich rüber zu Lous Dunkelkammer.

Er klopfte wie verabredet zweimal.

Lou rumpelte noch ein bisschen herum.

Jackson leuchtete mit der Lampe durch die Lüftungsschlitze.

Lou schnalzte leise. Zweimal. Sie hatte die Stelle gesehen. Jetzt steckte Jackson den Minischraubenzieher durch die Lüftungsschlitze.

Lou schnalzte wieder. Sie hatte ihn.

Jackson sah auf die Uhr. Er hatte wertvolle Minuten bei der

Suche vergeudet. Hoffentlich brauchte Lou nicht so lange, um die Schrauben rauszudrehen. Endlich hatte auch Lou den Deckel geöffnet. Jackson reichte ihr den Klettergurt. Dann gab er ihr die Hand und zog sie zu sich rauf in den Schacht. Kein Wort, hatten sie vereinbart, keinen Mucks, nur im Notfall. Alles musste so geräuschlos wie möglich ablaufen.

Sie lächelte.

Jetzt musste auch Jackson lächeln.

Sie klebten auch dieses Lüftungsgitter wieder fest. Dann krochen sie auf allen vieren und immer darauf bedacht, kein Geräusch zu machen, durch den Lüftungskanal. Das war gar nicht so leicht mit dem ganzen Material am Klettergurt. Den Weg hatte Jackson im Kopf, das hoffte er zumindest.

Sie mussten bis zum Ende des Lüftungskanals, dann gelangten sie in den Hauptschacht. Hier mussten sie sich zwei Stockwerke nach unten abseilen und mit Glück und Fingerspitzengefühl in den Lüftungskanal von Block A gelangen.

Lou stöhnte vor Schmerz auf, als sie das Drahtseil an einer Schraube vor dem Hauptschacht einklinkte. Eine Hand fuhr zur Schulter, eine schnelle Bewegung, aber Jackson hatte sie bemerkt.

»Bist du okay?«, flüsterte Jackson.

Lou legte die Finger auf die Lippen und nickte.

Jackson robbte bis an die Kante des Lüftungskanals. Der Hauptschacht war deutlich größer. Er führte senkrecht in die Tiefe. Jackson leuchtete in die Dunkelheit. Er konnte den Boden nicht erkennen. Er hob den Kopf und sah nach oben. Fünf Stockwerke über ihnen drehte sich ein Ventilator. Am Ende der Lüftungskanäle gab es ebenfalls Ventilatoren, die die Luft in die Seitenkanäle saugen sollten. Das System war groß angelegt und sehr anfällig für Störungen.

Jackson klinkte sich am Stahlseil ein. Wenn er hier die Kontrolle verlor, würde er in die Dunkelheit stürzen und da unten verwesen. Eines Tages würde man sich wundern, dass es im ganzen Haus stank.

»Jackie!« Lou sah ihm in die Augen.

»Lou?«

Lou drückte ihm einen Kuss auf die Wange: »Du bist ein Genie!«

»Hoffentlich!«, murmelte Jackson. Dann packte er das Stahlseil. Ein richtiges Kletterseil wäre ihm tausendmal lieber gewesen, aber das wäre zu auffällig gewesen, wenn die Kiste doch entdeckt worden wäre. Draht und Stahlseile waren da schon unauffälliger.

Es kam ihm unendlich langsam vor, wie er sich immer weiter runterließ. Langsam, um nur nicht die Kontrolle zu verlieren. Das Drahtseil schnitt in die Hände ein. Es schmerzte. Jackson zwang sich, nicht auf die Stoppuhr zu schauen.

Endlich erreichte er den ersehnten Seitenkanal. Er stieß sich etwas schwungvoller von der Wand ab, ließ noch etwas Seil nach, flog genau auf das Loch des Seitenkanals zu und ließ im letzten Augenblick das Drahtseil los. Er rutschte in den Seitenkanal. Auf Lou konnte er nicht warten. Er robbte direkt weiter. Er sah durch die Lüftungsgitter in die Zellen. Alle waren leer. Hinten links, die letzte Zelle, da musste Crockie sein.

Er bewegte sich geräuschlos vorwärts und warf doch einen Blick auf die Uhr. Sie hatten noch zehn Minuten! In zehn Minuten musste Crockie tot in seiner Zelle liegen, sonst würden sie auffliegen! Jackson robbte schneller. Er war zu laut, es rumpelte, als der Klettergurt auf das Metallgehäuse des Lüftungsschachts krachte.

Endlich erreichte er Crockies Gitter. Er sah durch. Da lag er. Jackson entfuhr ein Seufzer. Crockie! Kahl rasiert. Ringe unter den Augen. Aber da lag er. Auf seiner Pritsche.

Die Kamera konnte Jackson nicht sehen, aber er wusste, dass sie neben dem Lüftungsgitter hing und nur das Klo, das direkt unter der Lüftung stand, nicht erfasste.

»Crockie! Nicht aufregen. Ich bin's! Jackson. Ich hol dich!«, sagte Jackson leise.

Crockie öffnete die Augen.

»Lüftungsgitter. Schraubenzieher. Leise!«, sagte Jackson.

Crockie stand auf. Er machte zwei Schritte. Die Zelle war winzig. Die Schritte schmerzten Crockie, das konnte Jackson sehen.

»Bist du wahnsinnig?«, flüsterte Crockie.

Jackson reichte Crockie den Minischrauber. »Das will ich meinen. Ich mach dich scheintot und dann raus hier!«

Crockie. Der gute alte Crockie! Jackson hätte ihn umarmen wollen!

Während Crockie das Gitter aufschraubte, bereitete Jackson die FCRT-Spritze vor. Er zog die Hülle ab. Crockie war schmaler geworden in den zwei Wochen im Knast. Hoffentlich hatte Jimmy das bedacht. Diesen Teil der Aktion hatten sie nicht üben können, das Zeug reichte gerade für eine Ladung.

Als Crockie das Gitter geöffnet hatte, war auch Lou endlich eingetroffen.

»Pass auf. Du haust dir die Spritze rein. Dann bist du in zwei Minuten hin. Wenn du dir nicht den Schädel anschlagen willst, solltest du dich hinlegen«, flüsterte Jackson so leise, dass er nicht sicher war, ob Crockie das alles verstanden hatte.

Als Lous Kopf hinter Jackson auftauchte, zuckte Crockie unwillkürlich zurück.

»Die gehört zu mir, Rest später«, sagte Jackson.

Crockie nickte nur. Er sah so verändert aus. Die Haare, klar, aber auch die Augen. Was hatten sie nur mit ihm gemacht?

»Eins noch: Wenn du in einem Sarg aufwachst: Keine Panik! Dann bist du fast am Ziel. Verhalte dich so tot wie möglich!«

Crockie nickte wieder, nahm die Spritze, rammte sie sich direkt in den Arm und gab sie an Jackson zurück. Das nenne ich Vertrauen, dachte Jackson.

Lou und Jackson fädelten ein Stück Drahtseil durch ein Luftloch des Gitters auf die Zellenseiten und durch ein zweites Luftloch wieder zurück in den Kanal, in dem sie saßen. So hockten sie im Lüftungskanal und hielten das Gitter fest: Ein Ende hielt Lou, das andere Jackson. Jetzt hieß es nur noch Warten und Hoffen.

21.

Mitch Coopers erste Aufgabe zu Beginn seiner Schicht war ein Rundgang durch den Zellentrakt. Er wusste bereits, dass es Neuzugänge gegeben hatte, die in der Dunkelkammer schmorten. Genau wie bei ihrem derzeit einzigen Häftling handelte es sich um zwei Jugendliche. Mitch verscheuchte jeden Gedanken daran, wie er es fand, dass Leute zu seinen Klienten gehörten, die sich noch im Starter-Level befanden. Du tust deinen Dienst, die da oben werden schon wissen, was gut für die City ist, sagte er sich. Für die City und damit auch für ihn.

Er schob die kleine Abdeckung der Sichtluke zur Seite. Es handelte sich um ein Froschauge mit einem extremen Weitwinkel, sodass man jede Ecke der Zelle und sogar das Klo überblicken konnte. Keiner verließ sich nur auf die Kameraüberwachung, zumal sie nicht genug Personal hatten, um die Monitore ständig im Auge zu haben. Außerdem war es Vorschrift: alle 30 Minuten Lebendkontrolle.

Was Mitch nun sah, gefiel ihm gar nicht. Er zerrte das Mikro seiner Interkom vor die Lippen: »Scheiße, Krystof, beweg deinen Hintern her«, rief er nach seinem Kollegen. »Block A, Fleming!«

Es wurde hektisch im Flur. Mitch nestelte an seinem Schlüsselbund, die Tür zur Zelle flog auf.

»Hat er sich was angetan?«, fragte Krystof, der sich im Gehen den Hosenschlitz zuknöpfte und den Gürtel festzurrte.

Mitch prüfte die Vitalfunktionen des Jungen. »Puls: negativ«, murmelte er. »Atmung: negativ.« Er drehte den Gefangenen auf den Rücken. Das Gesicht des Jungen hatte einen bläulichen Schimmer, die Lippen waren sogar tiefblau. Mitch startete die Wiederbelebung, stützte sich mit aller Kraft auf den Brustkorb, zählte die Herzstöße, die er dem leblosen Körper gab. Mund-zu-Nase-Beatmung. Wieder die Herzmassage, mehrmals im Wechsel. Ein weiterer Check. Nichts.

»Zu spät«, flüsterte Krystof.

»Wann hast du ihn das letzte Mal kontrolliert?«, schrie Mitch seinen Kollegen an.

Krystof stammelte unverständliches Zeug.

»Wann, verdammt? Wie lange hast du auf dem Scheißhaus gehockt und Zeitung gelesen?« Als Krystof immer noch keinen vernünftigen Satz hervorbrachte, wusste Mitch: zu lange. »Den Ärger badest du alleine aus.«

»Du bist der Schichtleiter«, gab Krystof zurück. »Du bist auch dran.«

Mitch atmete noch einmal tief durch. Crockie Fleming. Der hatte diese Kennung in der Akte. Sofort verständigen, wenn was Besonderes passiert. Sterben war wohl etwas Besonderes. Mitch wusste, wen er informieren musste. Normalerweise war das sein direkter Vorgesetzter, der Abteilungsleiter. In diesem Fall war es etwas anderes. Und er ahnte, dass ihm kein angenehmes Gespräch bevorstand. Im Dienstzimmer der Wachhabenden straffte er die Schultern und atmete tief durch.

Lydia Tremont erschien auf dem Bildschirm. Ungeduldig und nicht besonders erfreut, eine Nachricht von ihm zu erhalten.

»Es geht um die Akte Fleming«, sagte Mitch.

»Hat er geredet?«, fragte Tremont.

»Wir können die Akte schließen.«

»Also hat er gestanden?«, rief Tremont hocherfreut. »Wie ist es gelaufen? Ich komme rüber!«

»Nicht nötig. Er hat nichts gesagt.« Mitch zögerte. Aber es blieb ihm ja doch nichts anderes übrig, als die schlechte Nachricht zu überbringen. Also sagte er: »Er ist gestorben.«

»Was? Waren das die Verhörmethoden von Schmidt und Meier?«

»Frau Generalsekretärin, ich habe nichts mit den Verhören zu tun. Ich passe nur auf, dass keiner abhaut«, sagte Mitch. »Es sieht nach Herzstillstand aus. Er hatte durch die Schussverletzung bei seiner Festnahme viel Blut verloren und wir sind nun mal kein Sanatorium.«

Die Frau am anderen Ende schwieg. Sie atmete schwer. Mitch stellte sich darauf ein, dass er das größte Donnerwetter seines Lebens zu hören bekam. Und anschließend die Kündigung oder die Versetzung in eine der stinkenden Kläranlagen, die aus den Abwässern der City auch noch den letzten verwertbaren Fitzel filterten.

»Bleiben Sie dran«, sagte Lydia Tremont. »O'Reilly, schnell«, hörte Mitch sie rufen. »Sie müssen einen Leichentransport organisieren.« Dann sprach sie mit Eiseskälte wieder zu Mitch: »Und für Sie, mein Herr, suchen wir nun einen schönen neuen Posten. In den Klärwerken werden immer Leute mit Ihren Fähigkeiten gesucht. Dort können Sie viele Bonus-Minuten sammeln, das ist doch toll, oder?«

Mitch ballte die Faust und war froh, dass diese Hexe es nicht sehen konnte. Mittlerweile verstand er, warum diese Frau von so gut wie niemandem in der City gemocht wurde. Wahrscheinlich war eher das Gegenteil der Fall. Die Mehrheit hasste sie und wartete nur darauf, dass sie an ihrer eigenen Galle erstickte. Das jedenfalls wünschte Mitch ihr.

Jimmys Hände wurden etwas schweißig, als er den Leichentransporter per Teleport kontaktierte. Er liebte es, Theater zu spielen. Hatte er als Kind schon gern gemacht. Am liebsten mit Marionetten. Auch damals waren seine Hände so leicht schwitzig geworden, wenn er die Fäden in der Hand hielt. Jetzt nur nicht hektisch werden. Sonst käme am Ende alles durcheinander.

Grischa und Fjodor waren in Position. Er musste nur den Teleport in ihrer Nähe wie verabredet dreimal blinken lassen, sobald diese Leichentransporter mal an ihren Apparat gingen. Aber die schienen sehr beschäftig zu sein. Der Teleport piepte. Niemand meldete sich.

Jimmys Lampenfieber stieg noch etwas. Was war da los? Warum meldeten die sich nicht? Wenn nicht bald jemand das Gespräch annahm, würde Tremont verlangen, dass er einen anderen Leichenlogistiker rief. Und das ging auf keinen Fall. Dann würden sich die Fäden verheddern. Denn Grischa und Fjodor standen bereit. Sie würden den Leichenwagen an der Gasse stoppen, die Fahrer rauslocken, sich den Wagen und die Anzüge der Fahrer schnappen und direkt in Block A fahren. Dafür musste aber jemand an dieses verflixte Teleportgerät gehen!

Es ärgerte Jimmy noch nicht mal, dass ausgerechnet Jackson sich diesen Plan ausgedacht hatte. Es stimmte schon, der Junge hatte was im Kopf. Jimmy liebte das Spiel. Wer die Stücke dazu schrieb, war ihm eigentlich egal.

Es war alles vorbereitet: Der Leichentransporter würde Jackson, Lou und diesen Crockie rausholen. Dann konnten sie endlich, endlich die nötige Zeit zusammenkratzen, um das Boot zu chartern. Völlig legal. Er selbst, James O'Reilly, würde es mieten. Keiner würde Fragen stellen, wenn der Assistent der mächtigsten Frau der City ein Boot brauchte. Alle würde denken, dass Tremont etwas am Festland zu erledigen hätte oder ihn das erledigen ließe. Es war einfach zu schön, um wahr zu sein.

Endlich erschien jemand auf dem Bildschirm des Teleports: »Hallo?«

»Büro Tremont. Wir benötigen einen Transport in Block A«, sagte Jimmy. Hatte er zu schnell gesprochen?

»Wann denn?« Der Typ hatte Nerven! Was war das denn für eine Schwachsinnsfrage? »Jetzt sofort natürlich!«, sagte Jimmy.

»O'Reilly«, krächzte Tremont aus der Gegensprechanlage. »Der verdammte Wagen soll mich hier abholen. Vorher. Ich will den Transport begleiten.«

»Aber M'am!« Jimmy schwitzte. Die Fäden. Seine Marionetten fingen an zu tanzen. »Das geht nicht. Ich meine …«

»Was ist jetzt, junger Mann?«, fragte der Leichenwageneinsatzleiter am Bildschirm. »Unsere Kunden können ja warten, aber die Fahrer haben ihre Zeit nicht gestohlen!«

Nur die Ruhe, Jimmy. Mach jetzt nichts Falsches, nichts Hektisches, dachte James O'Reilly.

»Einen Augenblick, bitte!« Jimmy stellte den Teleport stumm. Tremont war Tremont. Die alte Hexe ging nun mal vor. »M'am! Es ist ein Leichenwagen! Ich glaube nicht, dass Sie da mitfahren möchten.«

»Ach was, das ist doch nur ein Toter. Der tut mir nichts!«

Jimmys Hände begannen zu zittern. »Aber, bedenken Sie, ich meine: Wie machen Sie das mit den Sicherheitsleuten?«

»O'Reilly! Es ist meine Entscheidung. Der Wagen soll sofort hier vorbeikommen!«, keifte Tremont.

Jimmy kannte diesen Ton. Da war jeder Einwand zwecklos. Sie hatte sich mit ihrem unglaublichen Dickschädel durch diverse Wände bis rauf zu diesem Job gekämpft. Ein James O'Reilly würde sie kaum von einer Leichenwagenfahrt abhalten können.

»Ist gut, M'am, ich sage Bescheid, dass die noch eine Person mitnehmen sollen«, gab Jimmy klein bei.

»Nichts da, eine! Zwei! Sie kommen natürlich mit, O'Reilly! Sie kommen mit und sorgen für meine Sicherheit!«, blaffte Tremont ihn an.

James O'Reilly wusste nicht, wie dieses Stück enden würde. Er hatte das dumpfe Gefühl, dass sich die Fäden seiner Figuren gerade heillos ineinander verknoteten.

»Bitte, der Wagen soll erst noch zwei Personen aus der Zentralbank abholen«, sagte Jimmy dem Leichenlogistiker.

»Tot oder lebendig?«, fragte der Logistiker gelangweilt. »Ich frage ja nur. Wir haben diese Wagen mit Begleitpritschen rechts und links.«

»Genau so einen brauchen wir, bitte! Und zwar sofort!«

»Ist unterwegs, Sir!«, sagte der Logistiker.

Jimmy gab das Teleport-Zeichen für Fjodor und Grischa. Dreimal blinken. Dann schaltete er ab.

Er ging zum Waschbecken und wusch sich die Hände. Er trocknete sie gründlich ab. Diese grässliche Frau hinter der Tür machte ihn wahnsinnig. Sie triezte ihn, wo sie konnte. Sie behandelte ihn wie Dreck, wenn sie ihn brauchte. Sie schimpfte ihn kurz und klein, wenn etwas nicht hundertprozentig so lief, wie sie es wünschte. Ausgerechnet diese Frau hatten sie nun an der Backe.

Was sollten sie mit Tremont machen? Wie würde er seine Tarnung aufrechterhalten, ohne Jackson und Lou oder Crockie zu gefährden? Jimmy überlegte hin und her und kam zu keinem Entschluss. Fjodor und Grischa konnte er nicht erreichen. Das Stück lief, die Marionetten tanzten, wie sie wollten – und er, James O'Reilly, war der Spieler, der die ganzen verknoteten Fäden dringend entwirren musste.

Es dauerte elend lang, bis die Empfangsdame endlich durch die Sprechanlage krächzte: »Da ist ein Wagen für Sie.«

Jimmy zog die Krawatte zurecht. Dann erst klopfte er an die Tür der Chefin. »Miss Tremont. Wir werden erwartet.«

Jackson atmete auf, als die Tür zur Zelle endlich aufging. Er hatte sich doch verschätzt, wie lange es dauerte, bis die beiden mit dem Sarg kamen.

Grischa und Fjodor schoben den Sarg wie bestellt auf dem Edelstahlwagen herein und parkten ihn neben Crockies Pritsche. Dieses Gefährt sah wie ein klobiger Servierwagen aus, aber wer studierte schon die Baureihen des Leichentransports? Der eigentliche Sarg, eine der üblichen Zinkwannen mit Deckel, stand fest auf dem Wagen. Dieser Wagen hatte unten geschlossene Wände aus Edelstahl. Was von außen aussah wie eine Konstruktion, mit der man einen Sarg bequem zu einem Leichenwagen fahren konnte, war in Wahrheit das Fluchtfahrzeug für Jackson und Lou. Jackson hatte es entworfen, Grischa, Fjodor und Scout hatten es zusammengeschweißt.

Jackson und Lou wollten das Gitter schon runterlassen, als hinter Grischa noch ein Wachmann die Zelle betrat.

Verdammt. Damit hatten sie nicht gerechnet.

Jackson zog an seinem Ende des Seils. Lou hielt ihr Ende zum Glück noch fest. Das Gitter wackelte ein bisschen. Der Wachmann hob den Kopf, schien sie aber nicht zu bemerken.

Grischa und Fjodor legten ein Tuch über den leblosen Crockie. Grischa schob den Wachmann aus der Zelle. »Ich brauche ein paar Unterschriften von Ihnen«, sagte er draußen auf dem Flur.

Jackson hörte, wie die Zellentür zuschlug. »Schnell, schnell!«, flüsterte er.

Fjodor schob den Wagen mit dem Sarg unter den Lüftungsschlitz in den toten Winkel der Kamera. Er öffnete den Sargdeckel, hob den Boden des Zinksargs hoch und nahm ihn heraus. Das war der einzige Zugang in die große Edelstahlkiste unter dem Sarg. Jackson ließ sich als Erster durch Crockies Sarg in diese Kiste gleiten. Er verkroch sich in die linke Ecke. Lou folgte ihm und kauerte sich in die rechte.

»Das Gitter!«, zischte Jackson noch.

Aber Fjodor legte schon das große Blech auf die Öffnung. Die Transportkiste war geschlossen. Es war stockfinster.

Es rumpelte ein bisschen, als Crockies Körper auf den geschlossenen Boden über ihnen gelegt wurde. Dann wurde der Sargdeckel geschlossen.

Dumpf hörte Jackson die Stimmen von Grischa und dem Wachmann, sie redeten irgendeinen belanglosen Kram, dann bewegte sich der Wagen. Er spürte, wie Lous Hand die seine suchte.

Schon bevor sie den ersten Checkpoint im Gebäude erreichten, merkte Jackson, dass sie etwas vergessen hatten: Die Luft wurde knapp.

Lou drückte seine Hand fester. Sie hatte es auch bemerkt.

»Geht das jetzt mal los, oder was?«, fragte Grischa.

Jackson gab Lou beruhigende Zeichen. Er versuchte, seinen Atem zu kontrollieren. Ruhig atmen. Wenig atmen.

Draußen plauderte Grischa mit dem Wächter, der ihnen eine Tür nach der nächsten aufschloss. Jackson kannte die Pläne des Gefängnisses genau. Insgesamt waren es fünf Schleusen mit Kontrollpunkten, an denen sie vorbeimussten.

Es ging gähnend langsam voran. Jacksons Rücken schmerzte. Außerdem schlief sein linker Fuß ein. Am schlimmsten war jedoch, dass er spürte, wie ihn der Sauerstoffmangel benommen machte.

Lou nahm wieder seine Hand und ließ sie nicht mehr los. Nicht drüber nachdenken, wie gut sich das im Augenblick anfühlt, dachte Jackson. Sonst treibt das noch den Puls nach oben. Dann wird die Atmung schneller und das wäre im Augenblick nicht von Vorteil.

Sie passierten gerade das vierte Tor.

»Mensch, das ist aber ein Tür-auf-Tür-zu hier«, hörte Jackson Grischa sagen.

»Sicherheit muss sein«, sagte der Wächter und aus Grischa platzte ein Gluckser.

»Was gibt es da zu feixen?«, fragte der Wächter.

»Nichts, nichts«, sagte Grischa.

Es fehlte nur noch ein Tor. Dann waren sie am Ausgang. Dem Ausgang für Müll und Leichen. Dem Ausgang in die Freiheit.

»Leichentransport«, hörte Jackson einen Wächter draußen sagen.

»Ich muss noch mal Ihre Decoder checken. Aber Sie hatten ja eine Freigabe, oder?«

»Ja, die haben jetzt schon vier Ihrer Kollegen überprüft«, sagte Fjodor etwas pampig.

Die Luft wurde dünn in der Kiste. Jackson merkte, dass er gähnen musste. Kein gutes Zeichen. Überhaupt kein gutes Zeichen.

»Was ist los, warum sind die noch nicht weg?«, hörten sie endlich einen Mann rufen.

Verdammt, dachte Jackson. Jetzt wird Scout recht behalten. Es gab nur einen Weg rein: verhaftet. Und es gab nur einen Weg raus: tot. Genau, wie sie gesagt hatte.

Luft! An etwas anderes konnte Jackson nicht mehr denken. Seine Lunge brannte. Er brauchte Luft. Er spürte Lou. Es war zu eng. Er musste hier raus.

Nicht hektisch werden. Nur nicht hektisch werden.

Bewegte sich der Wagen? Oder nicht?

Jackson nahm es nicht mehr wahr. Es wurde ihm fast egal. Er öffnete den Mund und hoffte auf Luft. War's das?

Jackson wollte nicht loslassen. Aber er fand kein Sauerstoff-Atom mehr, an dem er sich noch hätte festhalten können. Also ließ er seinen letzten Atem raus. Er ließ einfach los.

22.

Ein Kuss. Nicht gut. Von Ferne eine Stimme. Eine Ohrfeige. Dann noch ein Kuss.

Jackson atmete.

Er öffnete die Augen und sah in die braungrauen von Scout!

Scout? Wieso hatte die sich so über ihn gebeugt? Was fiel der ein, ihn zu küssen?

»Spinnst du?« Jackson fuhr zurück. Er rammte sich den Kopf an einer Stahlwand.

»Wo bin ich?«

»Zurück im Hier und Jetzt«, sagte eine vertraute Stimme.

Die Stimme von Crockie.

»Wir fahren noch. War verdammt knapp mit der Luft«, Lou saß neben Crockie auf einer Pritsche an der Seitenwand des Leichenwagens.

Jetzt erst kapierte Jackson, wo er war. Sie hatten ihn aus dem doppelten Boden gefischt. Es war Scout gewesen, die ihn beatmet hatte. Um ein Haar wäre das versteckte Geheimfach unter Crockies Sarg sein eigenes Grab geworden. Er wollte aus der Kiste klettern, aber der Wagen bog gerade um eine Kurve. Und ihm war noch ziemlich flau.

Also setzte er sich nur im Sarg aufrecht hin. Rechts und links davon war nicht gerade viel Platz auf den zwei Bänken. Auf der linken saßen Lou, Crockie und Scout. Crockie und Lou trugen noch immer Sträflingskleidung.

Crockie sah verändert aus. Das lag nicht nur an dem Schädel, den sie ihm kahl rasiert hatten. Seine Augen schienen ständig den Raum zu scannen. Seine Hände zitterten und er wippte pausenlos mit dem linken Bein.

Scout legte ihre Hand auf Crockies Knie. »He, Freaky, bist ja ein totaler Zitteraal. Wir sind raus. Also komm runter.«

Crockie sah auf Scouts Hand. Er mühte sich ein Lächeln ab. Die Zitterei machte nur eine kurze Pause.

»Haben wir es geschafft?«, fragte Jackson leise.

»Fast. Allerdings haben wir ein paar neue Probleme«, hörte er Jimmy sagen. Jackson sah sich um.

Rechts neben seinem Sarg saß Jimmy und neben ihm eine Frau. Sie war gefesselt, trug eine Augenbinde und war geknebelt. Jackson musste fast lachen. Die Frau sah Lydia Tremont zum Verwechseln ähnlich.

»Was gibt's da zu lachen?«, fragte Jimmy.

»Die sieht aus wie …« Jackson stockte.

Die Frau kochte vor Wut, das war nicht zu übersehen.

»Sie *ist* es«, sagte Jimmy knapp.

»L-l-lydia …«

»Tremont, yep. Es ging nicht anders, verdammt. Wir hätten sie ins Meer kippen müssen oder sonst was.«

Tremont versuchte, etwas zu sagen. Sie wackelte mit dem Kopf hin und her.

»Schnauze, Chef!«, fuhr Jimmy sie an. »Wenn meine Tarnung schon im Eimer ist, kann ich dir jetzt wenigstens ein bisschen was heimzahlen. Also immer schön die Klappe halten, Lydia! Ich darf doch Lydia sagen, oder? Nein? Na, egal. Mach ich trotzdem!«

Der Wagen fuhr eine Abfahrt hinunter. Stoppte. Die Türen flogen auf. Fjodor sah herein. »Schnell! Raus! Mrs T bleibt drin. Da finden wir schon eine Lösung!«

Tremont schien nun um ihr Leben zu zittern. Sie versuchte zu schreien. Sie zerrte an ihren Fesseln. Sie warf den Kopf hin und her. Bis Jimmy ihren Kopf in beide Hände nahm und ihr ganz ruhig sagte: »Seien Sie ruhig, M'am. Sonst müssen wir Ihnen eine kleine, fiese Spritze verpassen. Das wollen Sie doch nicht, oder?«

Lydia Tremont beruhigte sich einigermaßen, während Jackson und die anderen aus dem Wagen in die Tiefgarage kletterten. Jackson stieg der Geruch von Müll und verfaultem Fischfett in die Nase.

Jimmy zwinkerte Fjodor zu. »Du überwachst sie. Sobald sie einen Mucks macht, haust du ihr die hier rein!« Er griff in eine Müllkiste, reichte Fjodor eine Verpackung und knisterte damit eine bisschen herum.

»Geht klar. Kann ich nicht jetzt schon?«, fragte Fjodor so laut, dass Tremont es deutlich hören konnte. »Ich meine: sicher ist sicher!«

»Nein, gib ihr eine Chance!«, sagte Jimmy.

Tremont blieb stocksteif sitzen und gab keinen Ton mehr von sich. Jackson grinste, als er sah, was Fjodor wirklich in der Hand hielt. In türkisen Buchstaben stand auf der Verpackung: Hubackle.

Scout zog einen schweren Werkzeuggürtel aus dem Fußraum des Beifahrersitzes und legte ihn sich über die Schulter, als sei es ein Handtäschchen für den Abend. Mit der anderen Hand griff sie sich einen Bolzenschneider.

Jackson, Lou, Crockie und Jimmy folgten ihr.

In einer Seitenkammer hatte Scout zivile Klamotten für sie bereitgelegt. Die für Crockie waren zwei Nummern zu groß.

»Sorry, Freaky«, nuschelte Scout.

»Passt super«, entgegnete Crockie. Der Pullover schlabberte so an ihm runter, dass er fast so lässig aussah wie vor der Verhaftung.

»Wo sind wir?«, fragte Jackson Lou leise.

Sie liefen in eine Art Tunnel, es roch nicht gut hier unten.

»Das erkennst du nicht, Genie?«, fragte Scout von vorne. »Ist doch wohl logisch. Wir gehen in den Bezirk 404.«

Jackson nickte. Logisch. Sie mussten sofort zum Transponder. Sie wollten alle verfügbaren Konten aufladen. Und sie hatten den Zugang endlich dabei: Crockie.

Die Truppe fackelte nicht lange, das gefiel Jackson einerseits. Je länger er mit ihnen zusammen war, desto mehr beeindruckte ihn, wie überzeugt sie von ihrer Sache waren.

Ihm war im Moment jedoch viel mehr danach, mit Crockie zu sprechen, sich um ihn zu kümmern, er sollte sich von der Seele reden, was ihn zu diesem verdammten Zitteraal gemacht hatte. Jackson wusste, dass das warten musste.

»Habt ihr ausreichend Schutzanzüge und Helme organisiert?«, fragte er, als sie eine schwere, angerostete und fest mit dem Rahmen verschraubte Eisentür erreichten. Die Warnschilder blätterten ab. Die Schrauben waren doppelt gesichert und verplombt.

Scout begann, die Plomben mit dem Bolzenschneider zu knacken. »Bist du zu fein für ein bisschen Dreck, oder was? Wer braucht schon einen Schutzanzug?«

Jackson schluckte. Nach allem, was er über den Bezirk 404 gehört hatte, war es nicht harmlos, sich da in zu groß geratenen Freizeitklamotten reinzuschleichen.

»Was wollen wir denn in dieser verpesteten Gegend?«, schaltete sich Crockie ein. »Habt ihr kein besseres Versteck?«

Jimmy und Lou sahen sich an. Scout ließ den Bolzenschneider sinken. Dann grinste Jimmy rüber zu Crockie. »Netter Versuch. Wir wissen, dass du das Ding, das ihr Transponder nennt, gebastelt und irgendwo im Sperrbezirk aufgeschaltet hast. Hab Vertrauen. Jackson hat es uns erzählt. Wir brauchen etwas Zeit auf unseren Konten, um ein paar Dinge zu besorgen. Viel Zeit.«

Crockie starrte Jimmy an. »Was erzählst du für einen Blödsinn? Ich bin doch nicht lebensmüde!«

Jackson gab Crockie ein Zeichen. Er konnte sich beruhigen. »Du hast das Ding doch aufgeschaltet, Crockie. Ist schon okay. Die sind nicht vom Sicherheitsdienst oder der Abteilung Z.«

»Glaub ich gerne«, sagte Crockie. »Aber wer ist schon so bescheuert und versteckt irgendwas im Sperrbezirk 404? Ich hab diese Gegend studiert, für meinen Jahresscheiß. Kannst du komplett knicken! Müsste man grundsanieren, bevor man da einen Fuß reinsetzen kann. Ich hab Leute gesehen, die da zwei Jahre gearbeitet haben.« Crockie schüttelte den Kopf. »Ist nicht schön, so ein Leben ohne Schleimhäute.«

»Aber, ich dachte …«, fing Jackson an.

Nun war es Crockie, der entgeistert guckte. »Denkst du, mir würde mein Unfall damals nicht reichen, oder was?« Crockie lachte trocken. »Ich lebe eigentlich ziemlich gerne. Klar, ich habe den Transponder ins Netz eingeklinkt, aber doch nicht hier, das müsstest du doch wissen!?«

Scout trat einen Schritt vor. Der Bolzenschneider in ihrer Hand hatte keine beruhigende Wirkung und das Flackern in ihren Augen schon gar nicht. »Hast du uns etwa die ganze Zeit verarscht?«

»Meint ihr, ich mache den ganzen Mist aus Spaß mit?« Jackson suchte Lous Blick, aber ihre Miene war verschlossen, zweifelnd.

»Nicht aus Spaß, aber um den da aus dem Knast zu holen?« Aus Scouts Stimme verschwand der viel weichere Tonfall, den sie bisher angeschlagen hatte, wenn es um Crockie ging.

Crockie sah Jackson in die Augen. Jackson kannte diesen Blick. Crockie versuchte, in Jacksons Gehirn zu schauen. »Ich kann da rein«, hatte er früher im Spaß gesagt und auf Jacksons Stirn getippt. »Mir machst du nichts vor.«

Crockie versuchte herauszufinden, ob Jackson freiwillig mit der Gruppe hierhergegangen war oder ob sie ihn mit irgendetwas erpressten, etwas gegen ihn in der Hand hatten. Konnte er diesem irren Kommando Matt Fuller vertrauen? Das wollte Crockie wissen.

»Können wir einen Augenblick allein sein?«, fragte Jackson.

Lou nickte sofort. Scout ließ den Bolzenschneider sinken und Jimmy rümpfte die Nase, aber immerhin verzogen sich die drei.

»Was ist los? Weißt du echt nicht, wo der Transponder hängt? Oder bedrohen die dich irgendwie?«, fragte Crockie.

Jackson schüttelte den Kopf. »Diese Leute hier, Lou, Scout, Jimmy und die Jungs sind völlig durchgeknallt, keine Frage.« Er zögerte einen Augenblick. War Crockie in der Lage, die Wahrheit zu vertragen, in dem Zustand, in dem er sich befand? Eigentlich hatte Jackson ihn erst später mit der ganzen Geschichte konfrontieren wollen. Er spürte, wie sein Mund trocken wurde. »Crockie, wir haben keine andere Chance, unsere Familien zu befreien.«

»Unsere Familien?« Crockies Hände nestelten am Saum des Schlabberpullis. Sein linker Fuß klackerte auf dem schmierigen Betonboden.

»Der Sicherheitsdienst hat deine Eltern verhaftet. Und meine Eltern. Die haben sogar …« Jackson musste schlucken.

Crockie riss die Augen auf und hauchte: »Celine?«

Jackson nickte. »Sie haben alle mitgenommen.«

»Und Henk?«, fragte Crockie.

Jackson schüttelte den Kopf.

»Mistkerl, verdammter Mistkerl«, schrie Crockie. »Ich wusste immer, dass er ein Mistkerl ist. Sie haben ihn kleingekriegt, stimmt's? Hat er uns verraten?«

»Sieht ganz danach aus, aber das ist jetzt egal. Es geht denen gar nicht um uns. Dieser verdammte Sicherheitsdienst scheint uns für Rebellen vom Kommando Matt Fuller zu halten. Das ist aber auch egal. Mit diesen Leuten könnten wir es schaffen, unsere Eltern und Celine zu befreien.« Jackson redete so schnell, dass sich seine Worte fast überschlugen. »In Kürze wird die City am Festland vorbeidriften. Matt Fuller sitzt dort vermutlich fest. Für diese Befreiungsaktion brauchen wir aber eine Menge Material: ein Boot, Nachtsichtgeräte, Werkzeuge, wir müssen auch ein paar Leute bestechen.«

Crockie sah noch einmal nervös den Gang runter. Dann sagte er plötzlich entschlossen: »Okay, du hast einen Plan, ja? Und dafür brauchen wir Zeit? Wir können eine Menge Zeit besorgen mit dem Transponder. Nur hängt der nicht im Bezirk 404. Diese Kennung war nur ein Ablenkungsmanöver von mir.«

»Wo hängt er?«

Crockie grinste, wurde dann aber ernst. »Weißt du das wirklich nicht?«

Ambrose di Gallo war kein Freund von solchen Aktionen. Aber es half ja nichts. Der Chef war der Chef und wenn er ihn zu sich zitierte, konnte selbst der beste Ermittler der Stadt nichts anderes tun, als zu gehorchen.

Niemand wusste, wie Paul Richmond es geschafft hatte, in der Geschäftsführung der Polizei so weit aufzusteigen. Er war ein lausiger Ermittler und ein miserabler Schütze noch dazu.

Richmond saß hinter seinem Schreibtisch und schien schon den Kopf einzuziehen.

»Ah, di Gallo, da sind Sie ja!« Der Chef versuchte, locker zu erscheinen. Dieser Versuch war gescheitert. »Wir haben hohen Besuch.«

Da standen sie also. Agenten von der schweigsamen Abteilung Z. Völlig klar. Ein Mann, der sich als Dieter Meier vorstellte. Eine Frau mit einem strengen Pferdeschwanz. Mechthild Schmidt. Meier und Schmidt, schon klar, dachte di Gallo. Sehr kreative Decknamen. Diese dunkelblauen Anzüge sollten unauffällig sein. Das glaubte doch kein Schwein mehr. Fehlte nur noch, dass sie gleich verspiegelte Sonnenbrillen zückten, und das Abziehbild eines Geheimagenten war perfekt. Das Abziehbild aus einem schlechten Kinofilm.

»Was ist passiert?«, fragte di Gallo.

»Haben oder hatten Sie in den letzten Stunden Kontakt zu Lydia Tremont?« Meier gab sich gar nicht erst die Mühe, Richmond ins Gespräch einzubinden. Er ignorierte ihn einfach und setzte sich bequem auf dessen Schreibtisch.

»Habe sie schon seit Tagen nicht mehr gesehen«, gab di Gallo knapp zur Auskunft.

»Wie steht es mit dem Assistenten von Mrs Tremont? James O'Reilly?«

Di Gallo schüttelte den Kopf. »Was ist passiert?«

Dieter Meier sah di Gallo säuerlich an. Alles klar, es war dem Kommissar offenbar nicht gestattet, Fragen zu stellen.

»Wir haben Ihre Akte über Jackson Crowler und Henk Vermeulen bekommen. Wissen Sie, wo sich die Jungs aufhalten?«

Di Gallo zuckte mit den Schultern. »Ist geheim.«

Dieter Meier lächelte müde. »Wollen Sie wieder auf Streife gehen, di Gallo? Oder im Keller Regale abstauben? Nein? Dann kooperieren Sie!«

Die Frau, die sich Mechthild Schmidt nannte, stellte sich hinter di Gallo. »Wir sind recht ungeduldig, da wir kurz vor einer verdeckten Großfahndung stehen!«

»Ach ja? Und nach wem suchen Sie? Jackson, Henk? Oder suchen Sie nach Crockie Fleming?«

Dieser Name löste für einen Augenblick echtes Erstaunen bei den beiden Geheimnistuern aus. »Was wissen Sie über Crockie Fleming?«, fragte Meier scharf.

»Nichts«, gab di Gallo zu. »Nur, dass er tot sein soll, was ich aber nicht glaube.«

»Es ist egal, was Sie glauben«, sagte Schmidt. »Wo finden wir die Jungs?«

Di Gallo seufzte. Er schrieb eine Adresse auf einen Zettel. »Früher oder später tauchen sie eigentlich immer hier auf.«

»Der Kiosk dieses alten Kerls?«, fragte Meier.

Di Gallo warf einen Blick in sein Notizbuch, als könne er sich nicht an den Namen erinnern, aber das konnte er natürlich. Eigentlich brauchte er auch dieses Büchlein nicht. Sein Kopf reichte aus. Da war viel Platz für viele Details. »Gainsbourgh. Rufus Gainsbourgh, ja.«

»Danke, Sie können gehen«, fügte Schmidt hinzu.

Di Gallo nickte, stand auf und verließ den Raum. Diese Typen von der Abteilung Z waren einfach stümperhafte Ermittler. Das hatte er immer geahnt. Die kannten den Kiosk und hatten keine

Ahnung, was es damit auf sich hatte. Er hatte inzwischen alle Pläne des Gebäudes und der Umgebung studiert. Wenn die Abteilung Z die Jungs dort stellen würde, gab es für sie nur einen Weg raus – und di Gallo traute ihnen zu, dass sie den nehmen würden. Es war zu schön, die Abteilung Z für seine eigenen Zwecke einzuspannen. Di Gallo verkniff sich ein Grinsen.

Fest stand: Wenn die Abteilung Z nicht wusste, wo Lydia Tremont und O'Reilly waren, dann wusste es niemand. Die Öffentlichkeit sollte das offensichtlich nicht erfahren.

Dass sie nach O'Reilly gefragt hatten, machte die Sache direkt interessant für di Gallo. Steckte der Sekretär mit seiner Vorgesetzten unter einer Decke? Oder hatte er sie belauscht, um sie im richtigen Augenblick verschwinden zu lassen? So oder so war es nun nicht mehr di Gallos Bier. Abteilung Z war am Zug.

Deren Stil war nicht der seine. Eins aber interessierte di Gallo doch noch. Warum waren sie beim Namen Crockie Fleming so zusammengefahren? Der Ermittler wusste, wen er anrufen musste. Er hatte auch eine ziemlich klare Vorstellung davon, wo Crockie Fleming im Augenblick sein konnte. Klar war für di Gallo jedenfalls eins: Die City wurde längst nicht mehr so regiert, wie es der Gesellschaftsvertrag vorsah – und wenn Crockie Fleming tot war, dann war die Erde vermutlich eben doch eine Scheibe.

23.

»Schnall ich einfach nicht!« Jackson stand da. Vor dem Kabelsalat. Im fensterlosen Keller des Kiosks von Rufus Gainsbourgh. Die Leitungen wurden nur schwach vom Schein der Taschenlampe, die Lou in der Hand hielt, erleuchtet. »Warum hast du uns nichts gesagt? Nicht wenigstens ein Zeichen für den Notfall hinterlassen?«

Crockie zuckte mit den Schultern. »Rufus wusste es. Wenn etwas schiefgehen sollte, hatte er eine klare Ansage von mir, dass er dich informiert.«

»Rufus? Der war eingeweiht?« Jackson verstand überhaupt nichts mehr. »Warum hat er nichts gesagt?«

Crockie sah rüber zu Jackson. »Keine Ahnung. Ich meine, hast du ihm denn gesagt, was passiert ist?«

Jackson überlegte. »Klar, schon. Also nicht alles. Aber dass du tot warst.«

Crockie seufzte. »Vielleicht hat er das geglaubt und gedacht, der Transponder würde dich nur in Schwierigkeiten bringen.«

Jackson nickte. Stimmte schon. Rufus hatte ihn bestimmt nur schützen wollen und deshalb geschwiegen. Andererseits: Hatte er nicht mitbekommen, dass Henk und er nichts so sehr suchten wie den Transponder?

»Oder er hat sich selbst bedient«, sagte Scout. »Rente hoch drei, bis er in die Kiste steigt, ist doch super. Da wird jeder gierig.«

»Wo steckt dieser Rufus überhaupt?«, fragte Lou.

Jackson zuckte mit den Schultern. In den Kiosk waren sie durch die Hintertür gekommen. Rufus war nicht da gewesen. Die Tür war auch noch nicht repariert, seit Jackson sie aufgebrochen hatte.

»Nun macht schon, ihr Spezialisten!«, drängelte Scout. Sie stand auf der Leiter, die runter in den winzigen, fensterlosen Kellerraum führte. Die Bodenluke hielt sie mit einer Hand offen.

Jackson rieb sich die Augen. Der Kiosk von Rufus hatte einen Keller, dessen Zugang genau unter dem müffelnden Sessel versteckt war, auf dem er und Henk die ganze Zeit rumgehangen hatten. Er hatte den Transponder sozusagen die ganze Zeit unter seinem Hintern gehabt. Er hätte Jahre und Jahrzehnte auf sein Konto laden können!

Dieser winzige Kellerraum war ringsherum bis unter die Decke mit Regalen verbaut. Nur an der Wand, direkt neben der Leiter stand ein Ungetüm von einem uralten Kleiderschrank. Die Türen dieses Schranks hatte Crockie geöffnet und so den Blick auf die Wand dahinter freigegeben. Der Kleiderschrank war leer, seine Rückwand konnte man zur Seite schieben. Genau hinter dieser Rückwand lief ein Kabelstrang durch die Wand. Und was für einer. Es war ein regelrechter Vorhang aus Kabeln, der sich da auftat. In diesem Gewirr hatte Crockie den Transponder versteckt und angeklemmt.

Crockie tippte hektisch Zahlenreihen in die kleine Tastatur des Geräts, die er von einem Zettel ablas, den Lou ihm unter die Nase hielt. Er verteilte Tage, Wochen und Monate auf die Konten, die hinter diesen Nummern standen.

»Still!«, zischte Scout. Sie hielten inne. Scout lauschte. »Nein, nichts. Bist du sicher, dass das Ding da nicht zu orten ist, wenn du daran arbeitest?« Sie sah Crockie ernst an.

Crockie lächelte sein Crockie-Lächeln. »Ausgeschlossen. Niemand kann es orten. Die Technik sendet kein Signal aus. Nicht mal mit einem Echo-Ping kriegst du was von ihm mit. Erst im Quartalscheck wird vielleicht jemand aufmerksam und der ist in ein paar Wochen.«

»Dann packt mir noch ein Jährchen drauf.« Scout grinste und hielt ihm ihren Decoder hin, riss jedoch die Hand plötzlich hoch. Wieder lauschten sie alle. Hier unten konnte Jackson nichts hören. Aber Scout flüsterte: »Entweder du irrst dich oder jemand hat uns verpfiffen. Wir kriegen Gesellschaft!«

Es dauerte einen Moment, bis auch Jackson die Autos heranrollen hörte, Sekunden später die Schritte und dann das Poltern an der Vordertür. »Aufmachen! Aufmachen! Sicherheitskontrolle!«

»Den Sessel! Schnell! Scout, komm runter. Jackson, zieh den Sessel mit dem Seilzug da drüben über die Luke!«, sagte Crockie.

»Dann sitzen wir in der Mausefalle!«, sagte Scout. »Wir müssen rauf aufs Dach!«

»Vertrau mir!«, sagte Crockie.

Jackson wollte Scout schon runter zu sich ziehen. Scout vertraute niemandem, aber erstaunlicherweise schien sie ausgerechnet auf den Freak Crockie zu setzen. Sie sprang die Leiter runter, klappte die Luke zu und half Jackson mit dem Seilzug den Sessel zurück an seine Position zu ziehen. Sie hörten schon das Splittern der Holztür. Dieser Sicherheitsdienst war nicht zimperlich.

»Alles durchsuchen. Alles! Sie müssen hier sein, hat der Schlaumeier gesagt!« Die Stimmen drangen nur dumpf zu ihnen in den winzigen Keller, der notdürftig von Lous Taschenlampe erhellt wurde.

»Was jetzt?«, flüsterte Scout.

Crockie grinste. Er winkte sie näher zu sich in den Schrank. Er trat noch einen Schritt auf den Kabelsalat zu und schob die alten Glasfaserkabel wie einen Vorhang zur Seite. Dann war er plötzlich verschwunden.

»Schlagt von mir aus die ganze Hütte kurz und klein oder zündet sie an!«, hörte Jackson oben eine Frau sagen.

Scout war schon hinter Crockie in den Kabelschacht geklettert. Jackson spürte Lous Hand in seiner. Sie zog ihn zu sich in den Schrank.

»Komm!«, flüsterte sie.

»Warte!« Jackson betrat den alten Kleiderschrank. Im Schein von Lous Taschenlampe zog er die Tür von innen zu. »Ordnung muss sein«, flüsterte er und folgte Lou durch die Wand aus Kabelsträngen.

Der Kabelkanal war nicht gerade komfortabel. Meister Chang hätte seine Freude gehabt. Es ging eine Röhre entlang, die direkt unter der Straße verlief. Der Kabelkanal führte zuerst ein Stückchen abwärts. Dann zweigte eine zweite Röhre ab. Es war extrem eng und sie kamen nur langsam voran.

»Wir nehmen den ersten Ausgang«, sagte Crockie.

Lou leuchtete mit der Taschenlampe. Es war eigentlich nicht nötig. Die runde Röhre ließ sowieso nur einen Weg zu: Immer geradeaus. Gehen war unmöglich. Selbst zum Krabbeln war dieses Rohr zu eng. Sie mussten vorwärtsrobben.

Es ging elend langsam. Jackson glaubte, hinter sich Geräusche zu hören. Der Sicherheitsdienst hatte den Keller entdeckt.

»Schneller!«, keuchte Jackson.

Lou gab das Kommando weiter nach vorne.

»Hier rauf!« Crockie hatte eine Nische mit einer Menge Verteilerkästen erreicht. So alt und verrostet, wie die da hingen, war es ein Wunder, dass die Technik der City nicht viel häufiger zusammenbrach, fand Jackson. Von diesem Verteilerpunkt aus führte eine Eisenleiter hinauf an die Oberfläche.

»Diese Treppchen sind für die Techniker«, erklärte Crockie.

Scout grinste. »Wissen wir, Crockie. Wissen wir alle!«

»Das Schöne an Rufus' Kiosk ist, dass er genau auf so einem alten Verteilerpunkt steht.«

»Erzähl uns das alles, wenn wir oben sind, Crockie!«, sagte Lou.

Jackson warf einen Blick zurück Richtung Keller. Er konnte keinen Lichtschein ausmachen. Anscheinend waren sie noch unentdeckt.

Crockie kletterte die Leiter rauf, hob den Deckel an, der das Loch oben verschloss, sah sich um. »Wir sind an der Ecke zur Romantic Avenue«, gab er nach unten durch.

Die Romantic Avenue lag zwei Häuserblocks vom Kiosk entfernt, zwei Blocks, die sie vor den Blicken der Verfolger schützten.

»Raus mit dir«, rief Scout.

Crockie verschwand an der Oberfläche. Scout und Lou folgten. Jackson kletterte als Letzter aus dem Loch.

Kaum war er oben angekommen, packte ihn jemand von hinten. »Und da haben wir Nummer vier! Wunderbar. Hallo, Jackson!«

Jackson spürte, wie seine Hände auf dem Rücken gefesselt wurden. Er drehte sich herum.

Vor ihm stand Ambrose di Gallo und grinste.

Ambrose di Gallo schob die vier Jugendlichen vor sich her. Sie waren weit genug weg vom Kiosk des alten Mannes, aber in aller Kürze würde hier ein Rollkommando der Abteilung Z auftauchen, das die ganze Gegend abriegelte.

Das Mädchen mit den kurz geschorenen Haaren kannte di Gallo nicht. An Louise Clermont erinnerte er sich vage, sie hatte den Platz von Crockie Fleming in der Schule eingenommen, war ihm aber bei seinen Ermittlungen nicht weiter aufgefallen.

Bei Crockie Fleming musste er zweimal hinschauen. Der rasierte Schädel veränderte den Jungen sehr, vor allem hatten seine Augen nichts mehr mit dem Strahlemann zu tun, den er auf einigen Fotos gesehen hatte. Meier und Schmidt hatten dem jungen Kerl bei den Verhören hart zugesetzt.

Ein saurer Geschmack machte sich in di Gallos Mund breit. Diese Methoden ekelten ihn an. Di Gallo spuckte aus.

»Crockie Fleming«, murmelte er.

Der Junge nickte.

»Also lag ich richtig.«

»Womit?«, fragte Jackson.

»Dass dein Kumpel lebt. Ich hatte so ein Gefühl und ein paar Indizien, aber dieses Biest hat es abgestritten.«

Die Jugendlichen grinsten. Alle wussten, wer gemeint war.

Di Gallo bugsierte die vier auf den Rücksitz seines Dienstwagens, setzte sich hinters Steuer und fuhr los. Er amüsierte sich über die langen Gesichter seiner Fahrgäste, als er die Romantic Avenue hinuntersteuerte, direkt auf die Querstraße zu, an der der Kiosk lag. »Kleiner Tipp vom Fachmann: Nie vom Tatort wegrasen, sondern schön ruhig darauf zufahren. Dann kommt keiner auf die Idee, dass ihr die Bank ausgeraubt habt.« Er schlug sich auf den Schenkel und lachte. »Schöner Witz, oder?«

Keiner lachte.

Unauffällige, aber für den Fachmann sofort als solche erkennbare Fahrzeuge der Abteilung Z kamen ihnen entgegen.

»Köpfe runter!«, befahl di Gallo. Seine vier Fahrgäste duckten sich sofort.

Di Gallo pfiff einen Song mit, der leise aus dem Radio dudelte, und fuhr weiter. Ein Nachrichtensprecher unterbrach das Programm mit einer dringenden Meldung. Di Gallo drehte den Ton lauter.

»... wird die Generalsekretärin vermisst. Sie befand sich zuletzt in der Begleitung ihres persönlichen Assistenten James O'Reilly, von dem bisher ebenfalls jede Spur fehlt ...«

»Hoppla«, sagte di Gallo. »Sind die beiden etwa durchgebrannt? Das wäre mal ein schöner Skandal. Die mächtigste Frau der City hat eine Liebesaffäre mit ihrem Sekretär.«

»... die Polizei geht von einem Entführungsfall aus ...«

Di Gallo drehte das Radio aus, lenkte den Wagen auf den Hinterhof einer Wäscherei und stellte ihn hinter ein paar Lieferwagen des Unternehmens *Clean & More* ab. Er drehte sich zu den Jugendlichen um.

»Was. Geht. Hier. Ab?«, fragte er und hoffte, dass sie eines verstanden hatten: Er hatte keine Lust mehr darauf, von irgendwem an der Nase herumgeführt zu werden.

»Wir wollten nur ein paar Tage für Crockies Eltern abzweigen, für einen kleinen Urlaub, zum Hochzeitstag«, sagte Jackson. »Mehr nicht, wirklich.«

»Ahaaaa, mehr nicht!« Er konnte sich ein ironisches Grinsen nicht verkneifen.

»Ja, ganz bestimmt«, sagte Crockie Fleming.

»Ein paar Tage und vielleicht ein Stündchen hier und ein Stündchen da? Um die beiden Ladys hier zu beeindrucken?«

Die Jungs schüttelten die Köpfe.

»Haltet ihr mich eigentlich für bescheuert? Meint ihr, ihr könnt mir jede blöde Geschichte unterjubeln?«, schrie di Gallo. »Jetzt erzähle ich euch mal eine Geschichte. Zuerst ist ein gewisser Crockie tot und eine gewisse Mrs Tremont nimmt sich der Sache höchstpersönlich an. Dann ist der Tote plötzlich wieder putzmunter, na ja, so eine Art putzmunter.« Er betrachtete Crockies Haarstoppeln. »Gleich darauf fällt er aber wieder tot um, eine gewisse Mrs Tremont verschwindet mitsamt ihrem Sekretär. Da taucht Crockie erneut auf. Jetzt mit ein paar anderen Leuten.« Er tippte Lou und Scout auf die Schultern.

»Finger weg«, zischte Scout.

»Sir«, meldete sich Jackson zu Wort. »Wir …«

»Kein Wort!«, fuhren ihm die beiden Mädchen dazwischen.

»Kein Wort zu was?«, fragte di Gallo höchst liebenswürdig.

»Du bist ein toter Mann, wenn du etwas sagst!«, schrie Scout.

»Wow, das sind ja nette Freundinnen, die ihr da gefunden habt«, sagte di Gallo.

Jackson ließ sich nicht beirren. Er wusste, dass sie kaum noch eine Chance hatten, aber er spürte auch, dass dieser Polizist nicht wie Tremont war. Wahrscheinlich war er genauso an der Nase herumgeführt worden wie alle anderen. Das machte ihn so wütend.

Scout und Lou redeten auf ihn ein, bis di Gallo »Ruhe!« schrie.

»Ich kann Ihnen nicht sagen, um was es wirklich geht, das habe ich meinen Freunden versprochen.« Jackson schaute Lou und Scout an. Keine von beiden reagierte. »Meine Eltern, meine Schwester, Crockies Eltern – sie sind alle verhaftet worden, und wenn es stimmt, was unsere Freunde sagen, werden sie über kurz oder lang ausgewiesen, auf den Kontinent verfrachtet oder was auch immer.«

»Sie sind unschuldig. Sie haben mit alldem nichts zu tun«, sagte Crockie. »Jackson und ich haben Mist gebaut, okay, aber sie sind absolut unschuldig.«

»Auf den Kontinent!«, rief Jackson aus. »Sie wissen, was das bedeutet?« Er wusste es zwar selbst nicht ganz genau, aber er wusste, dass sie nur noch eine Chance hatten. »Wir müssen sie da rausholen.«

»Wie wollt ihr das anstellen?«, fragte di Gallo.

Ein Mann in einem weißen Overall mit der Aufschrift *Clean & More* näherte sich dem Auto des Polizisten. »Hallo, Sie da! Sie können hier nicht parken, Sie behindern die …«

»Zieh Leine«, herrschte di Gallo ihn an.

»Aber …«

»Zieh Leine, habe ich gesagt.« Di Gallo zückte seinen Dienstausweis.

Der Mann sah ein, dass er besser tat, was der Polizist von ihm verlangte.

In Jacksons Kopf wirbelten die Gedanken durcheinander. Alle schauten ihn an. Sogar in Crockies Augen standen Zweifel. Keiner glaubte mehr daran, dass sie eine Chance hatten. Jackson wusste, dass sie recht hatten, wenn di Gallo sie nicht gehen ließ.

Aber er hielt sie schon viel zu lang fest.

Er hatte sie nicht an die Spezialeinheit ausgeliefert, die nicht allzu weit von hier alles auf den Kopf stellte, um ihn und Crockie zu schnappen. Er hatte sie nicht zur Polizeidienststelle gefahren. Wo waren überhaupt der Rothaarige und der Stinker, ohne die er bisher nie aufgetaucht war? Hatte di Gallo selbst Zweifel an dem, was vorging?

Wie er von »einer gewissen Mrs Tremont« gesprochen hatte. Klang nicht nach viel Sympathie, im Gegenteil. Biest hatte er sie genannt. Der Polizist konnte mit der Frau nicht viel anfangen, vielleicht mehr als das: Sie war ihm zuwider.

Jackson atmete tief durch. Er musste nun alles auf eine Karte setzen, den letzten, den vielleicht einzigen Trumpf, über den sie noch verfügten, ins Spiel bringen. Er schluckte. Trotzdem hörte sich seine Stimme kratzig an. »Sie bekommen Tremont von uns und lassen uns im Gegenzug dafür laufen. Das dürfte Ihrer Karriere einen ordentlichen Schub geben.«

Scout schrie laut auf.

Lou warf den Kopf in den Nacken und stöhnte.

»Lydia Tremont ist bei euch?«, fragte di Gallo. Sein Blick sprach Bände. Damit hatte er nicht gerechnet.

Jackson nickte. »Ja. Sie ist in unserer Gewalt.«

»Oh Mann«, flüsterte Crockie. »Jackson Crowler, du Wahnsinniger, sag noch einmal, dass dein Freund Crockie ein Freak ist.« Sein Grinsen bewies Jackson, dass Crockie die Idee alles andere als wahnsinnig fand.

24.

Lydia Tremont schwitzte. Sie schwitzte seit dem Augenblick, in dem dieser undankbare James O'Reilly sie gefesselt, geknebelt und in einen Leichenwagen geworfen hatte, in dem eigentlich dieser Crockie durch die Gegend gefahren werden sollte. Und nicht sie.

Dieser ebenfalls verfluchte Crockie, der mehr Ärger machte als der ganze Rest der Bande. Der offensichtlich unverwüstlich war. Schon zum zweiten Mal hatte man ihr weisgemacht, das Kerlchen sei tot, und beide Male war er auf wundersame Weise auferstanden.

Oh, dieser Schweiß. Eine Frau wie sie verlor nicht die Fassung, sie sah nicht zerzaust aus und vor allem schwitzte sie nicht aus Wut und in der ein oder anderen Minute auch aus Angst. Diesen Leuten war alles zuzutrauen und wenn sie eines wusste, dann das: Lydia Tremont war als Generalsekretärin der Zentralbank von Ocean City noch nicht am höchsten Punkt ihrer Karriere angekommen. Es gab noch etwas zu erreichen. Clark Kellington III. hatte viel geschafft in seinem Leben, keiner seiner Vorfahren hatte die City so fest in seinem eisernen Griff gehabt, aber seit dem tragischen Tod seiner Tochter fehlte ihm jemand für die Nachfolge. Und genau das würde Mrs Lydia Tremont sich zunutze machen.

Darum wollte und musste sie lebend aus dieser Sache herauskommen. Lebend. Ordentlich frisiert. Und duftend.

Hoffentlich waren keine Medien bei ihrer Befreiung anwesend, das war außer der akuten Sorge um ihr Leben der zweite Gedanke. Keine Fotografen, keine Kamerateams.

O'Reilly, dieser Mistkerl, hätte das zu organisieren. Er hätte eine große Aktion inszenieren können, bei der sie die Heldin gewesen wäre. Er hätte dafür sorgen können, dass sie glänzend dastehen würde. Keiner würde erfahren, dass sie sich hatte übertölpeln lassen. Es hätte ausgesehen wie ein geschickter Schachzug der mächtigen Chefin über die Zeit.

Und nun hatte O'Reilly sie verraten, alles an dieses aufrührerische Pack weitergeben. Dieser Idiot! Sie hätte ihn zum Generalsekretär der Zentalbank gemacht, wenn sie selbst auf den höchsten Posten gerückt wäre.

Jetzt würde sie ihn fertigmachen.

Jeden Einzelnen von ihnen würde sie in Stücke reißen.

James O'Reilly. Crockie Fleming. Jackson Crowler. Und die anderen, von denen sie nur die Vornamen kannte: Lou und Scout. Grischa und Fjodor. Die beiden Kerle waren bestimmt Späteinwanderer, es würde sie nicht wundern, wenn sie es mit irgendwelchen illegalen Tricks geschafft hatten, in die City zu kommen.

Ich werde euch alle kriegen, schwor sie sich, und eine Sekunde später wuchs ihre Hoffnung, dass ihr das gelingen würde: Seit Stunden war es mucksmäuschenstill gewesen. Sie hatte nicht gewusst, ob die Bande überhaupt noch in der Nähe war, sich vielleicht schon abgesetzt hatte und sie hier verhungern und verdursten ließ. Aber jetzt tat sich etwas.

Etwas krachte. Schreie irgendwo in einiger Ferne. Jemand fluchte. Ein Knall. Ein Schuss! Ja, das musste ein Schuss gewesen sein.

Das konnte nur eines bedeuten: Die Abteilung Z hatte endlich mal wieder ganze Arbeit geleistet. Meier und Schmidt, und wie sie alle hießen, würden in ihren blauen Anzügen hereinstürmen und diesen Verbrechern das Handwerk legen.

»Waffen runter!«, schrie jemand hinter der Tür.

Wieder fielen Schüsse.

»Stehen bleiben!«

Die Stimme kam Lydia Tremont bekannt vor, aber es dauerte noch, bis die Tür aufflog und der übergewichtige Mann im zerknitterten Regenmantel vor ihr stand. Es war keineswegs die Abteilung Z, die ihr zu Hilfe kam, sondern Ambrose di Gallo.

Ausgerechnet der, dachte sie, aber in einer solchen Situation durfte man nicht wählerisch sein.

»Mrs Tremont, was hat man Ihnen angetan?«, fragte di Gallo. Aus den Worten triefte der Spott.

»Wie kommen Sie hierher?«, fragte Lydia Tremont, nachdem der Polizist ihr den Knebel gelöst hatte.

»Ermittlungsarbeit.« Di Gallo zuckte die Achseln. »Gute altmodische Ermittlungsarbeit. Eins und eins zusammenzählen und so weiter.«

»Haben Sie die Kerle kaltgemacht?« Lydia Tremont erschrank selbst über ihre Frage.

»Leider nicht, Madam«, antwortete di Gallo, »leider nicht. Ich musste mich entscheiden und habe natürlich Ihrer Rettung den Vorzug gegeben.«

Er lächelte und Lydia Tremont gefiel dieses Lächeln nicht. Genauso wenig gefiel ihr, dass sie nicht drum herum kommen würde, Ambrose di Gallo zu befördern, wenn die Sache ausgestanden war.

»Ich brauche einen Friseur, eine Kosmetikerin und ein frisches

Kostüm. Dann können Sie die Medien informieren und wir werden eine sehr schöne Geschichte erzählen, in der wir gut dastehen«, sagte sie. »Beide. Sie und ich.«

Einer nach dem anderen klatschte Jackson ab. Sogar James O'Reilly hob die Hand und sagte: »Gimme five!« Dann wurde er aber wieder bitterernst. »Wenn ich dabei gewesen wäre, hättest du das nicht gemacht.«

»Dann ist ja gut, dass du nicht dabei warst«, sagte Lou. »Jackson hat das richtige Bauchgefühl, irgendwie kapiert er, wie die Leute drauf sind.«

In Jacksons Bauch kribbelte es. Lou war einfach großartig und vielleicht würde er ihr das bald einmal sagen.

»Setz die rosa Brille ab«, knurrte Scout. »Es war einfach nur eine 50:50-Chance.«

»Di Gallo hat getan, was er versprochen hat, und wir sind die Tremont los«, sagte Crockie. »Jackson hatte schon immer ein gutes Gespür für andere. Nur sein Geschmack ist mies ...« Er deutete auf die Dose Hubackle in Jacksons Hand.

Sie hatten ein letztes Mal eine von Scouts leer stehenden Wohnungen in Beschlag genommen. In Kürze würde das nicht mehr gehen, weil Scout genau wie alle anderen auf der Fahndungsliste stehen würde. Die Abteilung Z würde sie jagen und Ambrose di Gallo konnte sicher kein zweites Mal einen Bühnenzauber aufführen wie bei der angeblichen Befreiung von Lydia Tremont.

Sie waren zu diesem Zeitpunkt längst in Sicherheit gewesen. Di Gallo hatte ein bisschen herumgeschrien und -geballert, während die Gruppe schon in ihrem Versteck gesessen hatte. Jetzt warteten sie auf Grischa und Fjodor, die das Boot besorgen sollten.

»Da«, rief Lou. »Mach's lauter!«

Auf einem Monitor im Wohnzimmer des Apartments flimmerte Lydia Tremonts Bild. An ihrer Seite stand di Gallo, der außerordentlich selbstzufrieden lächelte. Tremont war perfekt gekleidet, ihre Frisur war ebenso makelos, nur eine kleine Strähne hing ihr ins Gesicht und eine blutende Wunde klaffte an ihrer rechten Wange.

Scout sprang auf. »Mann, die Alte war nicht verletzt, keiner hat ihr ein Härchen gekrümmt.«

»Die Haare waren ein wildes Gestrüpp, nachdem wir ihr den Sack über den Kopf gestülpt haben.«

»So ein verlogenes Weibsbild!«, fauchte Scout.

Eine Reporterin berichtete, dass die Generalsekretärin sich tapfer einer Gruppe von Verbrechern widersetzt habe und dank des persönlichen Einsatzes von Police Superintendent di Gallo mit dem Leben davongekommen sei.

»Police Superintendent, holla. Gleich zwei Beförderungsstufen überprungen. Na, das hat doch schnell geklappt«, sagte O'Reilly.

Genau das hatte Jackson dem Polizisten vorausgesagt: Tremont zu helfen, machte di Gallo zum Helden und öffnete ihm Tür und Tor. Sie übergaben ihm die Generalsekretärin der Zentralbank, dafür gewährte er ihnen einen Vorsprung.

»Hoffentlich will er seinen nächsten Erfolg nicht mit der Festnahme des Kommandos Matt Fuller feiern«, knurrte Scout. »Ich traue dem Typ nicht.«

Jackson zuckte zusammen, als er die nächsten Bilder sah, denn er schaute sich selbst, Crockie und Jimmy ins Gesicht.

»Diese Personen werden gesucht«, sagte die Reporterin. *»Sie wer-*

den verdächtigt, in die Entführung von Lydia Tremont verwickelt zu sein. Sachdienliche Hinweise nimmt jede Polizeidienststelle entgegen. Für die Ergreifung der Täter ist eine Belohnung in Höhe einer Zeitgutschrift von 50 000 Minuten ausgesetzt. Vorsicht, die Täter sind bewaffnet.«

»Na super«, nuschelte Crockie. »Vor drei Wochen waren wir noch Musterschüler an der besten Highschool der City und jetzt sind wir bewaffnete Entführer. Kann mir mal einer seine Knarre zeigen?«

Die anderen lachten.

»Ruht euch aus«, empfahl ihnen Jimmy. »Könnte sein, dass wir eine ganze Zeit lang keinen Schlaf mehr bekommen.«

Lou und Scout machten es sich auf dem Bett im Schlafzimmer bequem. Jackson und Crockie nahmen das Kinderzimmer in Beschlag.

Als sie es betraten, zog sich Jacksons Magen zusammen. Es hätte das Zimmer seiner Schwester sein können. Eine Jayjay-Jellyfish-Hölle, wie er sie von Celine kannte.

Er spürte Crockies Hand auf seiner Schulter. »Vielleicht legen wir uns besser in die Badewanne und pennen da.«

Jackson schüttelte den Kopf. »Schon okay.«

Crockie streckte sich auf dem Kinderbett aus, Jackson nahm einen Sitzsack mit riesigem Jellyfish. Rosarot, mit Glupschaugen und diesem strahlenden Lächeln im Quallengesicht. »Steht dir gut«, sagte Crockie.

Als Jackson sich hinsetzte, spürte er den Gegenstand in seiner Hosentasche: die alte Taschenuhr. Er hatte sie gehütet. Es war die letzte Erinnerung an ein altes Leben für Crockie. »Hier, die ist vielleicht bald mehr wert als unsere schicken Decoder. Auf jeden Fall hält sie länger.«

Sein Freund nahm die Uhr und es passierte etwas, das Jackson noch nie bei ihm gesehen hatte: Tränen flossen über seine blassen Wangen.

Danach schwiegen sie. Irgendwann döste Jackson ein, bis an der Wohnungstür das vereinbarte Klopfzeichen ertönte. Grischa betrat die Wohnung. »Wir sind so weit«, sagte er.

Alle packten ihr Zeug zusammen, viel war es nicht.

»Geht schon vor«, sagte Jackson, hielt Crockie aber am Arm zurück. In dem Kinderzimmer waren die Bedenken in ihm angewachsen. »Ich weiß nicht, ob wir ...«

Crockie schnitt ihm das Wort ab. »Ich weiß es auch nicht, aber alleine sind wir hier aufgeschmissen. Wir brauchen die anderen.«

Lou klopfte an den Türrahmen. »Seid ihr so weit?«

Eine knappe Stunde später standen sie am Kai des äußersten Bezirks. Fjodor erwartete sie. Links von ihnen dümpelten die riesigen Luxusjachten und Urlaubsschiffe des *Care & Share*-Programms für die Familien mit knappen Zeitkonten. Rechts reihten sich die Anleger der Plastikfischerei-Flotte über zwei oder drei Kilometer auf, ganz am Ende waren alte Kähne vertäut. Sie gehörten Leuten, die noch über eine Lizenz für Hochseefischerei verfügten.

»Wir müssen rechts rüber. Pier 17, Anleger 435«, sagte Fjodor. »Die hab ich extra besorgt. Sicher ist sicher.« Er zeigte auf einen Stapel Schwimmwesten.

Crockie verdrehte die Augen.

»Du solltest bald mal einen Schwimmkurs machen«, sagte Jackson.

Das Boot, das am Anleger 435 schaukelte, hatte seine besten Tage hinter sich. Nur der Name des Schiffs schimmerte wie frisch gepinselt auf dem Bug. Es waren nur zwei geschwungene Buchstaben und eine Zahl: CK 1.

Sogar Jimmy kamen Zweifel. »Der Kahn soll hochseetauglich sein?«

»Du kannst gerne hierbleiben und Bewerbungen schreiben. Vielleicht für einen Job in der Zentralbank?« Lou grinste.

Grischa ging zu einem der Schuppen am oberen Ende des Stegs. Dort wartete eine gebückte Gestalt in einem Regenmantel und einem Südwester. Der Mann hatte die Kopfbedeckung tief ins Gesicht gezogen.

Einer nach dem anderen bestieg das Boot über eine lose auf die Reling geschobene Planke. Jackson sprang als Erster an Deck und rutschte auf dem glitschigen Boden fast aus. »Verflixt, was ist das?«, rief er. Der Belag war nicht nur glitschig. Er stank wie die Pest.

»Mr Kilroy nimmt die Biester schon an Bord aus«, sagte Fjodor und zeigte auf einen Stapel Kisten auf dem Steg. In ihnen schwabbelten die Innereien von den Fischen, die mit glasigen Augen aus den Behältern direkt daneben starrten.

Jackson würgte an seinem letzten Hubackle. Er reichte zuerst Lou die Hand, dann Crockie. Scout wies seine Hilfe zurück.

Auf dem Steg wurden Stimmen laut. Erschreckt schauten alle zu Grischa hinüber, dann zu den Landungsbrücken. In einiger Entfernung hantierten Seeleute auf den Booten, aber niemand interessierte sich für das Treiben auf der CK 1.

Grischa kam zu ihnen herüber.

»Was ist los?«, fragte Jackson.

»Der Halsabschneider will mehr«, schimpfte Grischa.

»Ich dachte, alles ist klar«, fragte Jimmy erbost. »Wenn man nicht alles selbst erledigt …«

»Spiel dich nicht auf«, gab Grischa zurück. »Wenn man dich Dinge erledigen lässt, hat man nachher deine Chefin an Bord. Exchefin! – Ich brauche noch ein paar Stunden.«

Bevor Jimmy wieder aus der Haut fahren konnte, sprang Jackson zurück an Land. »Ich mach das schon«, sagte er und begleitete Grischa zu dem Mann.

»Clarence Kilroy, Eigentümer dieses prachtvollen Stücks der maritimen Kunst«, begrüßte der Mann Jackson.

Kilroy streckte ihm die Hand entgegen, schaute Jackson aber nicht ins Gesicht. »Hast du genug auf deinem Decoder?«

»Das war nicht vereinbart«, sagte Jackson.

In dem Schuppen rumpelte etwas.

»Ist hier noch jemand?«, fragte Jackson. In seinem Körper spannte sich jede Muskelfaser, jede Sehne an. Grischa zuckte ebenfalls.

»Nur die Ruhe«, brummte der Mann. »Es war auch nicht vereinbart, dass mein gutes Stück gesuchte Schwerverbrecher von der City wegbringt, Mr Crowler.« Er betonte Jacksons Nachnamen so, dass kein Zweifel bestand: Clarence Kilroy wusste Dinge, die er nicht wissen sollte.

»Verdammt«, zischte Grischa. »Woher kennt er deinen Namen?«

»Den kennt jeder in der ganzen City. Glaubt ihr, ich gucke keine Nachrichten? Gib deinen Decoder her und mach keine Zicken«, sagte Kilroy. »Mach schon.«

Jackson gehorchte ihm.

Der Transfer ging schnell. Der Mann drehte sich danach einfach um, warf einen Schlüssel über die Schulter, den Jackson gerade noch davor bewahren konnte, ins Wasser zu fallen.

Jackson starrte dem Kerl nach. Crockie hatte es gesagt: Er hatte ein gutes Gespür für Leute, und dieses Gespür sagte ihm, dass man diesem Clarence Kilroy nicht trauen durfte.

Er rannte mit Grischa zu dem Boot, sie sprangen mit einem Satz an Deck. Fjodor ließ sofort den Motor an und steuerte an dem

Anleger entlang. Sie näherten sich noch einmal dem Schuppen, an dessen Tür der Mann stand. Zuerst winkte Kilroy, dann gab er jemand in der Hütte ein Zeichen.

Die Person trat hinaus. Eine kleine Person, verhüllt in eine etwas zu große gelbe Regenjacke, auf dem Kopf einen ebensolchen Südwester.

Der Mann, der vorgegeben hatte, Clarence Kilroy zu sein, zog in einem Schwung sich selbst den Regenhut mitsamt einer Perücke vom Kopf. Er sagte etwas, die kleine Person tat es ihm gleich.

Jackson wurde schwindelig. Er wollte laut aufschreien: »Stopp! Zurück! Zurück!!!«

Aber der Mann zeigte mit dem einen Zeigefinger auf das Mädchen an seiner Seite, den anderen legte er auf seine Lippen.

Jackson tat, was der Mann ihm anriet, denn er hatte sie längst erkannt. Beide. Der Mann auf dem Anleger war niemand anders als Rufus Gainsbourgh.

Und das Mädchen neben ihm war Jacksons Schwester Celine.

25.

Clark Kellington schob das Mädchen zurück in die Hütte. Die kleine Celine rannte zu ihrer Mutter und schlang ihre Arme um sie. Amelia Crowler konnte die Umarmung nicht erwidern, weil ihre Hände auf dem Rücken gefesselt waren. Genau wie die ihres Mannes und die von Mr und Mrs Fleming.

»Du bist ein sehr vernünftiges Kind«, lobte Rufus das Mädchen. »Heather, bitte befreien Sie die Herrschaften aus dieser misslichen Situation. Nur die Knebel, bitte.«

Heather Blue legte die Waffe beiseite, mit der sie die vier Erwachsenen bewacht hatte. Sie konnte keiner Fliege etwas zuleide tun, auch wenn mancher Schüler der Kellington High geschworen hätte, dass die Hüterin des Check-ins der Schule zu restlos allem fähig sei. Der silbern glänzende Revolver sah in ihrer Hand einfach sehr eindrucksvoll aus. Sie löste die Knebel der Eltern.

»Sie können schreien, wenn Sie wollen, aber dann bekommen Sie am Ende Halsschmerzen und man wird Sie doch nicht hören«, ermahnte sie die Erwachsenen.

»Mister …«, hob Amelia Crowler an, aber natürlich wusste sie nicht genau, wie sie ihn ansprechen sollte.

»Kilroy, meine Liebe. Oder Gainsbourgh? Oder nehmen Sie einen Namen, der Ihnen gefällt. Ich verfüge über viele. Am liebsten ist es mir jedoch, wenn Sie einfach Clark zu mir sagen, ganz formlos. Es tut mir schrecklich leid, dass ich Ihnen und Ihren Kindern all diese Umstände machen muss, aber Sie werden verstehen: Es geht um das Schicksal dieser Stadt.«

»Nichts verstehen wir. – Sie sind wahnsinnig«, presste Herb Crowler hervor.

»Ganz und gar nicht, Mr Crowler. Ihr Sohn ist außerordentlich begabt, genau wie Ihrer, Mr und Mrs Fleming. Crockie ist zudem noch besonders zäh, ein Kämpfer. *Ich* weiß das schon lange, ich beobachte Ihre Söhne und Henk Vermeulen seit der Primary School. Ich weiß alles über sie. Glauben Sie, die Jungs wären so einfach an die Clark Kellington High gelangt, wenn ich sie nicht dazu ausgewählt hätte? Die ganze Sache hat eine etwas … wie soll ich es ausdrücken? Sagen wir es so: Es hat eine eigenwillige Entwicklung genommen. Jackson und Crockie sind weniger berechenbar, als ich dachte, aber das ist sehr gut so.«

»Zum Teufel, was wollen Sie?«, schrien Crockie Flemings Vater und Amelia Crowler wie aus einem Mund.

»Ihr Sohn Jackson …«, er wandte sich Amelia Crowler zu, dann den Flemings, »… oder Ihr Sohn Crockie, einer von den beiden Jungs wird meine Anteile der Ocean City erben. Das sind genau 75,01 Prozent der Aktien unserer Gemeinschaft. Einer wird der Herrscher dieses kleinen, frei auf dem Ozean treibenden Reichs. Unter einer Bedingung.«

»Unter welcher?«, fragte Herb Crowler.

»Er muss überleben.«